Adolf Wilbrandt

Novellen aus der Heimat

Adolf Wilbrandt

Novellen aus der Heimat

ISBN/EAN: 9783741125027

Hergestellt in Europa, USA, Kanada, Australien, Japan

Cover: Foto ©Andreas Hilbeck / pixelio.de

Manufactured and distributed by brebook publishing software
(www.brebook.com)

Adolf Wilbrandt

Novellen aus der Heimat

Novellen aus der Heimat.

Von

Adolf Wilbrandt.

Zweite Auflage.

Stuttgart 1891.
Verlag der J. G. Cotta'schen Buchhandlung
Nachfolger.

Meiner teuren Cousine

Liesbeth Wendhausen

zugeeignet.

Inhaltsverzeichnis.

Der Lotsenkommandeur.

(1877.)

Erschrick nicht, lieber Lotsenkommandeur, sollte dir eines
Tages diese Ueberschrift vor die Augen kommen;
fürchte nicht, daß ich dich verrate. Ich werde deine Ge=
schichte erzählen, denn ich glaube fast, es sei meine Pflicht;
aber ich werde keinen Ort, keine Zeit, keinen Namen nennen,
und du magst dich ruhig in deinen amerikanischen Schaukel=
stuhl zurücklegen, deinen Tschibuk unter Feuer setzen und
diese denkwürdige Geschichte lesen, als ginge sie dich nichts
an. Ich werde dich dem Leser so schildern, daß er dich
nicht erkennt: als einen hübschen, lang aufgeschossenen, kraus=
haarigen, nachlässig und malerisch gekleideten Mann, der in
stolzer und gebieterischer Haltung durch die Straßen schreitet;
und erst wenn ich dich in dieser Weise hinlänglich entstellt
habe („alle Dichter lügen,“ sagst du ja mit dem alten Plato),
werde ich ein aufrichtiges Wort von deinen menschenfreund=
lichen, wasserblauen Augen und von deinem grenzenlos gut=
mütigen Herzen sprechen. Ich werde dann offen gestehen,
daß ich dich, den heiteren Ostseeländer mit dem stillen Hu=
mor und dem dröhnenden Lachen, auch als jähzornigen
Teufelskerl gesehen, der sich zuweilen mit eiserner Willens=
kraft bezwingt, zuweilen furchtbar wie ein unaufhaltsames

Sturmwetter sich entladet; der dann über sich weinen könnte wie ein Kind, wenn er sich nicht bezwänge wie ein Mann; der ein wahrer, schlichter, edler Held ist, einer von denen, die nicht leicht begreifen, daß nicht alle ebenso selbstverständlich thun, was sie thun ... Doch mir ist, als säh' ich dich die scharfen Brauen und die glattrasierten Mundwinkel unwillig herunterziehen, und ich sage nichts mehr, dich zu rühmen; ich „schweige rein still". Rauche deinen Tschibuk. Lege deinen breiten Rücken in den alten Lehnstuhl zurück; sieh durchs Fenster aufs Meer hinaus, oder auf das Bild an der Wand, das wohlbekannte mit dem grünen Vorhang; und mich laß erzählen, als ginge es dich nichts an.

Das Haus des Lotsenkommandeurs, von dem ich rede, liegt hart am Ausgang des Stroms in die offene See; eine Viertelstunde Wegs ist der von Bollwerken eingefaßte, von Böten und Schiffen belastete, träge, schmutziggraue Strom an den kleinen Häusern der kleinen Hafenstadt entlang geschlendert, bis er das letzte Haus erreicht, das ihm gleichsam den Reisesegen ins Meer hinaus gibt: dieses Haus hat der Lotsenkommandeur für sich und seine Kinder gebaut; denn seine Frau ist tot. Aus der offenen Veranda und von dem Balkon, der darüber aufsteigt, blickt man auf den Ufersand, die kurzen schmalen Hafendämme mit den Feuertürmen und auf die weite See; aus dem Arbeitszimmer des Lotsenkommandeurs blickt man auch rechts auf den hinausziehenden Strom und das Rettungsboot, das, zehn Schritte entfernt, am Bollwerk schaukelt. Was wäre mein Lotsenkommandeur ohne das Rettungsboot; und was wäre das Rettungsboot ohne meinen Lotsenkommandeur! Manches Dutzend von Gescheiterten, Gestrandeten, Ertrinkenden hat es schon ge-

rettet; keinen aus diesen Dutzenden ohne den Mann, der
es bauen, der es verbessern ließ (vor zehn Jahren vielleicht),
der auf der ersten Probefahrt umschlug und ertrank, aber
nach zwei Stunden — ein schon Aufgegebener — wieder
zum Leben gebracht ward; den die ganze „Deutsche Gesellschaft zur Rettung Schiffbrüchiger" kennt (aber ich werde
diesen hübschen, lang aufgeschossenen, kraushaarigen Mann
nicht beim Namen nennen), und der von allen „Rettungs-
stationen" dieser Gesellschaft an Nord- und Ostsee vielleicht
die thatenreichste und prämienreichste kommandiert: denn wo
kein andrer mehr wagt, fängt für ihn das Wagen erst an.
Seine Freunde haben ihn im Scherz den „Menschenfischer"
getauft; übrigens macht er ein ziemlich grimmiges Gesicht,
wenn man ihn so nennt, zieht die Brauen unsinnig hoch
hinauf und lächelt geringschätzig; denn solang er es nicht
auf hundert Gerettete gebracht hat, muß man nicht davon
reden! — Du aber, der du dein Leben noch nie für einen
andern gewagt hast, glaube nicht, daß der Lotsenkommandeur, von dem ich rede, den Wert seines Lebens nicht zu
schätzen wüßte, da er es für jeden Unbekannten in die Wellen
wirft; er hat es sehr lieb; ich weiß es. Er genießt es,
wie du und ich; er genießt es aus seinem Tschibuk, den die
beiden Töchter ihm stopfen, aus seinen Büchern, die er mit
Andacht studiert, aus seinem Fernrohr, mit dem er das
große Buch des offenen Meeres durchblättert, aus dem Anblick seiner aufgeblühten, wohlgeratenen Töchter, die er ganz
heimlich vergöttert. Er liebt seinen Becher (doch mit Maß;
ich weiß es), seine Instrumente (denn er ist ein gebildeter
Mann), seine meerbefahrende Vergangenheit, seine nordische,
sturmumsauste Heimat, sein schützendes, urbehaglich einge-

richtetes Haus, seine wenigen, doch erprobten Freunde, die
Zukunft, die ihn aus den Augen seines Jungen anlacht,
und seine ins Ewige tastenden, grübelnden Gedanken. Doch
wenn in kalter, sternloser, schwarzer Winternacht, bei heu=
lendem, markdurchschneidendem Nordost, der mauerhohe Wellen
wie Schneebälle an das Ufer schleudert, wenn bei heiserem
Donner der empörten Brandung eines Menschen Hilferuf
über den Wogenschaum heranfliegt: da vergißt er seines
Lebens Wert. Er hat zu thun; was hat er zu thun? Noch
weiß er es nicht; doch er weiß, etwas hat er zu thun.
Sein Haar fliegt im Wind, seine Augen kämpfen mit der
Schwärze der Nacht. Ist es ein Schiff, das im Sturm
dahertreibt, ein Wrack, das auf der Sandbank knirscht und
kracht, ein Boot, über dessen Heck die See hereinschlägt,
ein einzelner schwimmender Mann, der zum Himmel ge=
hoben und in die Tiefe gesenkt wird: jedenfalls muß man
helfen; das ist keine Frage. Die Lotsen schweigen, murren;
niemand will hinaus; die See ist zu stark. Die See ist
zu stark? Der Lotsenkommandeur springt voran ins Boot;
sie müssen ihm nach, das ist Lotsenpflicht. Wagt der Kom=
mandeur sein Leben, muß der Mann es auch! — Sie
haben einen Haß auf ihn, weil er so tollkühn ist; er weiß
es; aber um keine Welt bliebe er zu Haus. Was treibt
ihn denn? Danach fragt er nicht; irgendwas wohnt irgendwo
in ihm, das seine Arme, seine Füße, sein Herz in die Bran=
dung jagt. Es wird ihm so sonderbar zu Mut; der Atem
wird ihm so knapp, die Finger bewegen sich, das Herz
schwillt. Also muß er hinaus. Helfen! retten! oder die
See und seine Kinder werden ihn begraben! —

　　Doch nicht in so einer Nacht begann die Geschichte,

die ich hier erzähle; es war ein Sommertag, zwar stür=
misch, aber warm und schwül; in der Zeit, da der kleine
Ort sich mit Badegästen füllt, die Flußdampfer vom Morgen
bis zum Abend aus der Hauptstadt kommen und gehn, die
Hosen und Jacken der Lotsen von den Querleinen ihrer
Hinterhöfe verschwinden, und der eintönige Gesang des
Meeres zuweilen durch städtische Musik lustig übertönt wird.
Eine angenehme und oft wiederkehrende Unterhaltung war
es dann für den Lotsenkommandeur, von seinem Zimmer
aus die Geigen und Trompeten zu hören, deren Harmonien
sich mit dem Brummbaß der Uferbrandung mischten; —
indessen an diesem Nachmittag hörte er nichts von den Har=
monien: die Kapelle war vom „Leuchtturmplatz“ vor dem
Sturm geflohen, und auch wenn sie gespielt hätte, die laute
Stimme der See hätte sie überschrieen. Der Lotsenkom=
mandeur stand an seinem Fenster und beobachtete durch sein
Fernrohr ein sonderbares Schiff fern am Horizont. Nur
dann und wann tauchte es zwischen den schäumigen Wellen=
hügeln auf, mit offenbar verstümmeltem Mast und zersetzten
Segeln; es schien wehrlos und aufgegeben vor dem Wind
zu treiben. War noch Mannschaft an Bord? Man konnte
es nicht sehen. Keine Flagge, kein Wimpel, nichts war zu
erkennen; auch zeigte sich nirgends ein Segel am Firma=
ment, das diesem verlornen Ding hätte begegnen oder helfen
können; höchst unwirtlich schüttelte sich die graue Wasser=
wüste, wie um nichts Lebendiges auf sich zu dulden, und
die wilde Jagd der schwarzen Wolken fuhr darüber hin.
Gute Nacht, sagte der Lotsenkommandeur unwillkürlich, mit=
leidig, und setzte das Fernrohr ab. Dann wandte er sich, da
die Thür hinter ihm sich öffnete, und sah in ein schweigsam

grüßendes, nickendes, wohlbekanntes Gesicht. Der „Doktor“ war eingetreten; ein junger, hochgewachsener, breitschultriger Mann, vor Jahren Arzt in der Hafenstadt, jetzt in der Hauptstadt flußaufwärts; aber zu jeder Jahreszeit kam er dann und wann, sich einmal wieder in den Schaukelstuhl seines alten Freundes zu werfen und mit ihm die „Friedens= pfeife“ zu rauchen. Der Lotsenkommandeur lächelte ihm zu. Guten Tag, Lotsenkommandeur! sagte der Doktor, als er im Schaukelstuhl saß. Guten Tag, Doktor! gab ihm dieser ebenso sachlich und bedächtig zurück.

Ich hätte mich in einer besonderen Sache mit Ihnen auszusprechen, fing der Doktor nach einer Weile wieder an, putzte seine Brille, die der feuchte Wind ihm beschlagen hatte, und blickte langsam, von der Seite, an dem Haus= wirt hinauf. Wäre der Doktor ein Schiff gewesen, so hätte der Lotsenkommandeur ohne Zweifel bemerkt, daß einige Unruhe „an Bord“ war; doch da er kein Schiff war, fiel dem Lotsenkommandeur nichts dergleichen ins Auge. Nehmen Sie sich eine Pfeife, kam als Antwort vom Fenster; meine Tochter Sophie hat sie gestopft; und dann sprechen Sie sich aus!

Der Doktor nickte und nahm die Pfeife; und infolge des Wortes „Sophie“ verbreitete sich eine angenehme Röte über sein Gesicht. Aber auch dieses zweite Symptom ließ in den Augen des Lotsenkommandeurs keinen Eindruck zurück. Es war am Doktor, sich nun auszusprechen. Der Lotsen= kommandeur setzte sich auf einen runden Drehstuhl ihm gegenüber, lavierte ein paarmal um sich selbst herum, stützte dann ruhig die Ellbogen auf die Kniee, seine Backenbärte in die Hände, und erwartete, was da kommen werde.

Sie kennen mich nun schon eine gute Zeit, Lotsen=
kommandeur, hob der Doktor an. Zuerst die anderthalb
Jahre, in denen ich es hier aushielt in diesem verwünschten
Nest; bis die verrückten alten Lotsenweiber mit ihrem Aber=
glauben und Mißtrauen, und die noch älteren Weiber, ihre
Männer, mich veranlaßten, landeinwärts zu den Landratten
zu gehen –

Ja, Sie gingen uns durch, setzte der Lotsenkommandeur
hinzu.

Ich wäre hier gestorben, Lotsenkommandeur.

Sie werden auch anderswo nicht um dies Schicksal
herumkommen, Doktor, antwortete der Lotsenkommandeur in
großer Ruhe. Ich weiß, Sie hatten Mutter Peters, die
Vögtin, von einer besonderen Krankheit durch ein neu ent=
decktes Medikament wunderbar kuriert; nun wollten sie alle
davon haben, für Kopfweh, Zahnweh, Hühneraugen, für
alles –

Und als ich es ihnen abschlug, weil es nicht für sie
taugte, liefen sie zusammen und verwünschten mich: seine
beste Medizin gibt er für uns nicht her, uns gemeines Volk;
die gönnt er nur sich allein! – Da wurde mir endlich zu
tollhäuslerisch zu Mut –

Und Sie nahmen einen andern Kurs! – – Na,
jeder auf seine Art. Mich föchte so was nicht an. Rechnen
Sie fünf oder sechs von den jungen Lotsen ab, die die
sogenannten neuen Ideen von mir angenommen haben, die
mich für was Besonderes halten (er lächelte): all die andern
sähen mich gern einmal den Strom hinunterschwimmen,
steif und kalt wie ein toter Hund; denn ich treib's ihnen
zu scharf. Doktor, das macht mir nichts! Gegen ihren Un=

verstand und ihre Abgunst wehr' ich mich ebenso, wie ich mich damals gegen die tolle See wehrte, als sie mich ganz allein zu fassen kriegte, in einer Nußschale von Boot, zwei, drei Meilen vom Land. Ich nahm den Mast, die Riemen, die Ruderbänke, alles, was loses Holz war, band's mit Stricken zusammen, wie 'ne Art von Floß, und hängte meine Nußschale durch ein tüchtiges Tau daran, und ließ mich nun treiben, leewärts von dem Floß; verstehen Sie! Die See ging verteufelt hoch, aber an diesem gemütlichen kleinen Floß brach sie sich; gerade genug, daß mein Boot es aushielt; und als der steife Westnordwest sich beruhigt hatte, kam ich bei Fischland ans Ufer. So ein gemütliches kleines Floß ist mein Phlegma, Doktor: daran bricht sich all das Geschrei und die Abgunst, Doktor; ich thu' meine Schuldigkeit und komm' immer ans Land!

Ein gesundes Phlegma ist gewiß eine gute Sache, antwortete der Doktor; soviel ich davon haben konnte, hab' ich mir auch als Notpanzer um die Rippen geschnallt (der Lotsenkommandeur nickte zustimmend); aber ich hab's mehr außen, als innen. Mein Blut ist zu ungestüm; Sie wissen, sein Blut kann der Mensch nicht ändern! — - - Der Lotsenkommandeur nickte wieder, bedächtig. — — Sie sind glücklicher als ich, Lotsenkommandeur, haben kälteres Blut. Und Ihr weites Herz, Ihre Menschenliebe! — Ich denke mir, Sie haben nie gehaßt, können niemand hassen.

Der Lotsenkommandeur lächelte ein wenig, auf dieses Lob oder diese Beschuldigung; stand dann auf, ohne etwas zu sagen, und noch immer lächelnd, aber mit einem sonderbaren, beinahe unheimlichen Spiel der Backenmuskeln und der Augenlider ging er durch das Zimmer. Vor einem

Bild an der Wand, das ein grüner Vorhang bedeckte, blieb er stehen; sah übrigens nur flüchtig hinauf. Sie sind zu jung, Doktor; sind noch viel zu jung! sagte er dann, durch das Eckfenster hinausblickend. Diesen alten Seebären kennen Sie doch nicht ganz. Kaltes Blut — — — o ja. Bin ja auch schon achtundvierzig; also ein hübsches Quantum Jahre älter und abgekühlter als Sie. Aber nie gehaßt? — Ich hasse ja noch, bis auf diesen Tag; und von ganzem Herzen. Bringen Sie ihn mir her, den Betreffenden, über diese Schwelle, und Sie sollen sehen — —

Er brach ab. Er strich sich von der Seite her über das Gesicht, und suchte wieder zu lächeln; in seinen Augen war jedoch ein fremdartiger Glanz zurückgeblieben, der sie größer machte, der diesem gezwungenen Lächeln etwas Schreck=haftes gab. Wovon sprachen wir denn? setzte er halblaut murmelnd hinzu. Richtig, Sie wollten sich aussprechen, in einer besonderen Sache.

Das wird geschehen, erwiderte der Doktor, nicht ohne Verlegenheit. Machen Sie mir nur Mut: seien Sie zuerst ein wenig offenherzig, Sie mit mir. Wenn ich Ihnen den Betreffenden über die Schwelle brächte — — Was für ein Betreffender? — Wollen Sie nicht davon reden, nun so lassen Sie's. Aber Sie wissen — er lächelte — dem Doktor, dem Arzt kann man alles sagen. Sie finden mich zwar zu jung —

Der Lotsenkommandeur unterbrach ihn, indem er ihm eine seiner braunen Hände auf den Mund legte; schüttelte mit liebenswürdigem Lächeln den Kopf, und seufzte dann plötzlich tief aus der breiten Brust. Kommen Sie einmal her! sagte er darauf mit gedämpfter Stimme. Der Doktor stand auf und folgte ihm, bis vor das grün verhängte Bild an der Wand. Kommen Sie einmal her! wiederholte der Lotsenkommandeur. Ich hab' Sie ja lieb, Doktor. Ich weiß ja, Doktor, daß Sie reif sind über Ihre Jahre; daß Sie unter der Brille da und unter diesem hochgewölbten Brustkasten — was für einen Brustkasten der Mann hat! — daß Sie da mehr Untergrund und Herz beisammen haben, als man Ihrer stillen Art anmerkt. Sie haben feine Ge= fühle, Doktor; auch den richtigen Respekt vor den Frauen= zimmern; — das hat mir immer gefallen ... Ich will Ihnen einmal etwas zeigen; sehen Sie her!

Er zog an einer Schnur, die hinter dem Rahmen hing, und der Vorhang des Bildes ging nach rechts zurück, so daß ein mit geringer Kunst gemalter, und doch auffallend lieblich wirkender Mädchenkopf erschien, an dessen Wangen ein spanischer Schleier herunterfiel, der den Busen ver= hüllte. — Das war meine Schwester Marie; — vor drei Jahren, Sylvesterabend, hab' ich's Ihnen ja wohl schon einmal gezeigt.

Der Doktor nickte.

Aber weiter wissen Sie nichts?

Der Doktor schüttelte den Kopf.

Ich will's Ihnen sagen, Doktor. So hat er sie malen lassen, — der Betreffende. Das war meine einzige Schwester; Brüder hatt' ich nie. Jetzt bin ich achtundvierzig; — damals hatt' ich eine unsinnige Liebe für das junge Ding; ganz romantisch, abgötterisch hab' ich es getrieben; — 's war unsre einzige! — Und sie war ein feines Ding; Doktor, ein feines Ding! — — Die Stimme des Lotsenkommandeurs zitterte ein wenig. — — Dann kam der Betreffende; dem

gefiel sie auch. Und er war hübsch wie der Teufel ...
Sie sind ja Doktor, Sie merkten schon, wie es ausging!
Er versprach ihr mehr, dieser Höllenschuft, als er halten
wollte; und sie glaubte ihm; unschuldig und gut war sie
wie ein Kind ... Dann hat er sie verlassen; und dann
hat sie sich umgebracht, sich und ihre Kleine; — das ist
die Geschichte. — Doktor, und wenn ich dem Mann, der
ihr das gethan hat (er zog mit einem plötzlichen Zucken an
der Schnur, daß der Vorhang wie ein aufgestrafftes Segel
wieder über das Bild flog) — wenn ich dem Mann noch
einmal begegne, ich erwürg' ihn, Doktor!

Nachdem er dies gesagt hatte, senkte er den Kopf; als
schäme er sich, so nachdrücklich ausgesprochen zu haben, was
sich von selbst verstehe; ging langsam an seinen Stuhl zurück
und setzte sich wieder hin. Auch der Doktor — nachdem
er eine Weile schweigend auf die Wand gestarrt — ver=
senkte sich wieder in seinen Schaukelstuhl. Es that ihm
leid, daß der Sitz unter ihm knarrte. Auch die Brandung,
der wachsende Sturm heulte so unehrerbietig laut. Endlich
fragte er, ganz zurückgelehnt und die Augen in die Decke
bohrend: Und er lebt also noch, — der Betreffende?

Sie müssen nicht so in den Bart reden, lieber Doktor,
und ein wenig lauter, sagte der Lotsenkommandeur mit der
alten Ruhe; bei diesem Spektakel da draußen höre ich kein
Wort.

Der Doktor beugte sich vor und fragte laut: Ob er — —
ob er noch lebt?

Ich glaube wohl, antwortete der Lotsenkommandeur,
so gelassen, als ginge es ihn nichts an, und seinen Tschibut
stopfend. Er war fort, — zog nach Mexiko, wo er schon

vordem Geschäfte gemacht hatte; war ein Kaufmann, Doktor; ein unternehmender Bursche. Da hat er dann so eine Spanische zur Frau genommen; hat auch ein Kind, oder zwei; weiter weiß ich nichts. Uebrigens weiß ich auch dies erst seit einem Jahr; und welche von den Städten Mexikos die Ehre hat, ihn in ihren Mauern zu beherbergen, ist mir nicht bekannt. Soll ich hinüberfahren, Doktor, um ihn aufzusuchen? Manchmal hab' ich's gedacht . . . Doch er stand auf, klopfte mit einer verächtlichen Gebärde den verstreuten Tabak von seinem blauen Rock, und schüttelte den Kopf. Die Sache ist alt, Doktor; viele Jahre alt. Sonst wär's ja auch keine Möglichkeit, daß Sie nichts davon wüßten; denn zu seiner Zeit sprachen nicht bloß die alten Weiber davon, auch die Spatzen auf dem Dach. Die Sache ist alt; — lassen wir sie ruhen! (Doch das Wort „ruhen" sprach er nicht mit Ruhe.) Dem da saß es im Blut; dessen Vater war auch so: auch so stattlich und so — unternehmend! Alles vererbt sich ja, Doktor. Alles ist Vererbung. Gutes, Böses, alles! — Kommen Sie ins Wohnzimmer, daß Sie was genießen; ich hör' meine Korallina, sie singt sich die Treppe herunter. Kommen Sie!

Der Doktor stand auf, er blieb aber zögernd stehen. Er hatte sich noch nicht ausgesprochen in der besonderen Sache. Sollte er jetzt, oder nicht? — — Der Lotsenkommandeur horchte an der Thür: Wie hell sie singt, durch den Sturm! sagte er mit halbverstohlener Bewunderung und Freude, alles andre vergessend. Das ist auch Vererbung. Die hat viel von der Tante; — hoffentlich nicht zu viel! setzte er murmelnd hinzu. Ich kann mir nicht helfen, Doktor: die Korallina, die war immer mein Liebling! Als

ich als junger Kapitän meine erste Fahrt durch die Süd=
see machte, kam das Ding zur Welt. Nicht an Bord,
sondern auf so 'ner Koralleninsel, die noch auf keiner Karte
stand, keinen Namen hatte. Da lag das kleine Ding auf
meinem Arm, sagte nichts und sah seinen Vater an. Da
hab' ich 'ne Schale mit frischem Wasser genommen und sie
vorläufig selber getauft; und davon heißt sie Korallina,
Doktor. Der Pastor sagt Karoline; aber das geht mich
nichts an. Korallina heißt sie! — Meine gute Frau sagte
immer nur „Kora"; die Leute hier sagen „Lina"; ich (er
lächelte) — ich hab' mir immer die Zeit genommen, sie
Korallina zu nennen. — Und sie hört es gern! fuhr er
mit strahlenden Augen fort. 's war meine Erste, Doktor!
Nach einem Jahr kam die andre; nu (sagte er fast gering=
schätzig), die kam einfach in Hamburg auf die Welt; heißt
auch nur „Sophie".

Und doch wollt' ich wegen dieser Sophie — — fing
der Doktor an, mit einem herzhaften Lächeln; aber seine
etwas schwere Zunge geriet wieder ins Stocken.

Was wollen Sie wegen dieser Sophie?

Sie werden hoffentlich nicht erschrecken, Lotsenkomman=
deur. Heiraten möcht' ich sie. Ihre Tochter, Fräulein
Sophie. Die, die in Hamburg zur Welt kam.

Der Lotsenkommandeur erwiderte kein Wort, stemmte
den rechten Arm in die Seite und sah den Doktor aus
seinen weit offenen, hellen Augen äußerst verwundert an.

Gegenseitige — — Gegenseitige Zuneigung, Lotsen=
kommandeur; so viel ist gewiß. Sie kennen mich; bis ich
das heraus hatte, daß Fräulein Sophie mich gern hat, das
hat lange gedauert! — Aber nun hab' ich's heraus. Viele

Worte, Lotsenkommandeur, kann ich heut nicht machen. Ich hab' Ihre Tochter unbändig lieb. Sie hat so viel gelernt, wie mir recht ist. Ernähren kann ich sie. Auch ohne besondere Epidemien (er suchte einen Scherz zu machen; doch es bekam ihm schlecht, denn plötzlich übermannte ihn die Rührung, der er entgehen wollte). Kurz — — Sagen Sie doch etwas. Ich bin sehr verliebt. Merkten Sie das denn nie?

Sie sind ein merkwürdiger Mensch, erwiderte der Lotsenkommandeur nach einer Weile. Wenn's noch die andre, die „Romantische," die Korallina wäre; aber die Sophie! — — Nu, mir ist's recht. Sie sind ganz der Rechte. Ihnen trau' ich, Doktor! — Er hob seine schwere Hand, ging so auf den Doktor zu und hielt sie ihm hin. Viele Worte mach' ich auch nicht, Doktor. Ich hab' nie was bemerkt; Sie gehörten ja ohnehin, sozusagen, zum Haus. Wenn das Mädchen Sie will, — ich bin mit dabei!

Der Doktor hielt die dargebotene Hand, drückte sie viele Male nacheinander, sagte endlich „ich danke Ihnen," und so standen sie da. Es war ihm danach zu Mut, dem Vater Sophiens um den Hals zu fallen; da aber der Lotsenkommandeur nichts dergleichen verlauten oder vermerken ließ, rührte auch er sich nicht, und umfaßte nur immer von neuem die geduldige Hand.

Ein harter Finger klopfte hinter ihm an die Thür; auf des Hausherrn „Herein" schob sich schwerfällig eine hohe Gestalt, im Wetterhut und im Wettermantel, in das Gemach herein. Der Lotsen-Altermann war's; einer von den Bejahrten. An den wenigen, langen und starren Haaren seiner Brauen hatten sich Regentropfen angesammelt und hingen ſchwer über den kleinen Augen, die faſt farblos in den Tag hineinblinzelten. Mit Verlaub, Herr Lotſenkommandeur, hätte was zu melden, ſagte der Alte, der ſeine verdrießliche Stimmung nur notdürftig verbarg. Ein Boot auf See, — bei dem Wetter. Leute drin. Schwenken ein rotes Tuch, können nicht heran.

Der Lotſenkommandeur ſtand ſchon am Fenſter, eh' der Altermann ausgeſprochen hatte, und das Fernrohr in die Hand nehmend blickte er hinaus. Rechts von den beiden Hafendämmen, die wie ſteinerne Schlangen, grade ausgeſtreckt, in das Meer hinauswuchſen, von jeder kommenden Woge langhin überbrauſt, gewaſchen und verlaſſen, bis dann die neue ſchäumend über ſie dahinfuhr, — rechts davon, in der meilenweit gedehnten Brandung, die über Sandbänke hin gegen das flache Ufer kämpfte, tanzte ein Boot mit eingerefften Segeln, wie ein Spielzeug der Wellen. Ein rotes Tuch flatterte im Wind. Einige dunkle Punkte — Menſchenköpfe — waren zu erkennen. Bald war alles verſchwunden, bis auf die Spitze des Maſtes, bald tauchte das noch verſchonte Spielzeug aus ſeinem Grab wieder auf. Es ſchien dem Lotſenkommandeur, als höre er auch Hilferufe erſchallen; doch es konnten auch menſchenähnliche Töne des heulenden Windes ſein; denn das Getöſe von Luft und Meer war ſo ſtark geworden, daß vielleicht keines Menſchen Stimme fähig war, es auf ſo weite Ferne zu durchdringen.

Die ſind von dem Wrack! ſagte der Lotſenkommandeur, das Fernrohr abſetzend. Er meinte das verlaſſene Schiff, das man vorhin geſehn hatte; es war jetzt verſchwunden. — Das ſind ja verlorne Menſchen! Wir müſſen hinaus, Michelſen!

Es wird nicht gehn, Herr Lotsenkommandeur, bemerkte der Altermann, die Augen zusammendrückend. Der Wind steht grad auf den Strom, hat zu viel Gewalt; das Boot kriegt keine Fahrt. Es dreht bei, und dann Heidi!

's wird schon gehn, war die kurze Antwort. Der Lotsenkommandeur riß seinen Hut vom Nagel, band ihn fest und ging mit raschem, wunderbar elastischem Schritt zur Thür hinaus. Grüßen Sie die Kinder! rief er dem Doktor zurück. Der Altermann ging ihm murmelnd nach. Draußen auf der Straße, am Strom standen einige Lotsen, ältere und jüngere, die durcheinander sprachen, vielmehr schrieen, und sich mit Mühe auf den Beinen hielten. Es geht abso= lutemang nicht, rief der eine, der in seine Kapuze einge= wickelt gegen einen laut ächzenden Baum lehnte. Die See stellt ja das Boot aufs End', eh's noch draußen ist. Und wenn wir hinauskommen, kommen wir nicht zurück!

Wozu heißt das Boot denn Rettungsboot? sagte der Lotsenkommandeur mit scharfer Stimme. Wer an der Reihe ist, vorwärts!

Die Lotsen murmelten dies und das, ohne sich zu rühren. Es geht nicht, Herr! Es geht nicht! riefen dann zwei oder drei, da sie ihn gegen das Bollwerk vorschreiten sahen, an dem das hin und her geworfene, breite, hölzerne Rettungsboot schütternd stöhnte und knarrte. Was menschen= möglich ist, Herr! Frau und Kinder haben wir auch; und dies ist nicht möglich!

Der Lotsenkommandeur sprang in das Boot hinein; so ungestüm, daß er fast gestürzt wäre. Remen heraus! Wer mit will, vorwärts. Zum Disputieren haben wir keine Zeit! — Johann Jakob Evers! rief er dann mit tönender, auffordernder Stimme. Der Angerufene hob den rechten Arm, wie elektrisiert, gab dann seiner breiten, jugendlichen Gestalt einen entschlossenen Ruck (es war einer der Jüngsten), und rasch hinterdreingehend stieg er ins Boot hinab. In diesem Augenblick arbeiteten sich noch ein paar von den Jüngeren gegen den Wind heran; sie sahen den Kommandeur und Johann Jakob Evers im Schiff; die ausgestreckte Hand des Kommandeurs zeigte aufs Meer hinaus. Sie schüttelten bedenklich die Köpfe. Dann aber ergriffen sie die Remen, mit denen ein Dritter herankam, und diese drei Freiwilligen folgten, ohne weiter zu reden, dem Ersten nach. Als zwei am Bollwerk Zögernde, unentschlossen Murmelnde diesen Vorgang sahen, sprangen sie hinterdrein. Die kommen nicht wieder! hörte der Lotsenkommandeur die am Ufer Bleibenden noch sagen, als das Rettungsboot in den Strom hinausstieß. Er saß am Heck, einen Remen als Steuer führend, und mit einem Gesicht, das nun voll eiserner Ruhe war, hielt er das Fahrzeug in der Mitte des Stroms, auf die offene Brandung zu.

Die Lotsen ruderten mit aller Kraft, denn nur wenn sie dem Boot Fahrt zu geben vermochten, konnte es der Gefahr widerstehen, von der heraulaufenden Brandung gefaßt und vor ihr her getrieben zu werden, so daß es beidrehend umschlug. Bis an den Ausgang der Hafendämme drang es hurtig vor; dann schien eine übermächtige Gewalt es anzunageln: so furchtbar arbeiteten Wind und Wellen zugleich, den Bug gen Himmel zu heben und die Kraft der Rudernden zu brechen. Jungens, durch! durch! wir müssen ja durch! rief die alles übertönende Stimme des Kommandeurs. Er ruderte steuernd mit, daß an Haar und Bart der Schweiß ihm heruntertroff. Die Kraft seiner Stimme fuhr ihnen in die Arme; das Boot ging fort, und durch den Kamm der Brandung schoß es auf= und niederschwebend hindurch, gleichsam Schritt für Schritt sich die Bahn erkämpfend. Schräg auf sie heran flog das unglückliche Fahrzeug, dem sie Hilfe brachten. Man sah die beiden Männer, die darin ruderten; doch mit erschreckender Schnelligkeit trieb jetzt das zu leichte Boot vor der See daher. Sie preßte den Bug tief ins hohle Wasser, während der Kamm der Woge das Hinterteil vorwärts jagte; eine Weile hielt das führerlos werdende Fahrzeug diesen Tanz noch aus; dann verschwand der Bug völlig unter der Flut, das Heck stieg himmelan empor, und das vornüber umschlagende Boot, seine Ruderer unter sich begrabend, den Kiel nach oben, lag besiegt unter der Welle, die triumphierend über ihm dahinfuhr.

Aus Steuer, aus Steuer! rief der Lotsenkommandeur seinen Leuten zu, riß sich den Rock von den Schultern, die Schuhe von den Füßen, und sprang über Bord. Einer der beiden Begrabenen — den andern sah man nicht wieder — kam nach einer Weile, nahe beim Rettungsboot, noch einmal an die Oberfläche empor; suchte einen Hilferuf hervorzustoßen, den der Wogenschaum vor seinen Lippen erstickte, und sank dann wehrlos in die Tiefe zurück. Der Lotsenkommandeur schwamm der Stelle zu, wo er verschwunden war, und tauchte nieder. Mit der hinabgreifenden Hand faßte er das dichte Haar des Ertrunkenen, hob sich dann mit der andern Hand und den Füßen an die Luft empor, den Mann hinter sich her ziehend; warf ihn auf den Rücken, mit einem plötzlichen Ruck, um ihn über Wasser zu halten, warf sich dann selber auf den Rücken herum, und nun den Kopf des andern sich auf die Brust legend, ihn mit beiden Händen an den Haaren haltend, schwamm er dem Rettungsboot zu. Ein Dutzend Wellen fuhren noch unter und über ihm hinweg; dann sah er einen Remen, ein Paar sich ausstreckende Arme und das ernsthaft lachende Gesicht des Johann Jakob Evers über seinen Augen; dann ergriff er den Remen, und zog seinen Mann, den die Linke festhielt, mit sich zum Bord hinauf.

Wo ist der andre? fragte er, noch nach Atem ringend und das Salzwasser von sich wegblasend, als er im Boot neben einem der Luftkasten saß. Johann Jakob Evers zuckte stumm mit den Achseln; die andern deuteten auf das umgeschlagene Fahrzeug, das dahintrieb wie ein toter Fisch, und auf die grauschwarze Tiefe. Hm! murmelte der Lotsenkommandeur und seufzte. Der da rührt sich auch nicht, sagte er dann, wieder am Heck sitzend und, naß wie ein Meergott, gegen das Ufer steuernd. Legt ihn aufs Gesicht; einen Arm unter die Stirn! — Die Kleider herunter; warme Decken . . . Will er noch nicht atmen? Auf die Seite legen; kitzelt ihm die Kehle; Schnupftabak in die Nasenlöcher . . . Oho! Mit allen Remen streichen! Wir drehen ja bei! — Werft die Schlepper aus! — Jungens, vorwärts, vorwärts!

Korallina kam singend aus der Küche; sie hatte dort träumend in einer Ecke gesessen und nichts von der Ausfahrt des Rettungsbootes gehört; nun sang sie ihr Lieblingslied: „Keine Rose, keine Nelke", um sich das Sturm-

getöse aus der Seele zu singen, und trat auf den Hausflur.
Der Wind riß ihr fast die Thür aus der Hand; draußen
am Bollwerk stöhnten wie klagend die gepeitschten Bäume.
Sie wurde still und schlich sich in das Arbeitszimmer ihres
Vaters hinein. Dort sah sie etwas so Unerwartetes, daß
sie stehen blieb: am Fenster, aufs Meer hinausschauend,
standen ihre Schwester Sophie und der Doktor Schulter an
Schulter; eine Hand des Doktors umfaßte Sophiens weiche,
rundliche Gestalt, und ihr blondes Haar schmiegte sich an
seines. Ich sehe nichts mehr; und sie kommen nicht wieder!
sagte Sophiens herzliche, weiche Stimme, zitternd vor Angst,
und sie drängte sich näher an den Doktor. Doch; sie kommen
wieder! antwortete er tröstend, und zum Trost drückte er
sie fester an seine Brust. Nun schien auch sie wieder zu
hoffen, schien das Rettungsboot aus der Brandung auf=
tauchen zu sehen; denn aufatmend, mit einem fröhlichen
Ausruf deutete sie hinaus, und küßte vor Freude den Dok=
tor hastig auf die Wange . . . Sagt' ich es nicht? rief
er ihr ins Ohr; und wie um sie noch mehr zu ermutigen, da
sie wieder seufzte, wendete er sanft ihr rundes Köpfchen
zwischen seinen Händen herum und küßte sie auf das blaue
Auge, das sich schloß. Oh! sagte sie, nachdem es geschehen
war; jetzt nicht! jetzt nicht! — und sah wieder zitternd
durch das Fenster hinaus. Doch sie hörte nun die knar=
rende Thür, die unter Korallinas Händen sich bewegte. Ihr
rosiges Gesicht drehte sich über die Schulter; und sobald sie
Korallina erblickt hatte, die sprachlos verwundert dastand,
lief sie durch die andere Thür ins Wohnzimmer hinaus, und
der Doktor ihr nach.

Korallina starrte und horchte noch eine Weile; dann

trat sie ans Fenster, um zu sehen, was sich denn dort be=
gebe. Das Rettungsboot, das ihr bald in die Augen fiel,
hatte — jetzt anrudernd, jetzt streichend, und so auf dem
Rücken der Brandung dahingetragen — unter der sichern
Führung des Kommandeurs die Einfahrt glücklich gewonnen;
zwischen den Steindämmen rollte es leichter und schneller
dahin, und Korallinas Busen hob sich plötzlich unter einem
tiefen, belebenden Atemzug. Stimmen vom Ufer riefen die
Heimkehrenden an; Johann Jakob Evers schwenkte seinen
Hut. Dann verschwand das Boot unter dem hohen Voll=
werk. Der Doktor trat — ohne Sophie — vor die Thür
hinaus; die Gelandeten stiegen die Wassertreppe herauf, zwei
von ihnen trugen eine in Decken eingewickelte Gestalt. Der
wird wohl nicht wieder, hörte Korallina — da der Wind
eben still ward — einen der Lotsen sagen. Schade; jung
und hübsch! sagte ein andrer über die Schulter zurück.
Dann nahm der Kommandeur, der zuletzt erschien, den Doktor
bei der Hand, sagte ihm ein paar Worte, auf den Einge=
hüllten deutend, und ging rasch ins Haus.

Korallina horchte; ein Schauder lief über die schlanke
Gestalt. Sie hörte den Vater in sein Schlafgemach treten,
offenbar um sich umzukleiden; sie hörte, wie Sophie in die
Küche lief, offenbar um für einen warmen Trunk zu sorgen;
dann hörte sie, wie draußen auf der Bank, unter dem
schützenden Vordach, der Mann, der „wohl nicht wieder
wird“, niedergelassen und auf des Doktors Befehl „auf die
Brust gelegt“ ward; und nun sah sie nichts mehr, nur die
lauten, ruhigen Kommandoworte des Doktors klangen ihr
ans Ohr. Sie erriet, was geschah: wen die gewöhnlichen
Mittel nicht wieder zum Atmen gebracht haben, den rettet

man vielleicht noch, indem man ſeine Lunge zu künſtlichem, nachgeahmtem Atmen zwingt; ſo hatten ſie damals, als das alte Rettungsboot umſchlug und Korallina faſt von Sinnen kam, ihren Vater gerettet. Man legt den ſtillen Mann auf die etwas erhöhte Bruſt, dann auf die Seite, dann ſchnell wieder zurück aufs Geſicht; indem man ihn auf die Bruſt legt (und zugleich durch einen Druck auf den Rücken nach=hilft), treibt man die Luft hinaus; dreht man ihn dann auf die Seite, tritt die Luft wiederum in die Lungen ein; — dies fort und fort, ruhig, gleichmäßig, geduldig wieder=holend, ſtellt man noch zuweilen das natürliche Atmen wieder her, wenn nicht alle Hilfe zu ſpät war. Korallina horchte, atemlos vor Mitleid. Wird auch der wieder ein Lebendiger werden, wie ihr Vater damals? — — Sie ſah auf die Uhr an der Wand; wie unglaublich träge rückte der Zeiger vor; wie lang, wie lang waren die Minuten. Dann dachte ſie zu träumen: wie war es ihr wunderbar, daß derſelbe Doktor da draußen ſo geſchäftsmäßig kommandierte, der vorhin ihre Schweſter ſo verliebt umarmt hatte ... Rührung überkam ſie; dann ein ſeltſames Gefühl, das ſie nicht ver=ſtand. Sie trat vor das Bild unter dem grünen Vorhang, und wie um nicht ganz allein zu ſein, zog ſie — immer noch horchend — den Vorhang zurück, bis das liebliche Mädchengeſicht der Tante auf ſie niederblickte. Braune, ſtrahlende Augen, die noch nichts von Jammer und Elend wußten; braunes, welliges Haar, zärtlich geformte Lippen; eine ſchmale Stirn, aber in Naſe und Kinn, wie es ſchien, raſche Willenskraft, die nicht lange fragt. ... Träumend betrachtete Korallina dieſes Geſicht, das ihr ſo ähnlich war; wie die andern ſagten. Sie blickte hinauf, um die bange

Ungeduld des Horchens zu vergessen. Plötzlich entfuhr ihr ein kurzer Schrei: denn Johann Jakob Evers draußen in der Veranda stieß einen Freudenruf aus ...

Ruhig! ruhig! rief darauf der Doktor. Jetzt die Glieder reiben! immer von unten nach oben! Die Wärmflaschen her! — Warmes Wasser, zum Trinken! — — Korallina hörte die Worte, wiederholte sie sich, wollte hinaus, um zu bringen und zu helfen. Doch es war ihr, als müsse sie angenagelt sein. Es ward ihr so mühsam, zu atmen, wie sie dachte daß ihm, dem zum Leben Erwachenden, noch sein werde; und so regungslos waren ihre Glieder, wie sie die seinen im Geist draußen noch liegen sah. Aber er lebt; er wird leben! — — Sie hörte Sophiens Stimme, die mit allem, was verlangt ward, schon in der Veranda erschien; sie lächelte, während ihr zu großem Erstaunen zwei Thränen übers Gesicht rollten; sie sah wieder zum Bild der Tante hinauf, und ihm zunickend faltete sie unwillkürlich die Hände.

Noch eine Weile verging; dann erklangen die schweren Tritte der Lotsen auf den Steinen unter dem Vordach: sie trugen den Geretteten offenbar ins Haus. Der Doktor befahl, drinnen die Fenster zu öffnen; ihn ins Bett zu legen; warmen Branntwein zu bringen. Dann verschwand auch er, offenbar ihnen nach. Alles war nun still. Mehr und mehr hatte sich inzwischen der Wind gelegt; die Brandung brauste noch mit der gleichen Stärke, oben aber zerriß das schwärzliche Gespinst der Wolken, zunächst hier, dann dort; mit sonderbar scharfem Blau leuchtete der Himmel durch die Risse. Korallina stützte beide Arme auf das Fensterbrett und blickte dankbar hinaus. Sie dachte an den Mann, der

auch diesen jungen, armen Fremdling, mit Verachtung der
Gefahr, gerettet hatte; der wiederum glücklich heimgekehrt,
ihr aufs neue geschenkt war; den sie so zärtlich, voll Ver=
ehrung liebte. Sie nahm das Medaillon in die Hand, das
sie am Halse trug, öffnete es und küßte ihres Vaters Bild.
Ich liebe dich! sagte sie. Ich liebe keinen Mann als dich!
setzte sie lächelnd hinzu. Wenn du kommst, fall' ich dir um
den Hals! — — Der Träumerin war, als müsse sie ihn
hier erwarten, bis er komme. Ihre geschmeidige Gestalt
legte sich in den Schaukelstuhl, und die Augen wie harrend
auf die Thür geheftet, versank sie in verworrene Gedanken;
in sanfte, müde Gefühle — endlich in tiefen Schlaf.

Aus dem Nachmittag war Abend geworden, als sie
wieder erwachte ... Sie rieb sich verwundert die Augen;
schämte sich; endlich erstaunte sie, nebenan im Wohnzimmer
das Klavier erklingen zu hören, von einer unbekannten,
fremdartigen Melodie. Das war nicht Sophie, die sonst
wohl zuweilen spielte, Korallinas Gesang begleitend; und
weder der Doktor, noch der Lotsenkommandeur hatten je
Musik in ihren Fingern gehabt. Das Mädchen sprang auf
und trat ins Wohnzimmer ein. Dort saß ein junger Mensch
am Klavier, in ihres Vaters Kleidern, die ihm übel paßten,
denn er war schlank und schien fein gebaut; doch auf dem
freien Hals erhob sich der freie Kopf, mit schwärzlich braunem,
noch etwas feuchtem Haar, mit glänzenden schwarzen Augen
in einem ausländischen, gelblichen, schöngeformten Gesicht.
Korallina legte bei diesem Anblick, ohne es zu wissen, eine
Hand auf die Brust. Sie erriet, wer da saß. Der junge
Mann — noch ein wenig bleich, aber mit unbekümmert
frischer Heiterkeit, die von ihm strahlte — erhob sich, als er

sie erblickte. Oh! sagte er mit unwillkürlicher Verwunderung, eine so liebliche Erscheinung zu entdecken.

Korallina murmelte ein unverständliches Wort. Sie verzeihen, sagte er und lächelte. Man hatte mich dort im andern Zimmer auf ein Bett gelegt; man hatte mich ersucht, etwas einzuschlafen; das hab' ich denn auch gethan. Dann hab' ich etwas gegessen und getrunken; alles stand am Bett. Dann hab' ich mich in diese Kleider gesteckt, die mir auf den Sessel gelegt waren, bin hier eingetreten, — und hab mir eins aufgespielt. Aus Vergnügen — am Leben. Sie verzeihen! ich hoffe!

Er sagte dies fließend, doch mit etwas fremdem Accent; die deutsche Sprache hatte dem Mädchen nie so hübsch, nie so fein geklungen. Sie sind der Gerettete, nicht wahr, entgegnete sie endlich in ihrer Verwirrung, um doch auch zu reden. Er nickte und verbeugte sich heiter. — Ich bin so froh! fuhr sie fort, vor Bewegung die Hand wieder auf die Brust legend; was er mit Erstaunen und mit Rührung bemerkte. Als ich den Lotsen sagen hörte: „Der wird wohl nicht wieder" — — Sie sah ihn an, der so schön und lebendig vor ihr stand, sie hatte plötzlich zu wenig Atem und verstummte.

Hat er das gesagt? — Nun, er hatte recht. Ich war ja eigentlich tot, mausetot (Korallina fuhr zusammen); es ist eine Anmaßung von mir, wieder die aufrechte Stellung einzunehmen. Noch anmaßender, daß ich mich mit einer lebendigen, schönen jungen Dame in ein Gespräch einlasse; ich atme ja nur künstlich; Ihr Vater — nicht wahr, mein edler Lebensretter ist Ihr Vater (sie nickte) — Ihr Vater hat mir dort am Bett versichert, daß ich nur künstlich atme, —

ebenso wie er. Ein jovialer, göttlicher Mann, mein Lebens=
retter! — Alle Zähne des jungen Mannes schimmerten, so
herzlich lächelte er. Dann hauchte er in seine Hand, wie
um den nachgemachten Atem zu fühlen, und blickte darauf
das Mädchen drollig von der Seite an. Dies alles erschien
Korallinen fast wie Gotteslästerung; doch sie konnte ihm
nicht zürnen, seine heitere, männliche Sorglosigkeit strahlte
ihr so warm und so durchdringend ins Herz.

Sie bat ihn, wieder zu sitzen, er werde doch müde
sein; er schüttelte den Kopf. Endlich saßen sie beide, ein=
ander gegenüber, Aug’ in Auge, und nun schienen auch über
ihn weichere Gefühle zu kommen. Was für einen Vater
Sie haben! sagte er gerührt. Was für einen Vater! —
Dann lächelte er ihr etwas errötend zu; dann seufzte er:
daß alle die andern tot seien; keiner gerettet als er! —
Hatten Sie keine Furcht? fragte sie, vor sich niederblickend.

Wann? fragte er.

Als Sie — — Nun, eh’ Ihnen das geschah.

Ich dachte immer: so schlimm wird’s nicht werden!
antwortete er. Als unser Schiff nicht mehr zu retten war,
dachte ich: das Boot! Als wir das Boot nicht regieren
konnten, dachte ich: irgendwas wird uns ja noch retten!
Dann schlugen wir um, und während ich unterging, hatte
ich ganz andre Gedanken, und zur Furcht keine Zeit —

Was für Gedanken? fragte Korallina.

Ich glaubte, es sei ein Märchen, daß man im Ertrinken
noch einmal sein Leben wie im Flug durchlebe; aber so
wahr ich hier sitze — künstlich atmend — es ist wirklich
wahr. Schneller als im Traum, von Bild zu Bild; —
ich hab’s heute erlebt!

Korallina nickte still; denn auch ihrem Vater war es so ergangen. Mögen Sie mir's erzählen? fragte sie dann bewegt, und beugte sich vor. Als ihr anmutiges, sanft gerötetes Gesicht ihm so nahe kam, atmete er tiefer auf und hob beide Hände. Doch sie sanken wieder, und er suchte zu lächeln.

Ich will Ihnen sagen, wie das war, antwortete er. Ich hörte, wie mir das Wasser um die Ohren sauste; rühren konnt' ich nichts, die Glieder waren wie tot; aber ich sah einen kleinen Jungen, der bläulich und blaß auf dem Bette lag, und einen Mann davor — meinen Vater — der mit sehr betrübtem Gesicht auf den kleinen Jungen deutete und sagte: Dein Bruder lebt nicht mehr; ihr werdet nun nie mehr miteinander spielen! — Doch er sagte das nicht; mir war nur so, als hätt' er es eben gesagt ... Dann schwamm eine Flotte heran; viele, große Schiffe; ich sah auch das Meer und eine Stadt; nämlich die Stadt Veracruz. Und wieder derselbe Mann kam mir vors Gesicht, und ich hatte das Gefühl, als sagte er: wir müssen fort! Die Franzosen kommen! — — Aber das war schon vorbei; himmelhohe Berge, voll Schnee; viele Menschen und Tiere auf der weißen Straße, die in der Sonne glänzte; es war sehr heiß, und ich hörte schießen ... Und dann — dann — —

Der junge Mann sah auf den Boden, die Fortsetzung dieses Traumes suchend. Es verwirrte ihn, daß ihm die zierlichen Füße des Mädchens in die Augen fielen. Als sie das bemerkte, zog sie sie errötend zurück.

Und dann —? fragte sie nach einer Weile, leise.

Dann sah ich meine Mutter — tot — erwiderte er halblaut. Dann (er dachte nach) einziehende Truppen, im

Triumphmarſch, unter Ehrenpforten; luſtige ſpaniſche Sol=
datenlieder ... Dann — ein junges Mädchen; wir hatten
eben getanzt, ſie war blaß und roch an ihrem Fläſchchen ...
Dann kam mir's wie Teergeruch, und ein Dreimaſter, der
vom Stapel lief, im Hafen von Tampico ... Aber ſo
war es nicht; andre Bilder dazwiſchen; mehr, viel mehr; —
doch ich bin verwirrt. Warum ſehen Sie mich nur ſo merk=
würdig an. Ich lebe ja; bin ja nicht ertrunken! Wenn
ich heimkomme, werden mein Vater, meine Schweſter mich
mit doppelter Zärtlichkeit umarmen. Was hab' ich denn
verloren? Mein Gepäck; weiter nichts. Dafür weiß ich nun
erſt, was das Leben wert iſt! — Er ſtand auf; die reinſte,
jugendlichſte Freude ſtrahlte ihm aus den Augen. Vive
Dios! Noch heute abend will ich wieder ertrinken, wenn
wieder der Mann, der ſo eine gute, ſchöne Tochter hat, mich
herausholen will ... Verzeihen Sie, ſetzte er raſch, etwas
verlegen, hinzu, da er ſah, daß ſeine Sprache ſie verletzte.
Ich rede nur ſo. Ich weiß nicht, was ich thue. O, wie
dankbar bin ich. Wie möcht' ich Ihnen ſagen, was ich
fühle; aber ich ſchäme mich. Ihr Vater! und Sie! —
Laſſen Sie mich Ihre Hände, Ihre Füße küſſen! — —
Mit plötzlicher, liebenswürdiger Leidenſchaft brach es aus
ihm hervor, große Thränen ſtanden ihm im Auge, er er=
griff ihre beiden Hände, die ſich zuſammenzogen, und drückte
ſie feſt gegen ſeine Lippen.

Die arme Korallina ſeufzte vor Bewegung ... Dann
erſchrak ſie: denn die Thür zum dritten Zimmer ging auf,
und der Lotſenkommandeur, dem Sophie und der Doktor
folgten, trat über die Schwelle. Das mit Wein gefüllte
Glas, das er in der Hand hielt, wäre ihm faſt entfallen,

als er die beiden in solcher Vertraulichkeit sah. Doch er
verlor nicht die Heiterkeit, die sein menschenfreundliches Gesicht
verklärte. Schon so gute Kameraden! sagte er. Doktor,
der junge Mann wird rot! — Werden Sie nur noch röter,
setzte er hinzu: trinken Sie diesen Rotspohn, er wird Ihnen
die Leber wärmen, und er heißt Sie willkommen!

Der junge Fremdling wollte etwas erwidern, seine
Dankbarkeit ausdrücken; aber: trinken Sie! fiel ihm der
Lotsenkommandeur ins Wort. Hierauf leerte der Jüngling
das Glas auf einen Zug. Sie sind kein Deutscher, nicht
wahr, fragte der Kommandeur, nachdem er ihm mit gast-
freundlichem Behagen zugenickt hatte. Das ist ein spanisches
Gesicht, oder ich war nie da drüben, in den Kolonien!

Meine Mutter war eine Spanierin, aus Veracruz, gab
der Jüngling zur Antwort. Mein Vater ist aber deutsch;
und von dieser Küste. Wir sind Kaufleute, Herr. Ich
sollte nach Petersburg; — vorläufig bin ich hier, setzte er
ganz zufrieden — mit einem unbewußten Blick auf Korallina — hinzu.

Und wie heißen Sie, junger Mexikaner?

Pablo, war die Antwort.

Ich meine den Vatersnamen, sagte der Lotsenkommandeur.

Der Jüngling nannte einen deutschen Namen; wiederholte ihn noch einmal mit dem Vornamen des Vaters, und
lächelte Korallinen zu: daß doch auch in ihm deutsches
Blut, stammverwandtes Blut fließe. Aber wie erstaunte
er dann über ihres Vaters Gesicht. Es entfärbte sich, als
bliebe kein Blutstropfen mehr darin. Eine heftige, wachsende
Bewegung erschütterte darauf die zuerst regungslose Gestalt.

Der Lotsenkommandeur warf dem Doktor einen Blick zu, der plötzlich auch diesem das Blut aus dem Gesichte trieb. Nachdem eine Weile alle stumm gewesen — noch wußte niemand außer dem Doktor, warum — zog der Lotsenkommandeur die Brauen und die Lippen zusammen, wie um sich zu fassen, zu einem Entschluß zu kommen; trat vor, nahm vom Tisch das Glas, aus dem der Jüngling getrunken hatte, und warf es zur Erde. Die Scherben klirrten über den Boden hin. Fort aus meinem Haus! sagte er dann, die Worte gleichsam aus der Kehle loslösend. Fort aus meinem Haus!

Warum? stammelte der junge Mann und richtete sich hoch auf.

Das will ich Ihnen sagen, fuhr der Lotsenkommandeur, auf den Tisch gelehnt, äußerlich ruhiger, fort. Weil Ihres Vaters Sohn hier am falschen Platz ist. Weil Ihr Vater kein Mann von Ehre ist, sondern — — er stockte, aus Schonung für den Jüngling, der zu zittern anfing. Weil Ihr Vater mir mehr zu leide gethan hat, als irgend ein Mensch auf der Welt. Weil er mir noch sein Leben schuldig ist; verstehen Sie! — Der Doktor da kann es Ihnen sagen; gehen Sie mit ihm hinaus; kommen Sie nicht wieder. Sie waren in meinem Haus zum ersten= und letztenmal! Sehen Sie mich nicht mehr an; gehen Sie hinaus!

Der Doktor winkte dem Jüngling, sich mit ihm zu entfernen; doch dieser — nachdem er stumm einen Schritt gethan — blieb wieder stehen; seine Glieder bebten. Sie bedauern offenbar, sagte er, dem Lotsenkommandeur trotzig ins Auge blickend, daß der andere ertrank, und nicht lieber ich. Was meinen Vater betrifft . . . Sie verleumden ihn, wollte er hinzusetzen; doch ein Blick des auffahrenden Kommandeurs wirkte so heftig, so erschütternd auf ihn, daß er die Worte nicht auf die Lippen brachte. Ich verlasse also Ihr Haus — — in dem ich so dankbar — so dankbar — — Hilflos blickte er auf Korallina. Ihr mitleidiger, warmer Blick begegnete dem seinen. Vater! rief sie aus und hob die Hände. Laß ihn so nicht fort! Was hat er dir gethan! Laß ihn so nicht fort!

Der Lotsenkommandeur blickte von ihr auf ihn, und von ihm auf sie. Steht es schon so? sagte er dann, mit einer Art von Lachen. Wie die beiden sich ansehen . . . Da möchte wohl gar der Junge wiederholen, was der Alte gethan hat! — Ist ja sein Blut! Alles ist ja Vererbung! — — Die künstliche Ruhe verließ ihn, und die Zornader zwischen den Augen schwoll ihm so gewaltig, daß er eine Hand an die Stirn legte. Doktor, sagen Sie ihm, daß er mein Haus verläßt. Sagen Sie ihm, daß er meine Tochter nicht mehr anreden, nicht mehr anschauen soll. Uebrigens denk' ich doch (da er sah, daß der Jüngling sich nicht rührte), der wird sich meiner Tochter nicht mehr nähern, dessen Vater ich, ihm ins Gesicht, einen ehrlosen Verführer, einen Hundsfott genannt habe!

Auf dieses Wort hob Pablo die Hand; — aber im nächsten Augenblick trat ihm der Doktor in den Weg. Sophie drängte sich an den Doktor hin; Korallina sank auf einen Stuhl. Lassen Sie, lassen Sie; es ist schon gut, stammelte der leichenblasse Jüngling zum Doktor, vor Verzweiflung lächelnd. Dann raffte er sich auf: Sie haben mir das Leben gerettet, sagte er laut und fest; nach diesem Wort sind wir quitt! — — Er wollte noch etwas sagen, das

Korallinen galt, es ward aber nur ein stummer Blick, der ihr durch das Herz ging, und er schwankte hinaus.

Auf diesen stürmischen Tag folgten stille, schwüle. Der Doktor war in die Hauptstadt heimgekehrt, zu seinen Kranken; der Lotsenkommandeur lebte still für sich, meist in seinem Zimmer, bei den Mahlzeiten schweigsam, in Amts= geschäften einsilbig; nur mit sich selbst hörte man ihn sprechen, oder mit dem Bild seiner Schwester. Er erwähnte des jungen Pablo gegen niemand, mit keinem Wort. Auf die ersten Fragen der Einwohner, der „guten Freunde“ antwortete er so kurz und so ablehnend, daß keine Frager mehr kamen. Auch erkundigte er sich nicht, was aus seinem Geretteten geworden sei, wo er sich befinde. Einige Male, bei Tisch, schien ihm so eine Frage auf den Lippen zu schweben; indessen nach einem Blick von der Seite her auf Korallinas blasses Gesicht schloß er wieder die Lippen, ohne zu reden. Jeden Morgen schien er Sophien matter und abwesender, als am Tage vorher; er schien schlecht zu schla= fen . . . In demselben Maße ging eine Veränderung mit Korallina vor; auch sie ward stiller und fremder; doch ihre Augen nahmen ein fieberhaftes Glänzen an, und oft brannten ihr die eben noch blassen Wangen. Wenn man sie nicht befragte, sprach auch sie kein Wort. Sie vermied ihres Vaters Blick; sah er sie zuweilen einmal plötzlich durch= dringend an, schlug sie die Augen nieder. Eine rätselhafte Entfremdung schien die beiden zu trennen . . . Die gute, weiche, zärtliche Sophie, die dies alles bemerkte, ging be= klommen umher. Sie wußte nicht, was sie verbrochen hatte, daß sie mit ihrem jungen Glück nun so einsam dastand. Wie verzaubert kam dieses Haus ihr vor, in dem sie für ihre bräutlichen Gefühle nirgends ein Echo entdeckte; denn weder Vater noch Schwester zeigten sich bereit, von ihrer Herzensgeschichte, ihrer Zukunft zu hören und zu sprechen. Sie sehnte sich nach ihrem Doktor, der so nah und so fern war; ja nach ihrem unerwachsenen Bruder, der in der Hauptstadt auf der Schule Cicero studierte; den sie so gern umhalst hätte, um irgend etwas Liebes in ihren Armen zu fühlen.

Endlich — nach acht oder neun Tagen — kam der Morgen, an dem sie den Besuch des Doktors erwarten durfte. Vor Unruhe und Freude stand sie noch früher auf, als sie gewohnt war, hantierte in Küche und Kammer mit geräuschvoller Hastigkeit, und ging dann ans Meer hinab, sich an der plätschernden Musik der mitfühlenden Wellen zu erfrischen. Der sanfte Morgenwind hatte sich ganz gelegt und schlief auf dem Wasser, das sich friedlich sonnte. Kleine, bescheidene, nur eben bemerkbare Wellchen zitterten über den flachen Grund heran, legten etwa ein grünes Meergewächs, das sie mit sich führten, als Opfergabe am Gestade nieder, und verhauchten dann im Sand ihr kurzes Leben. Rück= wärts hinter ihnen blaute der weite Meeresspiegel, der ganz unbewegt schien; blauer als der Himmel, der in wolken= loser, bleicher Klarheit aus dem Wasser aufstieg und aus Luft und Licht seine Wölbung hoch und höher auferbaute. Nur an der Grenzlinie zwischen See und Himmel wuchs zuweilen ein zartes, duftiges, sonderbares Gewölk, wie der Anfang eines Märchens, aus dem Wasser auf; jetzt wie ein bläulicher Finger, der nach oben zeigte, jetzt wie der Rücken

irgend eines fabelhaften Getiers, das dann langsam empor=
stieg, und mit bald hervorgestrecktem, bald zerfließendem
Kopf über dem Meereshorizont von Westen nach Osten
schwamm, bis es sich in eine Rauchsäule verwandelte und
verschwand. Einmal war es Sophien, als sähe sie den
krausen Kopf und das ernste, ausdrucksvolle, ehrenfeste Profil
ihres Doktors aus der See emporwachsen; doch aus dieser
freundlichen Erscheinung, deren Form sich auflöste, ward
eine dickleibige Katze mit einem langen Schweif, und aus
der Katze ein Wölkchen ohne Sinn und Verstand; und seuf=
zend ging sie in dem feuchten Sande weiter . . . So kam
sie endlich an den Badeweg, der landeinwärts in ein junges,
künstlich angelegtes, freundliches Gehölz führte; gegen die
Seewinde hatte man sein erstes, zartes Wachstum durch
eine lebendige Mauer junger Fichten geschützt, die sich nun
als schattiges Dickicht ausgebreitet hatten. Sophie stand davor
und sah hinein. Die breiten Wege des eigentlichen Ge=
hölzes, in denen sie Menschen begegnen konnte, lockten sie
nicht; sie begab sich auf den schmalen, halbverwachsenen
Pfad, der durch diese Fichtenwildnis wie eine Schlange hin=
durchkroch. Mittendrin stand eine einsame Bank. Dort,
so ganz versteckt und verschattet, setzte sie sich nieder, dachte
an ihren Doktor, und wie die Wohnung sein müsse, die sie
beziehen würden, und ob sie ihren Myrtenkranz auch mit
Orangenblüten schmücken werde, und drückte die Augen zu,
um den geliebten Mann ganz, ganz deutlich zu sehen, zu
umfassen und ans Herz zu drücken.

Warum glaubst du mir wieder nicht? sagte nicht weit
von ihr — hinter dem undurchdringlichen Gebüsch — eine
flüsternde Stimme. Gestern abend so hoffnungsvoll, so

vertrauensvoll; heute wieder verzagt und ohne Glauben. Wie soll ich dir denn noch zeigen, daß ich's ehrlich meine? Schwören — Gott anrufen, und alles was heilig ist — wozu hilft das? Was ist das? Drei, vier falsche Eide — das ist bald gethan. Wenn du mir nicht anfühlst, daß ich dich rechtschaffen liebe, wenn du mir, deinem Liebsten, nicht vertraust, wie soll es dann enden?

O, ich bin schlecht! Ich bin schlecht! antwortete eine zweite Stimme.

Sophie horchte höher auf, und vor Schreck öffnete sie die Lippen; denn sie hörte, daß jetzt Korallina sprach . . .

Ich bin nicht mehr meines Vaters Kind! fuhr Korallina fort. Ich verachte mich! Hier mit dir zu sitzen, den ich nicht sehen soll! Jeden Abend, heimlich, hinter seinem Rücken — — Und nun sagst du mir: geh mit! geh mit mir über die See! Und ich sitze hier, sage nicht nein, höre das alles mit an!

Du sagst nicht nein? sprach wieder der andre mit trauriger und gedämpfter Stimme. Sagtest du mir nicht eben: laß mich hier, ich kann nicht!?

Pablo! wie kann ich denn? Meinen Vater verlassen? — Sieh mich an: würdest du das thun?

Gib mir einmal deine Hand, süße Korallina! Warum zitterst du. Ich will zu deinem Vater gehn, will vor ihn hintreten und sagen — — Du schüttelst wieder den Kopf. So überzeugt bist du, daß er mich nicht anhört. Wie kann dein Vater mich hassen; was habe ich ihm gethan? Ich, der ich's gut machen will —

O, wie schwach bin ich! fiel ihm das Mädchen ins Wort. Wie kam es denn nur, daß ich nicht fortging, als du mich damals hier anriefst. Wie kam es denn nur, daß ich dich so liebe. Warum er dein Vater! — — Ich faß' es nicht, kann es niemals fassen. Geh aufs Schiff; geh allein! Laß mich hier, komm nie wieder! — — Doch sie schien, nachdem sie das gesagt, seine Hand zu fassen und zu halten. Pablo! Sei nicht bös. Geh nicht, geh nicht; sag mir noch ein Wort!

Was soll ich noch sagen; du hörst ja nicht, erwiderte er. — Sophie war aufgestanden, und in der Furcht, ein Geräusch zu machen, hielt sie einen jungen Fichtenbaum mit beiden Händen, still und mühsam atmend; wie gern hätte sie laut geseufzt: so bang war ihr ums Herz. — Teure Korallina! fuhr Pablo eindringlicher fort. Wenn mein Vater — nicht gut war, ich will's besser machen; sagt' ich dir das nicht schon am ersten Tag. Das Unrecht, das er an der Schwester deines Vaters gethan hat, — ich will ihn bewegen, ihn zwingen, daß er es bereut! Wenn ich dich ihm bringe, als meine Braut, meine Verlobte, meine Frau, wird sein Herz, das nicht hart ist, ganz zerfließen, glaub' mir; und durch Vaterliebe zu dir wird er sühnen und gut machen, was er einst verbrochen; und eines Tages wird er dich um Verzeihung bitten — — kannst du das nicht hoffen, nicht fassen? — Unsre reine, treue Liebe, Korallina, wird die Väter versöhnen; und die Stunde wird kommen, wo dein Vater das Schicksal segnet, daß er mich rettete —

Ist das wirklich so? unterbrach sie ihn.

Was? fragte er.

Reine, treue Liebe? — Pablo! — — Sie brach in Thränen aus. — — Liebst du mich wirklich rein und treu, wie du sagst? Wirst du mich nie verraten und verlassen?

Korallina! Wirst du nie glauben und vertrauen —

Plötzlich und rasch stieß sie die Worte hervor: Bist du nicht deines Vaters Kind? sein Blut?

Korallina! rief er empört. Er schien aufzustehn, der Boden knisterte unter seinen Füßen; mit einem flehenden Laut hielt sie ihn aber zurück. Er stand wieder still. Du bist ja doch nicht dein Vater, sagte er endlich mit etwas zitternder, doch mehr trauriger als erzürnter Stimme; warum mußt denn du mich kränken und beschimpfen! — Ich war bei dem Doktor, hab' ihm gesagt, wie es mit uns steht, hab' ihm in seine Hand gelobt, daß ich ehrenhaft an dir handeln will; und dann hat er gesagt: gehen Sie, ich glaube Ihnen. Du aber glaubst mir nicht! — — In einer Stunde wird der Dampfer kommen, der nach Dänemark fährt; unten im Strom, fünfzig Schritte von eurem Haus, hält er an, bis er in See geht. Mit dem fahr' ich ab, wenn du mir nicht glaubst; und von Dänemark dann nach Tampico zurück . . . Warum weinst du, Kora? — Mein Gott, wie trostlos hebst du deine Hände! Sind wir denn so elend? Wenn du mich lieb hast, wenn wir einig sind, wird nicht alles gut? — — Ich gehe von hier zu deinem Vater, Kora; laß mich's thun, sag' nicht mehr nein! Ich habe Mut, denn ich bin nicht schlecht — —

Er verstummte mitten in der Rede; denn Sophie, die noch immer lauschte, stieß auf einmal einen kurzen Laut des Erschreckens aus: eine Hand hatte sich ihr von hinten auf die Schulter gelegt. Als sie sich wandte, sah sie in ihres Vaters Gesicht. Bleich und ernst stand er da, ohne ein Wort zu sagen; nur sein Blick fragte sie, was sie in dieser sonderbaren Lauscherstellung hier thue. Er war ihr langsam nachgegangen, vom Hause her und am Ufer hin. Jetzt hörte er Bewegung hinter dem Gebüsch. Das war Sophie! flüsterte Korallina. Dann machte sie sich offenbar zwischen den Zweigen Bahn, während Pablo stehen blieb; denn nach einer Weile — der Lotsenkommandeur stieg schweigend auf die Bank und sah nun über das junge Dickicht wie über eine Hecke hinüber — nach einer Weile erschien Korallina auf dem versandeten Fußpfad, der aus einer halbverwachsenen Oeffnung des Gehölzes meerwärts führte. Sie ging, ungleichen Schritts, quer durch den Sand und nah an den Fichten fort, die sie fast verdeckten; doch er sah sie wohl. Finster und still nickte er mit dem Kopf, als hätte er sich's gedacht. Nicht wahr, sie und — er, fragte er dann Sophie mit halblautem Murmeln.

Sophie antwortete nicht; sie zitterte. Ihr Schweigen war ihm Erwiderung genug. Von der Bank wieder herunter= steigend, und sie mit seinem Taschentuch abstäubend, wo er sie betreten hatte, winkte er dem Mädchen, ihn allein zu lassen, und ging langsam zurück. Als er ins Freie gelangt war, sah er Korallina sich in Hast dem kleinen Leuchtturm= hügel und seinem dahinter liegenden Hause nähern. Er blieb eine Weile stehn; dann ging er ihr nach.

Eine Treppe hoch wohnten die beiden Mädchen, in einem gemeinsamen Zimmer; die Fenster hatten freien Blick über das Meer, und von dem vorgebauten großen Balkon konnten sie auch einen Teil des Stroms und das Aus= und Einsegeln der Schiffe überschauen. Als der Lotsenkommandeur in das Zimmer trat, saß Korallina an der offenen Thür des Balkons. Sie sah aber nicht hinaus, sondern ihr feuchtes Taschentuch lag vor ihrem Gesicht. Er rief sie bei ihrem

Namen; darauf fuhr ſie zuſammen. Ich möchte doch ein Wort mit dir reden, Korallina, fuhr er fort, nachdem ſie ihr Geſicht ſchnell getrocknet hatte; nahm einen Stuhl und ſetzte ſich vor ſie hin.

Sie blickte ihn unruhig an.

Ich war alſo auch bei den Fichten, ſagte er zunächſt, ohne beſonderen Nachdruck; doch ſie verſtand ihn ſogleich und verlor die Farbe, die ſeine Anrede ihr ins Geſicht getrieben hatte. Auch iſt da ein Brief von deinem Bruder, dem Gymnaſiaſten, heute früh gekommen: als er geſtern ſeinen zukünftigen Schwager, unſern Doktor, beſuchte, hat er da dieſen Mexikaner, dieſen Pablo gefunden . . . Die Bruſt des Lotſenkommandeurs hob ſich langſam und ſchwer. Er verzog die Lippen, wie wenn er beim Atemholen einen Schmerz empfände, und ſtieß dann die Luft heftig wieder aus. — Ich ſage mir ja alſo, wie es ſteht. Hinter meinem Rücken — der Doktor mit im Komplott —

Korallina ſchüttelte den Kopf. — Vater! Vater! Lieber Vater! rief ſie dann aus.

Der Lotſenkommandeur ſtand auf und ſchloß die Thür zum Balkon. Der ganze Ort muß es ja nicht hören! ſagte er zur Erklärung. Dann, ſich wieder ſetzend: Ich hab' meine Schweſter Marie damals nicht retten können; aber mein Kind werd' ich doch wohl retten. Dieſe acht Tage her, ſo oft ich dich angeſehen, hab' ich mir geſagt: ſie war der Marie noch nie ſo ähnlich, wie jetzt! — Seit heute morgen weiß ich ja nun, warum. Weil du — — Ich muß dir's ſagen; ich, dein Vater, muß es. Weil du auf demſelben Weg biſt . . . Kind! Kind! rief er plötzlich aus, und ſeine Bewegung ließ ihn nicht mehr reden.

Mit aufflammendem Gesicht war das Mädchen aufgestanden; als sie aber den Vater so erschüttert sah, brach sie in Schluchzen aus. Vater! Laß mich reden, lieber, lieber Vater! Es ist so über mich gekommen; verzeih mir. Ich hab' ihn lieb; ja, ich hab' ihn lieb; aber er ist unschuldig und gut, und er meint es treu, und wir werden ein rechtschaffenes Paar — wenn du uns nur segnest!

Der Lotsenkommandeur schüttelte den Kopf. Blut ist Blut! sagte er, sich wieder fassend, doch mit tief ernstem, fast abergläubisch feierlichem Gesicht. Liebenswürdig und treuherzig und großmütig, und alles was man will, war sein Vater auch! Da fehlte nichts! Und meine Schwester Marie war auch so ein gläubiges, zutrauliches Ding mit schönen Worten, wie du! — — Denkst du, das mach' ich noch einmal durch, was ich damals durchmachte? Nein. Lieber in die See, einen Mühlstein um den Hals. Das traf sich auch wunderbar, daß ich den aus dem Wasser zog: damit noch einmal dasselbe Blut zu einander käme, von ihm und von ihr — — Und ich soll's noch segnen! setzte er bitter lachend hinzu. Und wenn ich euch auch mit diesen Augen am Altar, vor dem leibhaftigen Pastor sehe, ganz in allen Ehren; und wenn auch dein Pablo vor die Stufen tritt und die Hand hebt und schwört: sie soll mein eheliches Weib sein — ich reiß' ihn weg; ich duld's nicht. Blut ist Blut; er ist seines Vaters Sohn! Wenn er dich hat, wird er dich verlassen; wird zu andern gehen; über dich lachen wird er, daß du auch so ein fromm gläubig Ding warst, wie die Tante Marie ... Und der Sohn von dem, der mir das gethan hat, der soll meine Tochter — — Nie! Nie! Ich bin dein Vater, Gott hat dich mir aufs Gewissen gelegt; nie, sag' ich dir, nie!

Was willst du denn also thun, fragte Korallina, die nun die Hände fest ineinanderlegte, in der das trotzige Blut des Vaters sich empörte. Seine ehrliche Frau soll ich also nicht werden. Was willst du thun?

Wir haben ja noch eine Schwester deiner Mutter, sagte er, sich allmählich wieder fassend. Die in Brandenburg wohnt. Da bring' ich dich hin; bis der Spanische fort ist; bis er dir aus dem Sinn kommt —

Nie! Nie! rief das Mädchen aus.

Was nie?

Nie kommt er mir aus dem Sinn! Nie geh' ich da= hin! — Ich will sterben! — — Sie hob die Hände und warf sich auf die Erde.

Der Lotsenkommandeur trat hinzu, um sie aufzuheben; doch da sie ihn abwehrte, blieb er erschüttert stehen und sah nur auf sie herab. Korallina! sagte er, ein einzigmal auf= schluchzend, worauf er mit großer Anstrengung sich bezwang. Was thun wir da. Wie ist das gekommen? Zwischen uns, Korallina! — Da liegt sie, und war mein Liebling, von der ersten Stunde; ungerecht bin ich gewesen gegen die andre, gegen meine Sophie; immer Korallina voran, immer Korallina; — und da liegt sie nun, als wollt' ich ihr ans Leben. Kind! Kind! Steh auf! Dein bester Freund auf der Welt spricht mit dir; dein Vater; der dich nie be= trügen, nie verlassen wird — nie zu andern gehen — — Korallina! Hörst du! — Hart muß ich sein; Gott hat es auf mich gelegt. Werd' ich heute weich, muß ich mich übers Jahr verfluchen! Das gefährliche Blut in dir - - das will dich verderben. Du bist toll; siehst ja nicht, welchen Weg du gehst. Ich seh's. Ich sag' nein. Korallina! Ich duld's nicht!

Doch sie antwortete nicht, was er ihr auch sagte; die
Zähne in ihrem Taschentuch — wie in ihren Trotz und ihr
Elend sich verbeißend — lag sie immer noch da. Erst als
sie von der Thür her eine nur zu wohlbekannte Stimme
hörte, richtete sie sich auf. Pablo war eingetreten; —
nicht zu seinem Glück: denn sobald der Lotsenkommandeur
den Jüngling erblickte, in dessen Zügen er auf einmal das
Gesicht des Vaters aufdämmern sah, verlor sich die Weichheit, die ihm aus dem Herzen ins Antlitz gestiegen war,
und die Zornader füllte sich mit Blut. Vor seine Tochter
hintretend, so daß er die beiden trennte, wies er mit aus-
gestrecktem Finger auf die Thür.

Indessen Pablo blieb stehen. Hören Sie mich doch
an! sagte er fast flehend. Ich bin ein ehrlicher Mensch!
Nur ein einzigmal hören Sie mich an! Lassen Sie mich
eine Probe bestehen, jede, die Sie wollen; lassen Sie mir
nur irgend eine Hoffnung — — durch einen Blick auf das
Mädchen ergänzte er seine abgebrochene Rede — — stoßen
Sie mich nicht fort! Ich bin jung! Ich bin ohne Schuld!
Ich will ja gut machen, was mein Vater gethan hat ...

Es war umsonst, daß er redete; der Lotsenkommandeur
vernahm kaum die Worte, er sah und hörte nur mehr und
mehr aus dem schlanken Jüngling, aus Gebärden, Bewegungen, Tönen, den Vater heraus, den die Mutter-
ähnlichkeit verdeckt hatte; er knirschte mit den Zähnen, und
aller ungestillte Haß, alle geschworene Rache sahen ihm aus
den Augen. Nur die letzten Worte erfassend, ging er auf
Pablo zu. Wie können Sie Ihren Vater nennen, sagte er
mit bedeckter Stimme. Ich töt' ihn ja, wenn ich ihm begegne. Er hat meine Schwester in den Tod gejagt. Sie

sind sein Blut! Sie sollen mir nicht mein Kind — —
Fort aus meinem Haus!

Hören Sie mich an! rief der Jüngling wieder. Der
Lotsenkommandeur schüttelte die Hand in der Luft. Gehen
Sie fort, sagte er fast heiser. Wenn Sie jetzt nicht gehen,
mit dieser Faust schlag' ich Sie nieder, wie einen Dieb,
einen Räuber — — als so einer schleichen Sie ja seit
acht Tagen um mein Haus herum. Hier bin ich Herr.
Hinaus!

Pablo ging nicht; er hatte die Hand auf sein von der
Schmach getroffenes Herz gelegt und sah dem Wütenden
grade in die Augen. Schlagen Sie mich nieder, sagte er,
selber wie von Sinnen. Schlagen Sie nur zu!

Der Lotsenkommandeur erhob die Faust; aber ehe sie
niederfiel, warf sich Korallina mit einem wilden Schrei
zwischen die beiden, Pablo zu beschützen. Als der Unglück=
liche so plötzlich seine Tochter vor sich sah, hielt seine Faust
noch im Fallen inne; der Arm zitterte, die fünf Finger
breiteten sich aus, und die Hand fiel auf seine eigene Brust.
Doch als hätte es sie getroffen, sank Korallina hin. Pablo
wußte nicht, wie ihm geschah: der Doktor war eingetreten,
und ohne ein Wort zu sagen, faßte er den Jüngling und
riß ihn mit sich fort, zur Thür hinaus ... Dies alles
geschah schnell wie in einem Traum. Der Lotsenkommandeur
sah den beiden nach, mit verstörtem Blick. Er murmelte
ein grimmiges Wort über den Doktor, den „Zwischenträger",
den „Kuppler"; dann zog er das Mädchen mit einer Be=
wegung seiner Hand empor und sah ihr ins Gesicht. Das
ist mein Kind! sagte er. Das ist mein Kind! — —
Er wandte sich ab, als könnt' er sie nicht mehr anschauen.

Er rang nach Luft. Dich sperr' ich ein, bis du zur Ver=
nunft kommst, murmelte er nur noch, nach einer Weile.
Darauf ging er hinaus, ohne sich umzublicken, verschloß von
draußen die Thür, und die gefangene Korallina blieb allein.

Sie blieb eine Weile stehen, die Hände auf der Brust;
sich, ihr Leben, ihren Vater verwünschend; — dann horchte
sie. Die Schritte des Lotsenkommandeurs verhallten auf
der Treppe. Sie warf sich auf das Sofa; endlich richtete
sie sich trotzig wieder auf und trat auf den Balkon. Die
Glocke des Dampfers läutete zur Abfahrt; zum erstenmal.
Rechts lag er im Strom; sie blickte hinüber, sah auf seinem
Verdeck Menschen hin und her gehen, und begann zu zittern:
denn Pablo selbst erschien auf dem Verdeck. Ihr scharfes
Auge erkannte seine Gestalt. Er schien herüber zu spähen;
unverwandt, ohne sich zu rühren. Nach Dänemark! dachte
sie, sich Pablos Worte von heute früh wiederholend; und
von Dänemark dann nach Tampico zurück ... Ihre Ge=
danken verwirrten sich vor Schmerz. Ihr war, als sähe sie
wieder den Vater, wie vorhin, mitten im Zimmer, der die
Faust hob und nach Pablo schlug ... Sie trat ans Ge=
länder vor; unten sah sie die von Ufersand halb bedeckten
Steine, vor der Veranda. Menschen sah sie nicht. Ich ge=
fangen? sagte sie. Ich von Pablo lassen? — Sie lächelte
vor stiller Wut, Bitterkeit und Trotz. Es schien ihr, als
näherten sich ihr von unten her die übersandeten Steine.
Mit dem geübten Arm sich auf das Geländer stützend, wie
sie so oft am Badesteg gethan, wenn sie schwimmen wollte,
schwang sie sich hinab. Sie sank in die Kniee; ihre Sohlen
schmerzten; aber unversehrt stand sie wieder auf und lief
dem Stromufer zu. — —

Die Glocke des Dampfers hatte zum drittenmal ge=
läutet; der Doktor, einen von Pablo beschriebenen Zettel in
der Hand, kam an das Zimmer der Mädchen und klopfte
leise. Niemand rief Herein. Endlich schloß er auf und
trat ins Zimmer. Zu seiner Verwunderung war es leer,
der Ballon desgleichen; er ging in die Kammer nebenan;
nirgends Korallina. Der lange, schrille Pfiff des abfahrenden
Dampfers scholl herüber; dann die schaufelnden Räder, die
das Wasser peitschten. Wo ist das Mädchen? dachte er bestürzt.
Als er nach einer Weile das Zimmer wieder verlassen wollte,
kam ihm der Lotsenkommandeur mit finsterer Miene, sehr be=
fremdet, entgegen. Was thun Sie hier? fragte er rauh. Was
haben Sie da für ein Papier? — Wo ist meine Tochter?

Ich weiß es nicht, stammelte der Doktor. Sie ist fort.

Der Lotsenkommandeur starrte ihn an, ging dann suchend
umher; endlich kam er mit entfärbtem Gesicht zurück. Ant=
worten Sie, sagte er, den Doktor hart beim Arm fassend.
Wo haben Sie mein Kind? — Sie haben ihr aufgeschlossen,
sie hinausgelassen. Was schütteln Sie den Kopf; Kuppler,
der Sie sind. Antworten Sie! Wo ist Korallina! Wo ist
mein Kind, mein Kind!

Sie sind von Sinnen, sagte der Doktor, seinen Arm
befreiend. Ich habe Ihr Kind nicht hinausgelassen; ich
nicht. Ich will suchen gehen —

Der Lotsenkommandeur ließ von ihm ab, da er rasche
Schritte die Treppe heraufkommen hörte; doch nur Sophie
erschien, Johann Jakob Evers hinter ihr. Lieber Vater!
sagte Sophie, voll Bangigkeit. Sie deutete auf den Lotsen,
der ein zusammengefaltetes, zerknittertes Blatt in der Hand
hielt: Er bringt etwas — — hör' ihn ruhig an — —

Nun, was bringt er denn? sagte der Lotsenkommandeur, nach Fassung ringend. So reden Sie doch! Oeffnen Sie den Mund!

Von Fräulein Korallina, stammelte der Lotse, dem fast das Blatt aus der Hand fiel. Herr, ich stand beim Dampfer. Als sie das Brett wegzogen, hat sie mir das über Bord gereicht —

Vater! Sie ist fort! rief Sophie nun aus.

Der Lotsenkommandeur drehte sich langsam um; durch die offene Balkonthür sah er den Rauch des Dampfers, der schon auf offener See, nordwärts steuernd, die stille Fläche durchschnitt. Ein fürchterlicher Seufzer rang sich ihm aus der Brust; dann wandte er sich zum Doktor. Und Sie wollen meine Tochter Sophie heiraten? sagte er. Sie sind ja ein Schurke, Herr! Sie haben mein Kind hinaus=gelassen: zu ihrem Pablo, aufs Schiff. Gehen Sie aus dem Zimmer — jetzt — im Augenblick — oder Sie kommen nicht mehr hinaus!

Was Sie da reden, ist alles nicht wahr, erwiderte der Doktor, dem ein flehender, fassungsloser Blick Sophiens Selbst=beherrschung gab. Sie verwirren sich. Ich schwöre Ihnen —

Kuppler schwören auch falsch! unterbrach ihn der Lotsen=kommandeur, und riß ihm den Zettel, den Pablo zum Ab=schied für Korallina beschrieben, aus der Hand. Das ist von ihm, nicht wahr; damit kamen Sie her; Sie — Sie — der erste Mann, dem ich wieder glaubte! Sie aber — — er sagte das alles, indem er den Zettel vor Erregung in hundert Stücke zerriß — — Sie helfen dem Sohn meines Todfeinds, Sie gegen mich; Sie thun Boten=gänge zwischen ihm und meinem mißratenen Kind; und dann sagen Sie mir, ich sei von Sinnen — wenn mein Kind davongeht — mein Kind — — Die Luft versagte ihm, und mit ihr die Worte. Er nahm Korallinas Blatt aus des Lotsen Hand; in der letzten Minute hatte sie mit einem Bleistift einige flehende, halb verwirrte Worte an ihren Vater geschrieben. Auch dieses Blatt zerriß er, ohne es anzusehen, und streute die Stücke umher. Verflucht will ich sein, rief er endlich mit entfesselter Stimme aus, wenn ich je wieder dem Herrgott in den Arm falle und einen Menschen rette, dem sein Grab gemacht war! Verflucht will ich sein in die letzte Hölle, wenn ich noch einmal mehr thue, als meines Amtes ist; wenn ich noch einmal so einen Hund aus dem Wasser hole, der mir die Pest in mein Haus und den Tod ins Herz trägt! — Und Sie, Sie, rief er dem Doktor zu, während ihn schon die Kraft zu verlassen drohte, — gehen Sie; freien Sie um andrer Leute Kind. Ihnen hab' ich damals mein Herz geöffnet; dafür haben Sie mich verlassen und verraten. Wer mein Feind ist, dem verschließ' ich die Thür!

Ich komme nicht wieder, gewiß nicht, antwortete der Doktor; eh' Sie mich nicht rufen, eh' Sie mich nicht um Verzeihung bitten! — Aber Sie sind unglücklich; ich bedaure Sie — —

Er brach ab und ging still hinaus.

Ja, ich bin unglücklich, sagte der Lotjenkommandeur nach einer Weile, warf sich auf einen Stuhl und brach in lautes, unaufhaltsames Schluchzen aus. Sophie, die wie verloren dastand, wollte sich ihm nähern; doch sie sank selber zur Erde.

Wie verwandelt war dein Haus seit diesem Morgen, Lotsenkommandeur. Kein Geplauder mehr von lieblichen Mädchenstimmen, kein Gesang mehr auf der Treppe oder vom Balkon in die Nacht hinaus, kein „Ländler" mehr am verlassenen Klavier; denn deine singende Lerche ist fort, und auch dein Rotkehlchen, das beim Neste blieb, ist ganz still geworden. Wie auf eines grämlichen, alten Junggesellen Haus sinken die gleichförmigen, eintönigen, schwerlastenden Tage herab; wie eine Krähenschar in einer Reihe sitzen die schwarzen Stunden auf dem Dach, krächzen einmal, ihr Dasein zu verkünden, und fliegen eine nach der andern, schwer rauschend, hinweg. Unten in seinem Zimmer, am Schreibtisch, sitzt ein Mann, der sonst gerne lachte, gerne arbeitete, gerne las und schrieb; er sitzt über ein Buch ge= beugt, doch was da steht, kann er nicht fassen; er hört nur das Flügelrauschen, die mißtönigen Stimmen der schwarzen Schar auf dem Dach. Seit langen Tagen liegt ein geöffnetes Blatt neben ihm, auf das er antworten wollte; des Doktors Brief, der ihm noch einmal beteuert hat, daß er bei jener Flucht ohne Mitschuld war, der ihm zuspricht, an Pablos Redlichkeit zu glauben, der ihm voll Schmerz — vielleicht noch hoffend — ein letztes Lebewohl sagt; — die angefangene Antwort liegt daneben, immer schiebt eine schwere, müde Hand sie wieder von sich hinweg. Wozu noch schreiben; es ist abgethan. Der zweimal Betrogene traut nun keinem mehr. Kein Mann, der jung ist und begehrt, soll ihm mehr ins Haus! — — Die schwarzen Flügelschläger auf dem Dach kommen und gehen, fliegen ab und zu; der Sommer, der Herbst ziehen mit ihnen davon; der Winter krächzt über das Meer heran und schüttelt aus seinen

bereiften Schwingen weiße Flocken aufs Dach. Im ge=
wärmten Zimmer, im gelben Schein der Lampe ſitzt der
einſame Mann, die ſchon lange kalt gewordene Pfeife
zwiſchen den nagenden Zähnen. Zum dritten= oder vierten=
mal ſeit jenem Morgen hat man ihm einen Brief gebracht,
deſſen Aufſchrift an ihn, deſſen zierliche, flüchtige Handſchrift
ihm ſo wohlbekannt iſt; die ſtille, blaſſe Sophie hat ihn auf
den Tiſch gelegt, dann eine Weile ſtumm an der Thür ge=
wartet, dann mit lautloſem Seufzen ſich entfernt. Er ſteht
auf. Wie jene früheren Briefe hält er auch dieſen, ohne
ihn zu öffnen, über das Licht. Das Papier raucht, glimmt,
flammt dann auf, fällt als Aſche nieder. Die den Brief
geſchickt hat, die iſt tot; Tote ſchreiben nicht. Sie war ſein
Liebling, ſein Heiligſtes; treulos und ehrlos hat ſie ihn ver=
laſſen. Und nun iſt ſie tot! — —

Du warſt hart, Lotſenkommandeur. Ich rechte nicht
mit dir, ich kenne deine Gefühle, fühle ſie dir nach; aber
du warſt hart! — Doch noch mehr elend als hart; denn
während die Stunden, die Tage dir vom Dache flogen,
ſchwand vor deinen Augen das treu gebliebene Neſtkind, die
gute Sophie, ſo allmählich hin, und immer beklemmender
verengte ſich dir die Bruſt . . . Was iſt mit dem Kind?
Sie ſtößt keine Jammerrufe, keine Klagen aus; ſie geht
auch nicht mit roten, verweinten Augen umher; ſie beſorgt
das Hauswesen; wenn ſie ihrem vor ſich hinſtarrenden
Vater bei Tiſch gegenüber ſitzt, lächelt ſie ihn an, erzählt
ihm dies und das, bittet ihn, tüchtig zu eſſen; auch ſich
ſelber nährt ſie, wenn ſein auffahrender, beſorgter Blick ſie
dazu ermuntert; — aber die runden, weichen Formen der
kleinen Geſtalt magern ab, die Haut wird durchſichtig zart

und der Gang so schleppend. Zuweilen, wenn sie in der Zimmerecke sitzt, schaut sie den brütenden Vater wohl von der Seite an, wie mit einer vorwurfsvollen Frage, warum er ihr das gethan; doch wenn sein Gesicht mit den immer tiefer liegenden Augen sich ihr zuwendet, nimmt sie still wieder die Arbeit auf, die sie fallen ließ, und nach einem freundlichen Nicken näht sie ruhig fort. Nie spricht sie von Korallina, nie von ihrem Doktor; denn der Vater thut's nicht, und der Vater leidet ja so viel ... Sie seufzt wohl einmal leise vor sich hin, wenn sie wieder in der Zeitung von Verlobungen gelesen, oder: „der und die, Vermählte"; sie legt wohl auch das Zeitungsblatt dem Vater auf seinen Platz, mit einiger Absicht so und so gefaltet; — aber ob sie noch hofft, ob sie ganz verzagt, darüber sagt ihr schüchtern stilles Gesicht so viel wie das verhängte Bild an des Vaters Wand. Und doch wird es so klein, dieses stille Gesicht. Wenn der Abend — der lange Novemberabend — kommt, fangen ihre sanften Augen an, zu glühen, und die halb geschwundenen Wangen, sich zu röten. Wird dann der neue junge Arzt im Ort gerufen, nach dem Rechten zu sehen, so nimmt sie geduldig, was er ihr gegen das Fieber, für die Nacht ver= schreibt, geht damit hinauf, sich ins Bett zu legen, — alles, wie man's verlangt; am andern Morgen kommt sie die Treppe herunter, nickt dem Vater zu und meldet sich gesund. Doch am Abend erglühen wieder die Augen und die Wangen. Endlich, eines Tages liegt sie da ... Der Vater, der Arzt stehen an ihrem Bett; sie ist krank, sie fiebert schwer; sie verzehrt sich ohne Nahrung, ohne Schlaf. Sie muß Pflege, sie muß Wartung haben; sie wird zuletzt noch auslöschen, wenn man dem Uebel nicht beikommt.

Welchem Uebel? — Der Vater sieht den Arzt kummervoll an und fragt; der nennt einen lateinischen gelehrten Namen, den der Lotsenkommandeur nicht versteht. Wie das Ding auch heißt, — Sie müssen helfen! sagt der hilflos dastehende Mann und drückt ihm heftig die Hand. Dieses Mädchen hab' ich noch. Machen Sie mir's gesund! — —

Es ward wieder Abend und Morgen, und wieder, und noch einmal; Sophie lag, bald in stiller Geduld, bald in fiebernden Phantasien; über die See aber fuhr ein wachsender Nordoststurm heran, warf seine heulenden Windwellen gegen das Haus und jagte das Meer, das wie von Fieber erregte, von Frost geschüttelte, brausend gegen den Strand. Als der Abend kam, rief man den Lotsenkommandeur, der ruhe=los in seinem Zimmer umherging, vor die Thür hinaus: ein Schiff, eine dänische Brigg, wollte in den Hafen; es schien eine schwere Sache, sie hereinzulotsen, doch vielleicht gelang es. Der Lotsenkommandeur betrachtete das Schiff und die hohle See; versucht's! sagte er kurz. Er sah dem Lotsenboot nach, das nach einiger Zeit, den Strom hinab, sich der Brandung entgegenarbeitete; trat dann wieder über seine Schwelle und in sein warmes Gemach. Seit sie so schwer erkrankt war, lag Sophie nebenan; er hatte sie im Wohnzimmer betten lassen, damit er Tag und Nacht in ihrer Nähe sei. Aus der geöffneten Thür kam ihm die Wärterin entgegen, die er ihr bestellt hatte. Auf seine stumme Frage, wie es der Kranken gehe, zuckte die Frau die Achseln. Der Herr Doktor möchte mit Ihnen sprechen, sagte sie dann leise. Da ist auch ein Brief für Sie, eben gekommen, setzte sie hinzu.

Der Lotsenkommandeur nahm den Brief in die Hand; es war Korallinas Schrift; so sehr es auch dämmerte, er=

kannte er sie doch. Der vierte oder fünfte Brief, seit sie ihn verlassen ... Bringen Sie Licht, murmelte er, sich zur Ruhe zwingend. Der Doktor, sagen Sie? Ich lasse ihn bitten, hier herein zu kommen. — Er warf den Brief auf den Tisch. Dann richtete er sich auf und erwartete den Arzt, der — sobald die Wärterin Licht gebracht hatte und verschwunden war — geräuschlos eintrat und die Thür hinter sich schloß.

Sie müssen vor allem gestatten, daß ich offen rede, fing der Arzt sogleich an, mit gedämpfter Stimme; sein sonst offenes, freundliches Gesicht sehr zusammenziehend, wie er's von einigen Meistern seiner Kunst gelernt hatte. Es ist ganz notwendig. Ich hatte noch nie einen so schwierigen Fall, setzte er treuherziger hinzu.

Wozu machen Sie Worte? erwiderte der Lotsenkommandeur. Offenheit will ich ja, und weiter nichts.

Die Krankheit ist eigentlich nichts, als allgemeine Schwäche; Nachlassen der Lebenskraft; — — Unlust am Leben, fuhr der junge Mann etwas zögernd fort. Alle Funktionen erschlaffen; das bißchen Energie, das noch da ist, zehrt das Fieber auf. Dieser Prozeß dauert nun schon lange; — plötzlich einmal ist es aus.

Was soll ich thun? sagte der Lotsenkommandeur, der, so hart er sich zusammennahm, zu zittern anfing. Soll ich noch Aerzte rufen —

Einen, erwiderte der junge Arzt. — Einen Bestimmten, mein' ich.

Der Lotsenkommandeur verstand ihn und ward rot.

Die Patientin hat eine Gemütskränkung — — daß ich's also offen sage, wie Sie selbst verlangen. Das Fieber

an sich wäre nicht so schlimm; käme das Gemüt zur Ruhe,
so würden wir bald mit dem Fieber fertig. Aber weil das
eigentliche Uebel sich nicht anfassen läßt (die Hilflosigkeit des
jungen Mannes trat ihm plötzlich mit verzweifelter Offen=
herzigkeit in die Gesichtszüge, die Schultern, die umher=
fingernden Hände) — und weil die Schlaflosigkeit sie nun
ganz verzehrt —

Sie gaben ihr ja Schlafmittel, fiel der Lotsenkomman=
deur ihm in die Rede. Und meine Tochter sagt ja, daß
sie danach schläft.

Ja, so sagt sie. Schon drei Nächte, behauptet sie,
habe sie geschlafen. Als mir aber vorhin die Wärterin
vor der Patientin erklärte, von wirklichem, festem Schlaf
hab' sie noch nichts bemerkt, — so hat mir Ihre Tochter
endlich eingestanden: die Schlafmittel nimmt sie nicht. Jeden
Abend hat sie ihren Trank heimlich hinters Bett geschüttet — —

Dem Lotsenkommandeur zuckte es im Gesicht. Er drückte
die Augen zu, die ihm trübe wurden, und bewegte in seiner
stummen Erschütterung den Kopf hin und her. Herr mein
Gott ·! rief er endlich aus.

Was soll ich denn also machen! fuhr der Arzt nach
einer Weile fort. Ich will nicht mehr schlafen, sagt sie.
Laßt mich! Laßt mich doch! ·· — Sie ist, wie die Frauen
sind: sie geht sich nicht geradezu ans Leben, aber sie läßt
sich sterben. Sie möchte, daß es so zu Ende ginge. Und
wenn es so fortgeht, wird sie es erreichen. Herr Lotsen=
kommandeur, ich mußte Ihnen sagen, wie es steht —

Ich danke Ihnen, murmelte der Unglückliche. Sagen
Sie mir auch, was geschehen soll —!

Den einen Doktor berufen, den ich meine. Ihn so ·-

so dringend wie möglich bitten, daß er kommt; daß er
schleunigst kommt — —

Der Lotsenkommandeur nickte; und der Kopf sank ihm
auf die Brust. Doch nur einen Augenblick; dann richtete
er sich auf, trat an seinen Schreibtisch, und das erste beste
leere Blatt ergreifend, schrieb er mit zitternder Hand, große,
lange Buchstaben; wenige Worte. „Indem ich Sie von
Herzen um Verzeihung bitte,“ schrieb er dann noch darunter.
Ohne weiteren Schluß, nur einen langen Strich machend,
brach er ab und faltete das Papier. Wenn Sie ihm das
schicken wollten, und so schnell Sie können! sagte er dann,
so weich, daß dem jungen Arzt sich das Herz bewegte. Sie
legen vielleicht noch ein Wort dazu —

Ich habe ihm schon geschrieben, wie es hier steht,
erwiderte der Arzt; auch das muß ich Ihnen noch sagen.
Heute Nachmittag . . . Auf meine eigene Hand hab'
ich es gethan; da ich weiß, wie es zwischen Ihrer Tochter
und dem Doktor gewesen ist, hielt ich's für meine Pflicht.
— Aber er muß auch wissen, daß sich Ihre Thür ihm nicht
mehr verschließt —

Der Lotsenkommandeur drückte ihm das Blatt, auf dem
er geschrieben, in die Hand: also nehmen Sie! nehmen Sie!
Helfen Sie mir, thun Sie, was Sie können! — — Der
Doktor nickte und ging. Sowie seine Schritte auf dem Flur
verhallt waren und der Lotsenkommandeur sich ganz allein
sah, schien es ihm auf einmal grauenhaft öde auf der weiten
Welt. Er stierte umher, wie von Gott und Menschen ver=
lassen . . . Endlich öffnete er die Thür zum Nebenzimmer
und trat an Sophiens Bett. Die Wärterin saß zu ihren
Füßen auf einem niedrigen Stuhl; Sophie lag abgewandt

und bewegte sich nicht. Doch „sie lebt noch,“ dachte er, „sie lebt noch“; und wie um Gewißheit zu haben, berührte er ihre Hand, die auf der Bettdecke lag. Eine heiße Hand, die bei der Berührung zuckte und zurückfuhr. Es that ihm weh und wohl; er sank neben ihrem Bett langsam auf die Kniee. Also sterben will sie, dachte er, und mich auch verlassen. Die ist auch mein Blut; diese sanfte kleine Sophie legt sich nun so trotzig hin und will nicht mehr leben . . . Es lief ihm heiß und naß aus den Augen nieder. Der Mann, der fast vergessen hatte, was Thränen sind, weinte still vor sich hin.

Unterdessen heulte der Nordostwind und die Brandung brauste; doch er hörte das einförmige Getöse nicht; erst ein Kanonenschuß, der vom Meere kam, weckte ihn aus seinen Gedanken. Es war nur ein dumpfer Schall, dem bald andere folgten; eine kleine Schiffskanone gab ihre Notsignale in die Nacht hinaus. Der Lotsenkommandeur stand auf, fast unbewußt; widerwillig: was waren ihm die da draußen, jetzt, in dieser Stunde. Muß man denn andern, Unbekannten helfen, während das eigene Kind einem sterben will . . . Wo ist der Lotsenkommandeur von vordem geblieben, der bei jedem Notruf in die Höhe schnellte. Der ist müde und stumpf geworden, und hart vom Schicksal belehrt; der hat seinen Schwur, seinen Fluch darauf gesetzt, nie wieder mehr zu thun, als er muß. Seine Schuldigkeit hat er gethan bis auf diesen Tag; mehr zu leisten, ward noch nicht von ihm gefordert; an seiner Küste hat in dieser ganzen Zeit noch kein Strandender um Hilfe geschrieen, noch kein Notsignal ihn aufgeschreckt. Soll er denn heute, bei seinem Kind, keine Ruhe haben? — — Er ging leise hinaus, in sein Zimmer; dort hörte er bekannte,

laute Stimmen, vom Ufer her; das Lotsenboot hatte wieder
angelegt. Als er vor die Hausthür hinaustrat, in die
Nacht, die sich mittlerweile tief geschwärzt hatte, kam ihm
der Altermann mit einer Laterne entgegen. Es ging nicht,
sagte der Alte; mußten wieder umkehren! Der verfluchte
Wind hat die Brigg nach Westen geschmissen, zwischen die
Sandbänke hinein. Sie sitzt auf dem Grund!

Der Lotsenkommandeur seufzte; knöpfte sich dann den
Rock über der Brust zusammen, bis zum Hals hinauf, gab
kurz seine Befehle, und von einer ganzen Lotsenschar begleitet ging er, vom Wind getrieben, durch die Seestraße
den westlichen Dünen zu. Als sie den Schuppen auf der
Uferhöhe erreicht hatten, in dem alles Gerät der Rettungsstation aufbewahrt wird, fanden sie sich fast dem Schiff
gegenüber, das schon verloren war. Bei einem letzten bleichen
Schimmer, der vom Nachthimmel herunter dämmerte, zeigten
sich zuweilen die schwankenden Umrisse der gestrandeten
Brigg: sie saß fest auf der Bank, jede kommende Woge
schien über ihr Verdeck hinwegzuschlagen, jede trieb sie offenbar fester auf den Grund. Die Kanone war längst ver-
stummt, nur noch Menschenstimmen — wenn nicht der
rasende Wind sie ins Meer verwehte — schallten um Hilfe
rufend über die Brandung herüber. Rakete heraus! rief
der Lotsenkommandeur. Um die Mannschaft eines Schiffes
zu retten, das nahe am Ufer strandet, schießt man eine
Kugel oder eine Rakete, an der eine lange Leine befestigt
ist, über das Fahrzeug hin; wird dann dort die Leine er-
faßt und angeholt, und der Steertblock mit dem Jölltau,
der sich daran befindet, am Mast — oder wo es sonst noch
möglich wäre — festgelegt, so kann man vom Ufer her an

einem starken Rettungstau, das man über dem Zölltau an
Bord zieht, die Gestrandeten Mann für Mann in einer
Rettungsboje, über die Brandung hin, ans Land holen.
Der Lotsenkommandeur selber stellte mit seinen Leuten die
Rakete auf; er feuerte sie ab. Mit der sich aufrollenden
Leine, die ihr folgte, schoß sie sausend, im Bogen, in die
Nacht hinein. Ueber das Schiff sauste sie hinweg; ein
Rettungsgruß für die Halbverlorenen, die noch zu retten
sind; haben sie die Leine gefaßt, so werden sie jetzt durch
ein Licht, das von Bord herüberleuchtet, ein Zeichen geben ...
Doch der Lotsenkommandeur spähte umsonst hinaus; kein
Licht erschien. Die Rufenden auf dem Verdeck waren still
geworden; die wilde See stürzte darüber hin; sie hatte die
Unglücklichen offenbar mit sich fortgerissen und in die Bran=
dung geschwemmt, denn nur noch von oben, aus dem Mast=
korb her, riefen schwer zu vernehmende Stimmen — eine
oder zwei — durch die Nacht herüber. Wie soll man da
helfen! murmelte der Lotsenkommandeur, nach einer bangen
Stille. Die gehen ja alle zu Grunde; alle miteinander.
Wenn die da oben nicht auf die Wanten heruntersteigen,
daß sie die Leine fassen — — Er rief nach einer neuen
Rakete, einer neuen Leine; er feuerte noch einmal. Wieder
erschien kein Zeichen. Nur die Notrufe vom Mastkorb,
schwächer, matter, drangen noch ein paar Male durch den
Sturm, bis sie auch verhallten. Der Lotsenkommandeur
sah hinter sich. Johann Jakob Evers, der ihm zunächst
stand, den er noch eben erkannte, schüttelte den Kopf und
zog die Achseln hinauf. Da können wir lange stehen! rief
aus dem Dunkel hervor der Altermann. Da ist nicht zu helfen!

Der Lotsenkommandeur erwiderte nichts; er dachte an

ſeine Sophie, die zu Hauſe lag und nun vielleicht ſinnlos phantaſierte; dazu nahm ihm der Wind den Atem, und es ward ihm zu eng ums Herz. Doch er blieb ſtehen, wo er ſtand. Eine Weile horchte er noch, ohne etwas zu hören. Endlich trat der Altermann ſchweigend vor ihn hin. Was kann man noch thun? ſagte der Kommandeur, tief Atem holend. Eh’ es Tag wird, nichts! erwiderte der Alte. Das ſind kurioſe Schiffsleute: ſtecken im Maſtkorb feſt! Wenn es hell wird, und das Wrack bis dahin zuſammenhält, und die im Maſtkorb bis dahin nicht herunterfallen, und der Wind ſich legt, — dann kann man ja noch hinaus. Herr Lotſenkommandeur, unſere Schuldigkeit haben wir gethan; ich denke, wir gehen nach Haus und Sie zu Ihrem Kind!

Unſere Schuldigkeit haben wir gethan, ſprach ihm der Lotſenkommandeur in Gedanken nach . . . Er zögerte noch einmal; — alſo nach Hauſe! ſagte er dann, ohne ſich um=zuſehen, und machte ſich — nun gegen den Wind — auf den Weg. Er ging mühſam, langſam, obwohl er doch heimwärts ſtrebte. Es war ihm, als ginge da ein an=derer durch den Sand, einer, den er nicht kannte; ein ge=brochener Mann, ohne Leben in der Seele und mit ſchweren Füßen. Endlich hörte der Windſtrom auf, gegen ihn zu brauſen; er ſtand vor ſeiner Thür. Er trat ein und ſchlich in Sophiens Zimmer. Die Wärterin ſaß noch immer ſteif und ſtill auf ihrem niedrigen Stuhl; das Lämpchen flim=merte aus der Ecke her, die blaſſe Kranke aber lag, das Geſicht nach oben, kleine glühende Roſen auf den Wangen, mit unruhigen Händen da und redete Unverſtändliches, Ver=worrenes zur Zimmerdecke hinauf. Eine Weile ſtand er und horchte; dann rief er leiſe: Sophie! — Doch ſie hörte nicht. Sie ſprach fort, ihre Hände hebend. Sie begann endlich ein Lied zu ſingen, das ſonſt Korallina ſang; „keine Roſe, keine Nelke“ hub ſie an, verwirrte ſich aber bald und geriet in eine andere Melodie. Bei dieſen Tönen ward ihm zu elend zu Mut. Leiſe, wie er gekommen war, ging er wieder hinaus; trat in ſein Zimmer, ſchloß hinter ſich die Thür und ſank an ſeinem Tiſch in den Stuhl.

Dort lag noch, neben dem brennenden Licht, Korallinas Brief. Er nahm ihn in die Hand; ſein von Thränen verdunkeltes Auge ſtarrte in die Flamme. Auch den verbrennen — — Nein! ſagte er plötzlich; nein! — mit einem Gefühl, als löſte ſich eine ſchwere, ſtarre Maſſe in ſeiner Bruſt und rieſelte befreiend hinab; und wie um ſich zu helfen, beugte er ſich vor und blies das Licht aus . . . Befremdet ſtarrte er dann in die Finſternis. So kann ich ihn ja nicht leſen, ſagte er vor ſich hin. Er taſtete umher, griff nach ſeinem Feuerzeug und zündete das Licht wieder an. Der Brief fiel ihm aus der Hand. Er hob ihn auf, drückte ihn gegen ſein Geſicht; dann öffnete er ihn, und „Lieber, lieber Vater“ trat ihm vom Papier her ins Auge. „Lieber, lieber Vater!“ Er blickte eine Weile auf die Worte nieder. Endlich hielt er das Blatt gegen das Licht und las:

„Lieber, lieber Vater! Ach, warum antworteſt Du nicht? Bin ich ganz verſtoßen? Hat Dich nichts, nichts von dem gerührt, was ich Dir ſchrieb? — Ach, ich ſitze und denke: ſie ſind verloren gegangen, alle meine Briefe; die Poſt iſt ſchuld; ach, ſie iſt hier ſo ſchlecht, und der Weg ſo weit“ —

Der Lotſenkommandeur ſeufzte, und die Hand ſank ihm auf die Bruſt. Dann aber fuhr er auf: denn ein ferner, rufender Ton drang ihm dumpf aus Ohr. Der

Wind schien ihn heranzutragen, doch seltsamerweise nicht
von Ost oder Nord, sondern von Westen her; er kam durch
die Veranda, über die See herüber, wiederholte sich dann
heller, durchdringender, wie von einer andern Stimme, und
hallte von der Schutzmauer des Hafendammes schwach, ge=
brochen zurück. Ans Fenster tretend horchte der Lotsen=
kommandeur in die dunkle Nacht. Ueberlaut brandete die
See; doch wenn das Brausen auf Augenblicke an Gewalt
verlor, wehte wieder so ein hellerer oder dunklerer Ruf
heran und fuhr ihm ins Herz . . . Nebenan rührte sich
die Kranke; vielleicht, daß auch in ihre Phantasien diese
Töne sich einmischten, denn sie ächzte laut und schien den
Vater zu rufen. Der Lotsenkommandeur, von seinen Ge=
fühlen hin und her gezerrt, näherte sich ihrer Thür. Es
ward an die seine geklopft; er ging hin, zu öffnen. Draußen
stand einer der Lotsen, die mit ihm zur Düne hinausgezogen
waren. Mit Verlaub, Herr Lotsenkommandeur, sagte der Mann,
seinen Hut lüftend. Die beiden rühren sich wieder; die auf
dem Wrack, im Mastkorb. Es sind zwei; man hört's —

Ja, ich hab's gehört, murmelte der Lotsenkommandeur.

Der Wind springt um, nach Nordwesten. Uebrigens,
was ist da zu machen —

Ich wüßte nicht. Wissen Sie's?

„Nein, Herr; ich nicht. Wollte nur sagen, daß die
beiden noch da sind. Helfen ist unmöglich. Bei dieser
See kann kein Boot hinaus; ganz partout unmöglich —

Ich hab' ja auch nicht gesagt, daß ich's versuchen wollte,
fiel ihm der Lotsenkommandeur ins Wort.

Er schloß die Thür; die schweren Stiefel des Lotsen
knarrten wieder in die Nacht hinaus. Vater! Vater! rief

Sophiens Stimme aus dem andern Gemach). Erschrocken ließ er Korallinas Brief zu Boden fallen und eilte dahin, wo sein Kind ihn rief. Doch in der Thür, die sich öffnete, trat sie ihm entgegen: in einem Nachtkleid, das sie über sich geworfen, mit losem Haar und verwirrtem Blick. Sie lief auf ihn zu und ihm an die Brust. Sie ist nicht zu halten! rief die Wärterin aus, die hinterdrein kam; aus dem Bett ist sie gesprungen, und hinein in das Kleid, und ich werd' ihr nicht Herr! — — Laßt mich! laßt mich! rief die Kranke, sich an den Vater drängend. Ich will nicht mehr liegen. Sie rufen und rufen von der See; sie rufen mich, wollen mich in der Brandung untertauchen. Mein Vater rettet mich. Der kann mich retten. Ich will bei dir bleiben! Bei dir!

Der Lotsenkommandeur schickte die Wärterin durch einen Wink hinaus; dann führte er Sophie, sie umschlungen haltend, setzte sich nieder und zog sie auf seinen Schoß. Ja, bei mir, sagte er, bei mir, sie voll Inbrunst streichelnd. Laß die da draußen rufen, wie sie wollen; wir sind bei einander. Wie kannst du dich fürchten, wenn du bei mir bist? Drück dich fest an mich. Sophie! Meine Sophie!

Bei seinen liebkosenden Worten schien ihr Geist aus seinen Träumen zu erwachen; sie sah ihm wie fragend ins Auge; er wiederholte immer: Sophie! Meine Sophie! — Ach! sagte sie und schüttelte den Kopf. Deine Sophie! Ach, die bin ich nicht. Wenn ich die wäre, müßt' ich ja nicht sterben. Ach, was für ein harter Vater du bist . . . Hast immer Korallina lieber gehabt, als mich; — und nun magst du keine. Ach, wie hart du bist — — Doch in= dem sie das sagte, umklammerte sie ihn. Ich will dort nicht sterben, sondern hier bei dir; wenn du auch so hart bist! Sie sollen nicht nach mir rufen; sollen mich nicht greifen. Ich bin doch dein Kind. Laß mich hier! Laß mich hier!

Sie fuhr fort, so zu reden, Verworrenes und Klares durcheinander; dann wieder zuckte die arme Gestalt zusammen, wenn ein neuer Hilferuf über die See hereindrang, und sie legte sich ihm fester an die Brust. Sophie! unterbrach er sie immer von neuem. Doch, doch meine Sophie! Wie kannst du sagen, ich hätte dich nicht lieb? Ich dich nicht lieb! — Noch heute nacht wird dein Doktor kommen; alles wird ja noch gut. Schüttle nicht den Kopf. Er wird kommen, wird dich gesund machen; denn eine gesunde Frau muß er ja doch haben; und du, meine Sophie, du wirst seine Frau. Warum glaubst du das nicht? Kind! Kind! Vergib mir! Er wird kommen! — Liebes, liebes Kind. Fürchte dich nicht mehr. Ich habe dich, ich halte dich, bis er kommt!

Indessen, was er auch sagte, sie schien's nicht zu glauben; traurig sah sie ihn an, ließ ihn aber nicht aus ihren Armen. Er wollte sie aufheben, wieder ins Bett tragen; sie wehrte sich und umschlang ihn mit Gewalt. So saß er wieder in stiller Verzweiflung da, sie auf seinem Schoß. Endlich richtete sie sich auf, horchend, den Blick auf die Thür. Er kommt! Vater, er kommt!

Wirklich ward geklopft, und die Thür ging auf; doch statt des Doktors erschien die breite Gestalt und das eckige, sturmfeste Gesicht des Johann Jakob Evers auf der Schwelle. Hinter ihm kam noch einer von den jüngeren Lotsen, der ihn überragte; doch dieser blieb draußen im Halbdunkel des Vorplatzes stehen. Johann Jakob drehte seinen Hut in der

Hand, durch Sophiens Anblick aus der Fassung kommend. Nämlich — — die auf dem Wrack! fing er endlich an. Doch wir stören, Herr Lotsenkommandeur. Sie rufen noch immer. Aber lange dauert's ja wohl nicht mehr!

Was soll man da thun? Herr mein Gott! rief der Lotsenkommandeur aus.

Das sag' ich ja auch, entgegnete der andre treuherzig. Wenn Sie's nicht wagen, dann ist nichts zu machen! — Wir beide wollten nur sagen: bis morgen früh bleiben die nicht im Mastkorb. Das alte Schiff hält das ja nicht aus. Und die Leute auch nicht! Und wenn Sie doch meinten, daß Sie's wagen könnten — wir beide gingen wohl mit, Herr Lotsenkommandeur. Und wenn Sie ins Boot springen, springen wohl auch noch ein paar von den andern nach. Ohne Sie thut's keiner! das ist einmal gewiß!

Sophie umschlang ihren Vater, wie in Todesangst. Ihr bleiches Gesicht drückte sich an das seine. Du gehst nicht fort! sagte sie. Das thust du nicht! Deine arme Sophie wirst du nicht verlassen. Vater! Vater!

Er fühlte die kleinen, mageren, heißen Hände, die seinen Hals umklammerten; ohne etwas zu sagen, mit einem Gesicht voll Verzweiflung, deutete er auf die Kranke hin. Der Lotse nickte mitfühlend mit dem Kopf. Nehmen Sie's nur nicht übel, daß wir stören, Herr Lotsenkommandeur, sagte er und trat in die Thür zurück. Wenn Sie nicht können, dann geht's nicht! Uebrigens geht's ja auch so nicht; die See ist ja zu stark! — Wir hatten nur gemeint, weil der Nord= west etwas nachläßt — und weil Sie noch jedesmal — —

Verlaß mich nicht! wimmerte Sophie. Ach, verlaß mich nicht; laß mich doch in deinen Armen sterben! —

Sie sank an ihm herunter und auf die Kniee. Er sprang hinzu und zog sie wieder empor. Nun, so geht doch! so geht doch! rief er endlich aus. Ihr seht, ich kann ja nicht helfen! Und wenn ich auch nicht geschworen hätte da=mals, — ich hab' hier mein Kind! Ich bin auch ein Mensch! Ich hab' hier mein Kind, und mein Kind will sterben!

Die Lotsen verschwanden still; er war wieder mit seinem Kind allein. Er blickte zur Decke auf, als wüßte er dort jemand in der Höhe, der in diesem Augenblick fragend auf ihn herabsah; er blickte nieder auf Sophie, auf die hilflose, angeschmiegte Gestalt. Stiller, beruhigter lag sie in seinen Armen. Er streichelte sie, er gab ihr alle guten, holden Worte, die ihm in den Sinn, auf die Lippen kamen. Er hob sie endlich, da sie geduldig und zufrieden ihre Augen schloß, mit leiserem Zureden empor; und während er heim=lich hinaushorchte in die brandende See, trug er sie in ihr Zimmer, auf ihr Bett zurück. Sie widersetzte sich nicht; du wirst mich nicht verlassen! sagte sie mir, seine Hände fassend. Und zu ihm aufblickend wiederholte sie: wirst mich nicht verlassen! — Nein, sagte er und schüttelte den Kopf. Doch er horchte hinaus. Jetzt erschallte wieder, dumpf und hohl, wie eine Stimme aus der Wassertiefe, der vom Wind heran=getragene Ruf; nur noch von einer Stimme, und auch die schien zu schwinden, zu ermatten. Es hallte in ihm wieder, die einzelnen, deutlichen Worte schienen an sein Ohr zu schlagen; ihm war, als hörte er rufen: Helft! Helft! Wacht denn niemand! Helft! Helft, in Gottes Namen! — Und doch war's unmöglich; Sinnestäuschung: das Getöse des Meeres schlang die Worte — wenn wirklich Worte auf dem Wind daherschwebten — in die Brandung hinab. Gott, mein Gott, flüsterte er lautlos vor sich hin. Sein Blick klammerte sich an das kranke Kind, das seine Hände hielt, das mit geschlossenen Augen, ihm vertrauend, dalag. Wo ist der Lotsenkommandeur? schien eine Stimme hinter ihm, von oben herab, zu fragen. Wo ist der Mann, der noch immer half; immer sein Leben wagte? Wo ist der Mann, auf den ich's gelegt habe, daß er helfen muß —

Das Herz ward ihm zu groß. Er stand auf; plötzlich rief es laut aus ihm hervor, daß die Wärterin in ihrer Ecke vom Stuhl in die Höhe fuhr: Es sind Menschen! Menschen! — Ich muß hinaus!

Sophie richtete sich erschrocken auf; sie sah den wilden entschlossenen Blick in seinem blassen Gesicht. Sie hielt ihn noch, griff nach seinem Arm; doch er machte sich los. Ihre flehenden Worte hörte er nicht mehr; nur die Stimme draußen. Bleib, bleib, sagte er, ohne sie anzusehen. Hüten Sie mir mein Kind. Lassen Sie sie nicht fort. Sagen Sie ihr, ich muß fort; hinaus! — — Er strich sich das Haar von der Stirn, trat in sein Zimmer, griff nach Hut und Mantel; und so stürmte er in die Nacht, dem Ufer zu, wo das Rettungsboot lag.

Sophie rief ihm nach und hob die Hände. Sie ließ sich nicht halten, die Angst gab ihr Kraft; sie sprang vom Bett, die Wärterin zurückstoßend lief sie in sein Zimmer. Vater! rief sie, ihn suchend. Vater! Vater! wo bist du! — Sie sah am Boden Korallinas Brief; von irgend einer neuen, unklaren Angst ergriffen starrte sie darauf hin und hob ihn auf. Draußen hörte sie Stimmen durcheinander rufen, die ihres Vaters dazwischen. Sie wollte zur Thür, ihm nach. Doch ihre unsicheren Füße verwickelten sich in ihr Gewand, das Bewußtsein verging ihr und sie sank auf den Boden hin. — —

Als sie wieder zu sich kam, lag sie auf ihrem Bett; befremdet sah sie auf, wie in einem Traum: denn neben ihr saß der Doktor, über sie gebeugt, sie blickte in sein geliebtes Gesicht. Ich bin es wirklich! hörte sie ihn sagen. Sie hörte, wie er mit sanfter, gerührter Stimme ihren Namen rief. Seine Hand kühlte ihre Stirn; seine Hand legte ihr etwas Kaltes, Feuchtes, schauernd Wohlthuendes auf das nasse Haar; seine Hand streichelte ihr dann die Wangen und deckte ihr beide Augen zu. Sie erwachte endlich ganz aus ihrem Traum, aber seine Hand blieb da, seine Stimme sprach fort. Sie hörte ihn flüstern, daß er bei ihr bleibe; daß er nicht wieder fortgehe; daß nun alles gut sei. Daß sie nun schlafen solle, denn es müsse sein; daß sie leben werde; aber es sei sein Wille, daß sie nun schlafen müsse; und sie werde es thun. Es war ihr dann, als nicke sie ihm zu; stille Thränen, doch süße, beruhigende, traten ihr in die Augen. Sie hob die Hände nach ihm; er aber legte sie ihr auf die Brust zurück, und es zufrieden duldend lag sie da. Es ward ihr kühler, stiller hinter der Stirn. Sie hörte ihn wieder flüstern, daß sie schlafen, schlafen, schlafen werde, — doch aus weiterer Ferne. Nur noch ganz von fern flüsterte es her; süß wie Zwitschern im Wald. Dann verklang es; nur die See rauschte noch ein wenig; doch auch die ward still . . .

Sie schläft, sagte der Doktor leise, nur so zwischen den Lippen. Gott sei Dank, sie schläft! — — Er saß eine lange Zeit, ohne sich zu rühren; bald ihren Atem belauschend, bald in die Ferne horchend: die Brandung, mit der nun

der Vater dieser Schlummernden kämpfte, sang ihren ein=
tönigen, drohenden, schauerlichen Gesang. Kein Hilferuf
ließ sich mehr vernehmen. Sind sie gerettet, oder werden
auch die andern nicht mehr wiederkommen; wird sie ohne
Vater erwachen . . . Ahnungslos, in tiefem Schlaf, fast
etwas wie Lächeln auf den Lippen, lag sie da. Aus der
Hand war ihr der Brief geglitten, den sie vom Boden auf=
genommen hatte; er ruhte ihr auf der Brust. Der Doktor
sah ihn schon lange; endlich beugte er sich vor, nahm ihn
in die Hand. „Lieber, lieber Vater!" las er. Nun er=
kannte er Korallinas Schrift. Er sah oben an den Rand
„Tampico, in Mexico" geschrieben. Die erste Kunde von
ihr, von der Entflohenen! Gehörte er nun nicht wieder
zum Haus; durfte er's nicht lesen? — Er blickte auf seine
Sophie; dann zögerte er nicht mehr. Leise stand er auf,
und trat näher an das kleine trübe Licht. Mit zitternder
Hand waren die ersten flehenden Klagen geschrieben; dann
ward die Schrift deutlicher und fester, doch hier und da
verschwammen die Worte, wie von Thränen verwischt. Da
sie denn ihre Briefe nun verloren glaube, so müsse sie noch
einmal alles sagen, was sie ihm im ersten, und dann im
zweiten bekannt: wie sie damals, im ersten Trotz, alles habe
thun wollen, was Pablo nur irgend von ihr begehren konnte;
wie ihr dann das Bild der Tante Marie und das ernste,
traurige, edle Gesicht des Vaters vor die Seele getreten sei,
und sie, zur Besinnung kommend, sich geschworen habe, gut
und rechtschaffen zu bleiben; und ihrem Liebsten nicht eher
zu gehören, als bis da drüben sein Vater, seine Schuld be=
kennend und bereuend, ihren Bund gesegnet habe, am Altar,
vor Gott. Und so sei es geschehen; wie sie sich's gelobt,

habe sie's gehalten. Und wie Pablo in all der Zeit gut und edel war, — sie beschwör' es vor Gott; und wie sein kranker, früh gealterter Vater bitte, ihm zu vergeben, um des Sohnes, um der Tochter willen. Und wie sie nun glücklich sei, als ein ehrlich Weib, — ach, und doch nicht glücklich: denn die Sehnsucht, die Sehnsucht — — Die Worte verwischten sich hier, waren nicht zu lesen. Und eh' ihr der Vater nicht vergebe, und sie segne, könne sie nicht schlafen wie sonst; und Pablo sehe es ein, denn so jung er auch sei, alles sehe er ein; und er werde nun in Geschäften über See fahren, nach London, Kopenhagen und weiter, — und Korallina mit ihm. Und diesen Brief schicke sie nicht mehr durch die Post, sondern durch Pablos guten Freund, der am andern Tag nach Europa gehe; „wenn's auch viel= leicht lange währt: daß er nur sicher zu Dir kommt, lieber, lieber Vater! Wir aber, wenn wir in Kopenhagen sind — o Gott! Dir so nahe! — wir steigen dann auf das erste Schiff, das zu Euch, zu Euch hinüberfährt, und Deine Korallina, die Du doch noch lieb hast, wirft sich Dir zu Füßen" — —

Der Doktor las nicht mehr, Ruderschlag und Stimmen schienen durchs Fenster, durch die Thür hereinzudringen; ein dumpfes, verworrenes Getöse brauste ihm im Ohr. Von heftiger Bewegung ergriffen fuhr er auf; blickte dann zu Sophien hinüber. Sie lag still und schlief fort. Ihm aber ging eine sonderbare Ahnung durch das Herz ... Er horchte, doch die Brandung wuchs wieder zu laut; er wollte hinaus, wie von Bangigkeit gelähmt blieb er aber stehen. Endlich öffnete sich, vom Vorplatz her, die Thür. Der Lotsen= kommandeur schwankte langsam herein; der Hut saß ihm im Nacken, das Haar hing ihm klebend über die Stirn, er

starrte mit leblosen Augen und halb offenen Lippen in das
Zimmer. Es lag ihm so schwer auf der Brust, daß er
nicht atmen konnte; die Anstrengung hob und senkte ihm
den Kopf. Dann sah er die regungslos schlafende Sophie
und ging taumelnd auf das Bett zu. Doktor! sagte er
heiser. Doktor! sie ist tot!

Der Doktor, fast außer Fassung durch diesen Anblick,
schüttelte den Kopf. Sie wollen mich täuschen, Doktor!
stöhnte der Lotsenkommandeur hervor. Ich wußt' es ja!
Da liegt sie ja und ist tot! — Er stand am Bett; die
Hände zitterten ihm. Einer von Sophiens Armen lag gegen
die Wand; der andre, mit der ausgestreckten blassen Hand,
vor ihm auf der Decke. Er beugte sich vor und berührte
ihn; faßte dann die Hand. Warm, blühend lag sie in der
seinen. Das übermannte ihn. Mit einem erstickten Auf=
schrei der Freude ließ er sie wieder aus den Fingern gleiten
und sank neben dem Bette hin.

Sie lebt! meine Sophie! — Sie lebt! Ich hab' noch
mein Kind!

Er blieb eine Weile so liegen, den Kopf an das Bett
gelehnt; man hörte nur seinen schweren Atem und ein leises,
zitterndes Lachen, einem Schluchzen gleich, in dem seine Brust
sich befreite. Der Doktor sah auf Sophie, in der Furcht,
sie erwache. Sie hatte sich unruhig bewegt, durch sein
Stöhnen erschreckt. Doch die Augenlider sanken wieder herab,
und in friedlichem Schlaf streckte sie sich aus. Auf dem
Vorplatz verhallten gedämpfte Schritte, die Stimme des jungen
Arztes flüsterte an der Thür vorüber. Thüren im andern
Teil des Hauses gingen auf und zu. Dann war alles still.
Der Doktor lauschte nur, doch er rührte sich nicht. Lotsen=

kommandeur! sagte er endlich leise, als dieser, Leben und Kraft gewinnend, sich aufrichtete und die noch immer etwas starren Augen wieder still auf Sophien ruhten. Sie sehen, wie sie schläft. Wie sie lebt.

Doktor! Doktor! flüsterte der Lotsenkommandeur, ergriff dessen Hand und drückte sie an die Brust.

Leise zog ihn der Doktor ins andre Zimmer hinaus; der Lotsenkommandeur folgte, ohne sich zu sträuben. Sagen Sie mir nur ein Wort, flüsterte der Doktor. Sie haben die andern gerettet —

Ich weiß nicht, murmelte der noch tief Erschöpfte, die Augen schließend. Weiß nicht, Doktor, ob sie noch leben oder tot sind; die Nacht war schwarz; hab' sie nicht gesehen. Keinen Laut gaben sie von sich; von sich gewußt haben sie nichts; — unser Arzt ist bei ihnen. Doktor, ich hab' ge= than, was ich mußte; 's war auch hohe Zeit — — er machte eine Bewegung mit dem Arm nach unten: gleich darauf ging das Wrack zum Teufel! — — Er sah ein Glas Wasser stehen, griff danach und goß es auf einen Zug hinab. Dann, aufschluchzend, warf er sich dem Doktor an die Brust: Gott sei Dank! sie lebt! Doktor, Sie lassen sie nicht sterben! — — 's war 'ne harte Stunde ... Doktor! ein fühlloser, schlechter Mensch bin ich eigentlich nicht! — Retten Sie mir mein Kind! Retten Sie sich Ihre Frau!

Der Doktor hielt ihn in den Armen; eine geraume Zeit standen sie so miteinander da. Der junge Arzt trat herein, vom Vorplatz her. Auf die stumme Frage der beiden, ob es gut mit den Geretteten stehe, nickte er zufrieden; doch mehr als das: in Bewegung. Warum sehen Sie mich dabei so sonderbar an? fragte der Lotsenkommandeur. Was ist denn geschehn?

Der Arzt erwiderte nichts; er trat zum Doktor, zog ihn beiseite und sprach ihm leise ins Ohr. Nun, was machen Sie für ein Gesicht, Doktor, fragte der Lotsenkommandeur verwundert; was geht mit Ihnen vor? — Und was für einen Brief haben Sie denn da die ganze Zeit in der Hand?

Ich denke, Sie kennen ihn, sagte der Doktor, dem es schwer ward, zu reden. Aber ich sage Ihnen, Lotsenkommandeur — —

Dieser hörte nicht; er hatte den Brief erkannt und zog ihn dem Doktor aus den Fingern. Er trat ans Licht, um ihn nun endlich zu lesen. Große Tropfen fielen ihm aus den Augen, während er las. Endlich zitterte er. Sie wird kommen! sagte er. Haben Sie das gelesen, Doktor; haben Sie's gelesen? Meine Korallina! Sie kommt!

Doch nun entsetzte er sich: denn indem er das sagte, öffnete sich die Thür und Korallina stand wirklich auf der Schwelle. Sie war blaß wie ein Geist und hatte kaum Leben in den Augen; doch nicht aus Ermattung, sondern aus unaufhaltsamer Bewegung der Seele warf sie sich ihm zu Füßen hin. Ich muß ihn sehen! sagte sie. Niemand darf mich mehr halten! Ich muß meinen Vater sehen; ich bin nicht zu schwach. Vater, thu, was du willst! Du hast dein Kind gerettet — wirst es nicht verfluchen!

Ich bin zu Ende, Lotsenkommandeur. Laß mich nichts mehr sagen. Alles war übel, alles wird nun gut; die bis hierher gelesen haben, sagen es sich selbst. Du wirst deine Korallina nicht verfluchen, die du aus der Brandung gerettet; du wirst auch ihren Pablo nicht verfluchen, der auf dem Vorplatz steht, der mit deinem Kind oben im Mastkorb saß. Deine Sophie wird nicht sterben; den Myrtenkranz wirst du ihr auf das blonde Haar setzen, wenn sie wieder erblüht ist, und an ihrem Ehrentag wirst du sie, ihren Mann, alle die Deinen segnen. Auch den Lotsenkommandeur wirst du nicht verfluchen, der noch einmal sein Leben wagt, wenn der Ruf erschallt; du wirst helfen und retten, wie es auf dich gelegt ist, bis an deinen Tod.

Lebe lange, sei glücklich! Rauche deinen Tschibuk nun mit Wohlgefallen; denn deine Tage sind gut. Es sitzen nicht mehr die schwarzen Krähen auf deinem Dach; sonnen= helle Stunden flattern wie Goldamseln herbei, flöten dir von früher Dämmerung bis zur Nacht ihr zärtliches, liebe= frohes Lied, und junge, frohe Stunden wachsen nach aus ihrem gesegneten Nest. Dann werden auch andere kommen, rauschend mit schweren Flügeln, werden dir langbeinig und feierlich nach Storchenart auf dem Dache stehen, den Segen im Schnabel: Enkelkinder bringend, die dereinst auf deinem Schoße lallen, die dich umspielen werden, bis der Verstand ihnen kommt, dich zu lieben, von dir zu lernen, dir nach= zueifern; daß ein jeder, wo möglich, ein Lotsenkommandeur werde auf seine Art: das zu thun, zu vollbringen, was auf ihn gelegt ist.

Mir aber vergieb; denn auf mich war es gelegt, deine Geschichte zu erzählen; so, wie ich sie wußte, so, wie ich's verstand. Hast du sie gelesen, so leg sie hin und lächle. Sie schändet dich nicht, Lotsenkommandeur. Rauche deinen Tschibuk; sei glücklich!

————

Der Gast vom Abendstern.

(1880.)

I.

Die merkwürdige Frau, von der ich erzählen möchte,
hab' ich fast immer nur am Meer, in meiner Heimat
gesehen; im Sommer oder Herbst, wenn sie in unserem
Ostseebad Warnemünde einige Wochen oder Monate verlebte.
Denn so sehr sie Süddeutsche war, im Blut, im Herzen
und im Temperament, so hatte sie doch — ich weiß nicht,
durch welchen Zufall sie hinkam -- das kleine norddeutsche
Hafenstädtchen liebgewonnen. Die Treuherzigkeit des Dia=
lekts, die „grandiose Einfachheit" aller Verhältnisse (sie war
Großstädterin), die seelenberuhigende Harmlosigkeit des Ver=
kehrs thaten ihr wohl. Sie kam immer wieder. Sie gab
Ostende und Scheveningen auf, wo sie „vor lauter Euro=
päern keinen Eingeborenen mehr sah". Ja, sie versuchte
sogar Plattdeutsch zu lernen. Sprechen lernte sie's nicht;
aber verstehen. Wie sie alles mit Leidenschaft ergriff, so
vertiefte sie sich auch in diesen Dialekt, in die „Sprache
Fritz Reuters", und hatte ein feines Ohr für die Unter=
schiede zwischen Reuterschem und Rostockschem, zwischen Ro=
stocker und Warnemünder Platt. Noch merkwürdiger war

es, zu ſehen, wie dieſe feurige, phantaſievolle Frau ſich in
die nüchternen, verſchloſſenen, ſtill humoriſtiſchen, aber=
gläubiſchen Menſchen unſeres Seeſtädtchens verſenkte. In
ihrer vornehmen, jüdiſchen Schönheit (ſie ſtammte aus einem
alten Geſchlecht jüdiſcher Ariſtokratie) nahm ſie ſich unter
dieſen Lotſen und Schifferfrauen wie eine ausländiſche
Fürſtin aus; denn eine ſo fürſtliche Erſcheinung wie ſie
hab' ich ſelten geſehen. Sie ruderte aber mit den alten
und jungen Lotſen um die Wette; oft weit in die See
hinaus. Am ſchönſten war ſie, wenn ſie von ſo einer
Ruderfahrt heimkam, durch die Anſtrengung gerötet, die
großen melancholiſchen Augen von Lebensfreude ſtrahlend,
das üppige braune Haar etwas verweht und verwirrt.
Sitzend und die Ruder lenkend ſchien ihre Geſtalt tadellos;
wenn ſie ſtand und ging, war der ſehr bedeutende Kopf
wohl etwas zu groß und der Wuchs nicht ſchlank genug
für ſeine Fülle. Doch überall und zu jeder Stunde gehörte
ſie zu den ſozuſagen feſtlichen und feierlichen Schönheiten,
deren Anblick veredelt. Der Umfang, gleichſam die Skala
ihrer Eigenſchaften war ſo groß, wie man es ſelten findet:
bei einer faſt männlichen Kühnheit des Geiſtes, des Willens,
der Phantaſie (auch wollte ſie von allem wiſſen, und wußte
viel) war ſie oft von einer wunderbaren Weichheit des
Gefühlslebens, von einer träumeriſchen, zerſtreuten, ſich an
die Welt hingebenden Entſchlußloſigkeit. Ihre Freunde neckten
ſie zuweilen durch ernſthaftes Grübeln und Streiten über
die Frage, was in ihr größer ſei: die Seelengüte, der Ver=
ſtand, die Unvernunft oder die Zerſtreutheit. Die Frage
blieb unentſchieden, und ſo, wie ſie war, lebte ſie zur Freude
der Menſchen weiter.

Sie war übrigens schon vermählt, als ich sie kennen lernte; mit einem hervorragenden, höheren Beamten, den man schätzte und achtete, der mir aber für diese ungewöhnliche Frau zu nüchtern erschien. Damals erzählte man mir, zwar nicht aus Zerstreutheit, aber aus Herzensgüte habe sie ihn genommen. Er sei leidenschaftlich verliebt gewesen, sie nicht. Eines Tages habe dieser sonst ruhige Mensch ihr bestimmt erklärt, es sei für ihn wertlos und nutzlos, ohne sie zu leben, und er sei entschlossen, aus der Welt zu gehen, wenn sie nicht seine Frau werde. Dies habe er auf eine so fürchterlich überzeugende, schlichte, männliche Art gethan, daß sie, ganz in ihre angeborene Weichheit aufgelöst, nicht im stande gewesen sei, ihm ihre Hand länger zu versagen. Wie es sich damit verhielt — ob es halbe oder ganze Wahrheit, oder gar keine war — hab' ich nie erfahren. Es war eine Ehe, wie man sie häufig sieht: gegenseitige Achtung, vielleicht nur einseitige Liebe; das eigentliche Glück schien zu fehlen. Frau Johanna ward Mutter eines Kindes, das ihr nach wenigen Monaten starb. Als ich sie danach wiedersah, war eine beängstigende Melancholie über sie gekommen. Ich erinnere mich, daß, als sie einmal gegen Abend allein und weit in die See hinausgefahren war und lange nicht wiederkam, ihr Mann und ihre Schwester in eine Unruhe gerieten, die mich tief beklemmte. Sie schienen das Aergste zu fürchten, das man fürchten konnte. Diese Gefahr — wenn sie wirklich bestand — ging indes vorüber. In leidlich gebessertem Gemütszustand kehrte Frau Johanna im Herbst nach Oesterreich zurück. Etwa ein halbes Jahr später hörte ich vom Tode ihres Gatten. Einen Tag vor seinem Ende — nach längerer hoffnungsloser Krankheit — hatte er ein Testament aufgesetzt, worin er ihr, der einzigen Erbin, mit Worten, die aus seinem Munde überschwenglich klangen, seinen Dank sagte „für den Anblick des edelsten und liebevollsten Herzens, das Gott ihn gewürdigt habe auf Erden kennen zu lernen". Sie habe ihm das Siechbett zum Paradies gemacht. Und doch glaube ich, daß sie nur als Freundin für ihn fühlte; daß aber Freundschaft und Mitleid schon bei ihr vermochten, was bei andern nur die elementare Leidenschaft der Liebe vermag.

Hierauf erfuhr ich lange nichts von ihr. Im nächsten Sommer kam weder sie, noch ich nach Warnemünde. Später hörte ich wohl einmal, daß sie noch Witwe sei. Briefe wechselten wir nicht; die Schuld lag an mir. Es gibt so viele gleichgültige Menschen, die den Schriftsteller zu Korrespondenzen der Höflichkeit, des Geschäfts oder des Mitleids zwingen, daß für Freundschaftsbriefe fast keine Zeit mehr bleibt. Dieses traurige Uebel wächst bei mir von Jahr zu Jahr, weil die Geschäfte sich dehnen, aber die Jahre nicht! — Uebrigens kam ich auch in dem zweiten Sommer nicht in meine Heimat; aber im Herbst, im September, besuchte ich meine Verwandten und fuhr auch auf einige Tage nach Warnemünde hinunter. Um diese Jahreszeit ist der Ort nicht mehr überfüllt; die Tage werden kurz und das Meer wird kalt. Die lange Reihe der kleinen Häuser am „Strom" hinab bis zur See, mit den bedeckten, gläsernen Vorhallen, starrt nicht mehr von frühstückenden Hausvätern in Schlafröcken und von männersuchenden Töchtern mit langen, offenen, langsam trocknenden Haaren. Man kann am Leuchtturm oder auf dem „Spill" in der Sonne

sitzen, ohne die kleinstädtischen Badegespräche über den lieben
Nächsten zu hören, die ich ebenso gern vermeide, wie den
lieben Nächsten. Zuweilen wird die Luft wieder so früh=
lingsklar, daß man fern im Meer, gegen den dänischen
Norden zu, die Südspitze von Falster zu erkennen glaubt;
oder Wandervögel ziehen in rauschenden Geschwadern über
uns hin und wecken in der beschwichtigten Brust die süße
Unruhe auf, die man Wandertrieb nennt. Das leise Branden
des Meeres aber wiegt sie wieder ein. Das sind die Tage
träumenden Genießens, eh' der Winter der Arbeit kommt;
das ist meine Zeit.

An einem dieser Tage sollte ich Frau Johanna wieder=
sehen, und zugleich von der verhängnisvollsten Entscheidung
ihres Lebens Zeuge werden.

Ich war nachmittags auf den Hafendamm hinausge=
gangen, der, von einem zweiten rechts begleitet, in das
Meer hinauswächst, um den ausfließenden „Strom" zu ver=
längern und die Einfahrt der Schiffe zu erleichtern. Das
Ende dieses Dammes wird das „Spill" genannt; man er=
richtet dort in jedem Frühjahr, für die Badegäste, einen
hölzernen Aufbau mit mehreren Stufen, mit Sitzbänken, zu
geselligem oder einsamem Genuß der Seeluft, der Bran=
dung, der Ferne, des Sonnenuntergangs im Meer, der
Sternennächte. Ich war diesmal ganz allein, und so ziem=
lich gedankenlos. Das Meer sang so leise gegen die Granit=
blöcke, daß es zuweilen kaum mehr zu vernehmen war. Die
stille, wasserkühle Luft ward von der Sonne durchwärmt,
die den herbstlichen Nebelduft besiegt hatte und mir himm=
lisch wohl that. In diesem Schweigen erklang endlich ein
Rauschen, das ich zuerst, im Halbtraum, für den Flügel=

schlag dahinziehender Reiher oder Seeadler hielt. Es war aber ein Dampfer, der hinter mir heranfuhr, aus dem Strom in die See hinaus. Als ich mich ihm zuwandte, erkannte ich den „Vorwärts", einen unserer Flußdampfer, der aber auch seetüchtig ist und wenigstens kleinere Fahrten ins Meer unternimmt. Eine Gesellschaft hatte ihn offenbar gemietet: auf dem Verdeck sah ich etwa ein Dutzend Herren und Damen, die miteinander plauderten oder um sich blickten. Plötzlich ward ich bei meinem Namen gerufen, von einer Frauenstimme. Frau Johanna erhob sich von der Bank, auf der sie saß, und winkte mit dem Taschentuch zu mir hinüber.

Sie sprach mit einem Herrn, und dann mit dem Kapitän. Man rief mir zu, ich solle mitfahren; von dem Steg, der am Ende des Dammes etwas in das Wasser vortrat, solle ich auf das Verdeck springen. Das Schiff bekam Rückdampf und näherte sich langsam. Ich hatte unterdessen gesehen, daß fast die ganze Gesellschaft mir bekannt war. Ich schwang mich vom Steg auf das Schiff hinab, und begrüßte zunächst die Freundin, Frau Johanna.

Die beiden letzten Jahre hatten sie verändert; ihre eigentümliche Schönheit war vielleicht noch anziehender, geistiger geworden, an ihren Schläfen zeigten sich aber vollständig silberne Löckchen, was dem noch so jugendlichen Antlitz wunderbar widersprach. Sie lächelte liebenswürdig elegisch, sobald sie sah, daß ich das bemerkte. Dann beeilte sie sich, den „Schiffsherrn", wie sie ihn nach der Analogie von „Hausherrn" nannte, mit mir bekannt zu machen: den Professor Hamann, der den Dampfer gemietet habe und sie alle bewirte, um seinen Geburtstag und Frau Jo-

Hannas Ankunft zu feiern. Sie ſei von Berlin, wo ſie ſich gegenwärtig aufhalte, auf zwei Tage herübergekommen, aus Sehnſucht nach dem Meer und dem „Spill". Profeſſor Hamann, einer ihrer alten Freunde, habe zufällig erfahren, daß ſie komme, und ſogleich dieſe feſtliche Ueberraſchung improviſiert. Jetzt Meerfahrt; dann Abend auf dem Spill; dann nächtliche Heimfahrt nach Roſtock, mit bengaliſchem Licht, Leuchtkugeln und Raketen, wie man ihr bereits ver= raten habe; übrigens wolle, aus beſonderer Freundlichkeit, auch der Mond dabei ſein.

Während ſie dies mit einer gewiſſen aufgeregten, über= triebenen Heiterkeit erzählte, die mir in dieſem Augenblick an ihr auffiel, betrachtete ich den Profeſſor, eine der ſelt= ſamſten Erſcheinungen, die ich jemals geſehen hatte. Eine ſchmale, ſchmächtige Geſtalt trug einen länglichen, ſchmal= ſtirnigen Kopf, der gleich auf den erſten Blick an Chriſtus erinnerte; nur waren alle Formen verkleinert, und das lange, wellige Haar, der gekräuſelte Bart, die milden Augen, alles war ſchwarz ſtatt blond. Ein ſanftes, wohlwollendes, liebevolles, leiſe trauerndes Lächeln ſchwebte, während Frau Johanna ſprach, um ſeine Lippen. In dem langſamen Aufblick der an ſich ſchönen, aber gleichſam verſchleierten Augen lag eine zart zurückhaltende, beſcheidene, doch, wie mir vorkam, etwas ſüßliche Schwermut, die den Charakter des Geſichtes geiſtiger, aber nicht männlicher machte. Als er die Freundin einmal unterbrach, und als er dann nach ihr das Wort ergriff, ſprach er leiſe, mit einer angenehmen, wohlklingenden, aber halb ſingenden und einſchläfernden Stimme. Es war mir anfangs, als käme ſie aus der Ferne.

Uebrigens begrüßte er mich ſo herzlich und ſo liebens=
würdig, daß ich nicht umhin konnte, herzlich zu erwidern.
Mit einer anmutigen, vielleicht zu künſtlichen Wendung
dankte er mir für die Freude, die ich unſrer gemeinſamen
Freundin durch mein unvermutetes Erſcheinen gemacht hätte;
denn der einzige Zweck dieſer Fahrt ſei, ſie zu erfreuen,
und wenn für alle übrigen Veranſtaltungen, die dahin
zielten, er ſelber die Ehre der Urheberſchaft in Anſpruch
nehme, ſo ſcheine mein plötzliches Auftreten auf ihrem ge=
liebten „Spill“ eine höhere Veranſtaltung zu ſein. Er
wandte ſich dann wieder ſeiner „Gefeierten“ zu, mit einer
Miſchung von ritterlicher Ehrerbietung und ſchüchterner Zärt=
lichkeit, die einen zwanzigjährigen Jüngling aus ihm machte;
obwohl ich aus den Falten um ſeine Augen und aus einer
gewiſſen akademiſchen Gemeſſenheit ſeines Weſens ſchloß, daß
er ſchon an vierzig vorbei ſei.

Wer iſt dieſer Profeſſor? fragte ich etwas ſpäter, als
wir ſchon mitten im Meer ſchwammen und ich mit einem
liebenswürdigen Landsmann, den ich von früher kannte,
einem Herrn von Barnow, vorne am Bug ſtand. Ich habe
bis heute nie von ihm gehört!

Hat Ihnen die ſchöne Frau nicht von ihm erzählt?
ſagte Herr von Barnow. Sie kannte ihn ja ſchon in ihrer
Mädchenzeit. Er ſoll ſogar damals auch um ſie geworben
haben; — fragen Sie mich nicht, ob es wahr iſt, denn
ich weiß es nicht. Wir unter uns nennen ihn den „ſchwarzen
Chriſtus“; warum, das begreifen Sie. Man ſagt, er war
früher katholiſcher Theolog; aber vielleicht ſagt man ihm
das nur nach, weil er ſo „geiſtlich“ ausſieht. Jetzt iſt er
jedenfalls Profeſſor der Philoſophie, und ein leidenſchaft=

licher Aſtronom, wie man mir erzählt hat. Er hat das Geſicht und die Augen eines Sterndeuters; eines „Chal= däers“; finden Sie nicht auch? Uebrigens ſoll er auch hübſche Verſe machen, artige Märchen erfinden und er= zählen . . . . Er liebt es überhaupt, wie Sie wohl ſchon bemerkt haben, ſich poetiſch und ſinnig auszudrücken! Ich werde immer unwillkürlich robuſt in meinen Aeußerungen, wenn ich in ſeiner Geſellſchaft bin und ihn ſprechen höre; durch den Geiſt des Widerſpruchs, des Gegenſatzes. Ein ganz außerordentlich guter Menſch ſoll er ſein; — aber ſehen Sie, Doktor, wie ſchmachtend er den Kopf auf die Seite legt und zu der Angebeteten aufblickt . . . .

Sie meinen, er liebt ſie —? fragte ich. Ueberraſcht war ich nicht; ja ich fühlte jetzt, daß ich etwas Ueber= flüſſiges fragte: ſo ſehr hatte das ganze Verhalten des „ſchwarzen Chriſtus“ ſchon ſein Herz verraten.

Herr von Barnow ſuchte zu lächeln. Nun, warum ſollte er ſie auch nicht lieben? gab er mir zur Antwort. Das wäre nicht das Schlechteſte, was er thun könnte . . .

Er brach hiervon ab, ging langſam zur Geſellſchaft zurück, und ich that das Gleiche. Der „Chaldäer“, wie Herr von Barnow ihn genannt hatte, ſaß jetzt zwiſchen Frau Johanna und deren Roſtocker Gaſtfreundin, einer reizenden Blondine, die aber neben der vornehmen, halb orientaliſchen Schönheit unbedeutend ausſah. Sie gähnte eben verſtohlen, der Profeſſor ſchien ſie zu langweilen; er ſprach von einem philoſophiſchen Thema und erörterte die ſogenannte „Un= endlichkeit“ des Weltraums. Die Blondine ſah auf das Meer hinaus, das offenbar für ihre Bedürfniſſe ſchon „un= endlich“ genug war; Frau Johanna aber folgte der fließenden,

leiſen, gleichſam geheimnisvoll gedämpften Rede mit der
hingebenden Teilnahme, die ich an ihr kannte. Ihre großen
wißbegierigen Augen leuchteten. Sie ſchien ebenſo wie der
Profeſſor zu vergeſſen, daß ſie ſich auf einer Luftfahrt und
auf dem Meer befand. Statt der irdiſchen Heiterkeit, mit
der ſie mich begrüßt hatte, ſah ich nun einen grübelnden,
weltfremden, witwenhaften Ausdruck auf ihrem Geſicht ent=
ſtehn, der ſie faſt dem „Chaldäer“ etwas ähnlich machte.
Unſer Dampfer führte uns unterdeſſen über den ſtillen,
glänzenden Waſſerſpiegel fort, gegen Norden zu; einige weiße
Möwen, die uns begleiteten, flogen auf und nieder.

Bitte, bücken Sie ſich nicht ſo tief gegen das Waſſer
vor, ſagte die Blondine nach einiger Zeit zu Herrn von
Barnow, der am Schiffsbord ſtand. Ich kann das nicht
ſehen!

Würde es Ihnen denn leid thun, wenn ich hinunter=
fiele? ſagte Barnow ſcherzend.

Er machte eine etwas muthwillige Bewegung (denn als
Mecklenburger neckte er gern), wie wenn er ſchon in Gefahr
wäre, über Bord zu fallen. In demſelben Augenblick fuhr
Frau Johanna aus ihren Gedanken auf, wurde blaß und
ſtürzte vor, um ihn feſtzuhalten.

Pardon! ſagte er, etwas verlegen lächelnd. Ich —
ich heuchelte nur. Es konnte mir nichts geſchehen!

Wie haben Sie mich erſchreckt! erwiderte Johanna.

Ich bitte tauſendmal um Verzeihung — —

Sehen Sie, das kommt von dieſen böſen Späßen!
ſagte die Blondine. Nun hätten Sie nur wirklich hinunter=
fallen müſſen, ſo war das Unglück fertig; denn wie Jo=
hanna iſt, die wäre Ihnen nachgeſprungen, um Sie zu retten!

Welche Ehre für mich! entgegnete Herr von Barnow, der zu scherzen suchte. Ich bemerkte aber, daß ihm eine starke Röte ins Gesicht stieg, und daß ihn eine eigentümliche Freude überflog.

Bitte, überheben Sie sich nicht! sagte die Blondine. Es handelt sich nicht um Ihre werte Person. Nur weil Sie im allgemeinen ein Mensch sind — oder wenn Sie auch nur ein Hund gewesen wären — — Johanna kann ja nicht anders. Sie muß immer helfen. Sie hätte von innen einen Ruck gekriegt, wäre nachgesprungen und sehr edel ertrunken.

O nein, ich kann schwimmen! sagte Johanna lächelnd.

Das allein hätte Ihnen wohl nicht geholfen, gnädige Frau, erwiderte Barnow, der nun ernsthaft wurde; denn Ihre Frauenkleider hätten Sie hinabgezogen —

Ich bitte, verlassen wir dieses abscheuliche Thema! fiel der Professor ein, der einen ängstlichen Blick auf Johanna warf; einen Blick, der beinahe lächerlich und doch rührend war. Wie kommen wir auf so schwarze Gedanken? Ich beantrage, daß Herr von Barnow verurteilt wird, neben dem Rauchfang zu sitzen, damit er die Gemüter der Damen nicht mehr beunruhigen könne. Unser Ehrengast soll sich dieses Tages freuen; nichts weiter als freuen! — Schauen Sie lieber hin, meine Damen, wie außerordentlich anziehend dieses Zusammenfließen von Meer und Himmel ist; und diese Klarheit des Lichts — so ins Grenzenlose — —

Ja, ja, sagte die schöne Frau entzückt und mit einem dankbaren Blick auf Professor Hamann, als hätte er auch d a s veranstaltet.

Es war in der That die schönste Beleuchtung des

Meeres, die man in unserem Norden sehen konnte. Was für ein Perlmutterglanz auf dem Wasser liegt! sagte ich zu Hamann, der seine mystischen Augen in das Meer vertiefte. Wunderbare Töne schillern da durcheinander: sehen Sie dieses blasse Blau und dies Rosenrot —

Hm! murmelte er. Mit einem eignen Lächeln hob er dann die Schultern und sah in die Ferne.

Er soll farbenblind sein, oder rotblind, oder so etwas dergleichen! flüsterte mir Herr von Barnow zu.

Der Professor entfernte sich, der Blondine folgend. Die anderen Damen und Herren hatten sich aufs Vorderdeck begeben, wo sie dem Fischfang unserer Möwen zuschauten. Auch Barnow verließ uns, ich war mit Frau Johanna allein. Ich konnte mich nicht enthalten, ihr „Witwengesicht" zu betrachten; denn nur diesen Namen wußt' ich ihm zu geben. Eine wehmütige, vornehme Resignation lag darüber, die mich traurig machte; die halbgesenkten Lider, die matt geöffneten Lippen sagten mir mehr über ihr Schicksal, als sie bis dahin mit Worten ausgesprochen hatte. Sie ist einsam und müde! dacht' ich.

Perlmutterglanz — — Sie haben recht, sagte sie nach einer Weile. Und auch auf den Wölkchen da hinten, was für ein rosiger Hauch . . . Ob Sie das nun wohl auch fühlen, was ich dabei fühle?

Was, Frau Johanna? fragt' ich.

Es ist schwer zu sagen . . . So eine sonderbare Unbefriedigtheit der Seele; so eine Art von Schmerz, daß man immer nur sagen kann: was für ein Perlmutterglanz! was für schöne Wolken! Aber haben, fassen, behalten kann man sie nicht; nie mit ihnen eins werden — nie sie ganz genießen. Auch die schönste Natur und den schönsten Tag sehen wir nur so von ferne! Wir sagen: das ist es — und bewundern es — und sehnen uns nach ihm hin. Wir bleiben für uns, und die Welt für sich . . . Lachen Sie mich aus, oder fühlen Sie mir das nach?

Ich denke, jeder feinere Organismus fühlt das, wenn auch unbewußt, gab ich ihr zur Antwort. Betrifft das aber nur die Wolken und die Berge? Fühlen Sie nicht auch, daß Sie von jedem Menschen, auch dem vertrautesten, ewig etwas trennt? Daß er ewig für sich bleibt, — nun, und Sie desgleichen? Keiner kann zu keinem! Wir können einander körperlich umfassen, wir können seelisch miteinander fühlen; weiter bringen wir's nicht. Jedes Ich bleibt Ich, jedes Du bleibt Du. Jede Kreatur, jede Zelle, jedes Atom ist eine Welt für sich. Darauf beruht das Ganze; das ist seine Möglichkeit, sein Reiz und sein Fluch! — — Uebrigens, wie kam ich dazu —

Mir das jetzt zu sagen? beendete sie selbst. Denken Sie, ich hätte umsonst so viel erlebt? ich hätte nicht denken gelernt? — Ach, Sie haben ja recht. Jeder ist ewig vereinzelt — ewig unergreifbar — und unverschenkbar . . . Darum sollten wir wenigstens einander so gut sein, wie wir irgend können; einander so viel Liebes thun, wie wir irgend können. Damit der „Fluch", von dem Sie sprachen, kleiner wird, und das Weltglück größer! Und aus seinem einsamen Ich heraus den anderen Einsamen recht viel Freude machen — ihnen Glück bereiten — sich zum Opfer bringen — —

Sie wurde rot und verstummte; offenbar aus einem zarten, feinen Gefühl: weil sie fürchtete, zu große Worte zu machen, denen ihr Thun auf Erden nicht entspräche. Ich kannte ſie genug, um das zu erraten. Ich brach gleichfalls ab, mit einigen allgemeinen, überleitenden Worten. Jedenfalls machen Sie heute jemand eine große Freude! ſetzte ich hinzu.

Wem? fragte ſie.

Ich hab' in dieſem Augenblick nicht an mich gedacht, antwortete ich; denn die Freude, daß ich Sie wiederſehe, dank' ich ja dem Zufall. Aber der Profeſſor, der da vorne ſteht — der ſo glücklich iſt, daß er Sie „feiern" darf —

Glücklich? unterbrach ſie mich. Mit einem kaum bemerkbaren, wahrſcheinlich unbewußten Kopfſchütteln, und indem ihre Stirnhaut ſich elegiſch hob, ſah ſie in den Schoß.

Uebrigens haben Sie mir nie von dieſem alten Freund erzählt, Frau Johanna —

Ich fürchtete, daß Sie nur über ihn lächeln würden! antwortete ſie. Er iſt aber bedauernswert ... Sehen Sie, das iſt einer von den guten, von den edlen Menſchen, denen man ſo viel Liebes thun ſollte, wie man irgend kann —

Sie ſprach nicht weiter, denn in dieſem Augenblick trat er heran, und mit ihm die andern.

Frau Bertha, die heitere Blondine, hatte unterdeſſen, da ſie die Stelle der Hausfrau, oder der „Schiffsfrau", übernommen hatte, in der Kajüte das „Feſtmahl" vorbereitet. Man ſtellte jetzt auf dem Hinterdeck mehrere Tiſche auf; ſie wurden mit allem geſchmückt, was der September noch an Blumen hergab, die Gläſer waren bekränzt, auf jedem Tiſch erſchien eine Bowle. Mit uns zugleich ſetzte ſich der „Meerhunger" an die Tafel, wie Herr von Barnow ſagte: denn die Seeluft hatte „dieſes Ungeheuer" geweckt. Es entſtand

bald eine allgemeine, fast kindliche Heiterkeit, die sich auch
in Tischreden entlud. Professor Hamann sprach in Versen,
die der ganzen Gesellschaft, insbesondere aber doch Frau
Johanna galten. Er erinnerte sie in seinen, zierlichen Wen=
dungen an ihre Mädchenzeit, wo er fern von hier, am Fuß
österreichischer Berge, ihr schüchterne Huldigungen dargebracht
und dafür zum Lohn manches grausame Lächeln empfangen,
das, wie ein sonniger, himmelblauer, aber scharfer Nordost,
manche junge Blüte in seinem Innern zu Tode gelächelt
habe. Wie man von „unverstandenen Frauen“ spreche, so
scheine es auch zuweilen „unverstandene Männer“ zu geben,
die sich mit dem gleichen Schicksal ihrer jedenfalls schöneren
und besseren Genossinnen trösten müßten. Er breche hier
ab, um „unverstanden“ zu bleiben; denn das sei der un=
gewöhnliche Zweck dieser seiner Rede . . .

So ungefähr war der Sinn dessen, was er sprach.
Die heiteren Wendungen, mit denen er ihn umkleidete, hatten
bei seiner sanft vibrierenden Stimme und seinem byzantini=
schen Heiligengesicht einen etwas melancholischen Klang. In=
dessen schien das niemand zu bemerken. Man stieß lustig
mit den Gläsern an, und scherzte weiter. Die Sonne sank
allmählich gegen das Meer, der „Vorwärts“ wendete und
hielt wieder auf die Küste zu, von der wir uns eine Meile,
oder anderthalb, entfernt hatten. Wir fuhren langsam zurück.
Die Damen bekränzten sich mit den Gewinden, mit denen
man die Gläser geschmückt hatte. Die Heiterkeit nahm nach
und nach in der Abendstille einen sanfteren, poetischeren
Charakter an. Auf den Wunsch der Damen ließ sich der
Professor aus der Kajüte eine Zither heraufholen, die man
mitgebracht hatte, und spielte einige Volkslieder mit leidlicher

Kunst und mit zartem Ausdruck. Sie waren aber von der ernsten, wehmütigen Art. Frau Johanna schien dadurch sehr bewegt zu werden; worauf Herr von Barnow, ohne ein Wort zu sagen, die Zither nahm und wieder hinunter= trug. Wir näherten uns endlich der Einfahrt und dem „Spill", und es ward beschlossen, dort den Untergang der Sonne zu erwarten.

Der Dampfer fuhr in den „Strom" und legte an der nächsten Landungsstelle an; wir stiegen aus und gingen auf dem Mol bis zum „Spill" zurück. Auf den hölzernen Rund= bänken und der niedrigen, steinernen Schutzmauer, die da= neben hinläuft, ließen wir uns nieder; einige auch unten auf den bemoosten Blöcken, an denen die leise Flut, ohne zu branden, hin und wieder spielte. Hamann und auch Johanna waren ganz still geworden. Die andern sprachen unwillkürlich leise; Barnow, dessen unruhiges Gesicht mir zuweilen auffiel, summte etwas vor sich hin. Die Sonne sank hinter einem rötlichen, vergrößernden Schleier in das blasse Meer. Eine sanfte Kräuselung flog über den Wasser= spiegel. Gleich darauf ward in einiger Entfernung von der Stelle, wo die große rote Scheibe versunken war, mehr nach Norden zu, der goldene Abendstern sichtbar. Er stieg aber nicht, er schien auch hinabzugleiten. Noch war kein Gestirn außer ihm zu sehen. Es war ein wunderbarer Frieden über die Welt gekommen. Auch Herr von Barnow hörte auf, zu summen. Die ganze Gesellschaft hatte sich, ohne es zu wissen, dem Abendstern zugewandt, und wir schwiegen alle.

Das ist eigentlich die „Venus", nicht wahr? fragte endlich die helle Stimme der Blondine.

Ja, sagte Hamann, dem die Frage galt. Venus ist

sie immer; von Zeit zu Zeit aber ist sie „Abendstern", dann wieder „Morgenstern", je nach ihrer Stellung zwischen der Sonne und uns.

Schönster aller Sterne! sagte Johanna leise.

Sie ist also näher an der Sonne als wir? fragte Frau Bertha wieder.

O ja! So viel näher, daß sie nur ungefähr zwei=hundertundfünfundzwanzig von unsern Tagen braucht, um ihren Lauf um die Sonne zu vollenden. Also wer dort nicht mehr „Jahre" erlebt als Sie, der hat nicht lange gelebt!

Aber es ist dort sonst ähnlich wie bei uns?

O ja — und o nein! antwortete der Professor mit seinem mystischen Lächeln. Unsern Frühling und unsern Herbst würden Sie dort nicht finden; bei den „Venus=kindern" geht es rascher von Warm zu Kalt, und von Kalt zu Warm. Auch gibt es da nur die heiße und die kalte Zone; und die Berge wachsen dort höher in den Himmel: bis zu vier Meilen und mehr. Sonst aber ist die Venus offenbar eine Blutsverwandte, eine Schwester der Erde; ja beinahe wie eine Zwillingsschwester: denn sie ist fast ebenso groß. Auch hat sie eine Atmosphäre, ebenso wie die Erde; sie dreht sich um sich selbst, wie die Erde, und nur wenig rascher —

Woher wissen Sie das alles? fiel ihm Frau Bertha ins Wort. Oder erzählen Sie uns da eines Ihrer Märchen?

Nein, ich sage Ihnen nur, was die Astronomen der Venus abgelauscht haben, erwiderte der Professor. Sie sehen, nicht nur unsolide Leute wie Tannhäuser waren im Venusberg — —

Es könnte also dort ähnliche Wesen geben, wie auf

unfrer Erde? fragte Frau Johanna. Wesen, die man ebenso-
gut Menschen nennen könnte? die denken und empfinden
wie wir?

Hamann lächelte auf seine stille Weise vor sich hin.
Er schlug dann die schwarzen Augen langsam zu Johanna
auf und sagte: Warum nicht? Sie wären ja Schwester-
kinder, die von dort und von hier. Freilich würden sie
auch ihre Unterschiede haben; und wenn die Natur es zum
Beispiel zuließe, daß Sie auf die Venus kämen — oder
ein Venuskind auf die Erde — so würden die Unterschiede
vielleicht tragisch werden ... Ich könnte Ihnen mehr davon
erzählen, wenn es Sie nicht langweilte; wenn Sie's hören
wollten. Die ganze Geschichte eines Venuskindes — —

Was sagen Sie? rief Frau Bertha aus. Die ganze
Geschichte eines Venuskindes? Jetzt sind Sie nun aber wirklich beim Märchen angelangt!

Der Professor blickte sie unbestimmt und geheimnisvoll
an, sagte aber nichts.

Frau Johanna suchte auf seinem Gesicht zu ergründen,
was er im Sinne habe. Necken Sie uns? fragte sie nach
einer Weile.

Er schüttelte den Kopf. O, es ist eine ernste Geschichte,
gab er ihr zur Antwort. Vielleicht viel zu ernst für diesen
Abend —

Warum für diesen Abend? Sind wir nicht in der
besten Abendstimmung, die man wünschen kann? Alle sind
ja still; also bessere Zuhörer werden Sie wohl so bald nicht
finden. Solange die Venus noch über Wasser ist, sollten
Sie's erzählen ... Sagen Sie nur erst: Sie haben die
Geschichte erdacht?

Hamann lächelte. — Sozuſagen ja! — Sozuſagen nein!

Jetzt hören Sie auf, Profeſſor, oder fangen Sie an, ſagte Herr von Barnow; denn Sie haben mich nun endlich richtig neugierig gemacht! — Wie heißt Ihre Geſchichte?

„Der Gaſt vom Abendſtern,“ ſagte Hamann langſam, indem er die mageren Hände ineinanderlegte. Er ſah von ſeinem Steinſitz auf der Schutzmauer mit einem fragenden Blick zu Johanna auf, die etwas höher auf einer der Rund= bänke ſaß. Seine magere, ſchwächliche Figur, wie aus einem alten Heiligenbild, mit dem langhaarigen, vergeiſtigten Ge= ſicht, machte mir in dieſem Augenblick einen wunderbaren Eindruck. In der Geſellſchaft dieſer blühenden, lebens= friſchen, größtenteils blonden Menſchen kam er mir wie ein geſtrandeter Fremdling aus unbekannten Gegenden vor, den man eben aufgefordert, von ſeiner Herkunft und ſeinem Schickſal zu erzählen. Auf den faſt demütig fragenden Blick antwortete ihm Frau Johanna mit einem herzlichen Nicken. Damit zufrieden wandte er ſich an die Geſellſchaft, als hätte ſie zugeſtimmt, murmelte noch einmal „Der Gaſt vom Abend= ſtern“, und begann in ſeiner verhaltenen Weiſe zu erzählen.

II.

Nach neuen Berichten vom Abendstern, meine verehrten Gäste — Berichten, an deren Glaubwürdigkeit gewiß nicht zu zweifeln ist — gibt es dort menschenähnliche Wesen, wie ich Ihnen schon sagte; Wesen, die Ihnen äußerlich so ähnlich sind, daß Ihnen ein unterscheidendes Merkmal wahrscheinlich fehlen würde. Dennoch fehlen natürlich die Unterschiede nicht! Die Venusbewohner haben zum Beispiel Augen wie Sie, aber sie sehen anders; und wenn das Menschenauge auf die Farben des sogenannten Regenbogens beschränkt ist und weder jenseits des Rot, noch diesseits des Violett die Strahlen des Sonnenspektrums als Farben zu empfinden vermag, so ist das Auge des Venuskindes darin noch beschränkter: es sieht gar kein Rot, es sieht auch die andern Farben nicht so rein wie Sie, sondern die „schöne Welt“ erscheint ihm ungefähr wie eine gute, bräunliche Photographie, mit Licht und Schatten, Linien und Formen, aber schwach gefärbt. Kurz, der Venusmensch ist —

Farbenblind, wie auch manche Menschen auf der Erde! fiel ihm Herr von Barnow ins Wort.

Der Professor verzog das Gesicht, und setzte einen

Augenblick seine kleinen, schmalen Zähne auf die Unterlippe. Gleich darauf hatte er aber wieder sein mildes, liebenswürdiges Lächeln; er blickte auf Johanna, die sich nicht bewegte, und nickte Herrn von Barnow zu. Jawohl, jawohl! sagte er, und fuhr dann fort:

Der Venusmensch ist also „farbenblind", wie Freund Barnow sagte; so einfach im Nachteil gegen den Erdenmenschen ist er aber nicht. Nämlich auch der Erdenmensch ist ein armes Geschöpf; er hat nur fünf Sinne, wie Ihnen bekannt ist, und das ist viel zu wenig: für unzählige Schwingungen der Materie und des Aethers, die beständig auf ihn einwirken — für den Magnetismus, die Elektrizität, die chemischen Verwandtschaften, die allgemeine „Anziehung", und so weiter und so weiter — hat er keine Sinne. Was er davon weiß, oder zu wissen glaubt, sagt ihm nur sein Verstand! Dem Venusmenschen ist aber noch ein Sinn gegeben: der „Aethersinn" oder der „Fernsinn", wie sie ihn dort nennen — bitte, lachen Sie nicht. Mit diesem wunderbaren, rätselhaften Sinn fassen sie diejenigen Schwingungen des Aethers, durch den ganzen Weltraum, auf denen die gegenseitige Anziehung aller Atome, aller Körper beruht. Sie fühlen diese Anziehung, sie erleben sie im genießenden Bewußtsein; — und das hat denn freilich auch eigene, sonderbare Wesen aus ihnen gemacht. Sie leben gern in die Ferne, weil sie gleichsam auch das Fernste noch leibhaftig fühlen. Sie kümmern sich nicht viel um die kleine Venus, an der sie kleben; sie beschäftigen sich lieber mit dem Universum, sie grübeln, träumen, messen und berechnen, sie sind ein Volk von Astronomen und Denkern. Darin haben sie es weiter gebracht als die stolzen, eingebildeten Erdenmenschen; aber sie sind dafür auf der Venus nicht so recht zu Hause ...

Nun, wir haben ja wohl auch dergleichen Leute! bemerkte Herr von Barnow mit einem flüchtigen Lächeln.

Jawohl, jawohl; gewiß! sagte der Professor.

Einer von diesen Grüblern auf der Venus entdeckte nun eines Tages, durch Experimente, die ich hier nicht wiederholen will, denn es würde Sie langweilen — — er entdeckte eines Tages, daß er die merkwürdige Fähigkeit habe, die allgemeine Kraft der „Anziehung" in seinem Körper nach Belieben zu schwächen oder zu verstärken; so daß er im stande war, sich so leicht zu machen, daß er auffliegen konnte, und dann wieder so schwer, daß fünf der stärksten Venusmänner ihn nicht vom Boden emporzogen. Ob diese Eigenschaft, die ihn natürlich sehr überraschte, auch in den andern Venuskindern schlummere und nur noch nicht entdeckt worden sei, darüber behielt er sich für eine spätere Zeit genaue Untersuchungen vor; zunächst kam dieser Glückliche auf einen kühnen Gedanken. Er hatte sich seit Jahren viel mit unsrer Erde beschäftigt. Für diesen hellglänzenden Stern, den sie dort den „Schwesterstern" nennen, hatte er eine ähnliche Vorliebe, wie manche von uns für die Venus haben. Ein unendliches Verlangen kam nun über ihn, den Versuch zu machen, ob er vermöge seiner neu entdeckten Eigenschaft sich von der Venus abstoßen und durch den Aether bis zum „Schwesterstern" gelangen könnte. Er überlegte sich dieses gewagte Unternehmen eine Weile nach allen Seiten; endlich setzte er es auf folgende Weise ins Werk. Heimlich, ohne irgendwem seinen Plan zu verraten — denn er fürchtete, daß man ihn sofort als wahnsinnig einsperren würde —

begab er sich eines Morgens auf den höchsten Venusberg, den „Himmelssporn", der fünf Meilen hoch ist. Er brauchte zwei Tage, um hinaufzukommen. Wie er ganz richtig ge= dacht hatte, fühlte er, daß in dieser ungeheuren Höhe die Anziehungskraft der Venus lange nicht mehr so stark auf ihn wirkte, wie vorher im Thal, das er vom Gipfel aus nicht mehr erkennen konnte. Er hatte schon eine leichte, behagliche, elastische Empfindung; ungefähr wie ein Erden= mensch, der im Haschischrausch sich so körperlich leicht fühlt, wie wenn er gegen die Zimmerdecke emporschweben oder aus dem Fenster fliegen könnte. Nachdem er also die Nacht ab= gewartet hatte, und die Erde, der „Schwesterstern", in gol= denem Glanz aufgestiegen war, stellte er sich oben auf die höchste Spitze; empfahl sich dem höchsten Gott, dem „Aether= geist", mit einem kurzen Gebet, machte auf Stirn und Brust das Zeichen des Sterns — was ungefähr dem Kreuzschlagen unsrer Katholiken entspricht — vernichtete das Gefühl der Schwere in sich, soviel er konnte, und flog in die Höhe.

Ich brauche nicht zu sagen, daß er sich vorher die Richtung auf die Erde und ihre Bahn gegeben hatte; und daß er fortfuhr, in dieser Richtung zu steuern, wobei ihn der angeborene „Fernsinn" unterstützte. Sobald er die immer dünner gewordene Atmosphäre der Venus ganz verlassen hatte und sich in dem großen Weltmeer des sogenannten Aethers befand, wuchs auch die Kraft dieses sechsten Sinnes. Er flog rüstig weiter; mit einer Geschwindigkeit, für die er gar keinen Maßstab mehr hatte; die ihn allerdings zuerst etwas ängstigte — doch der Mensch gewöhnt sich an alles, auch der Venusmensch. Nach und nach gewöhnte er sich auch daran, daß die Nacht nicht aufhörte; denn er hatte dafür die Freude, den „Schwesterstern" bald größer und größer zu sehen. Da er als guter Astronom in der Richtung flog, in der sich dieser „Schwesterstern" um die Sonne bewegt — wie ein guter Schütz auf die Stelle zielt, wohin der fliegende Vogel gelangt sein wird, wenn die Kugel eintrifft — so ersparte er sich unnütze Umwege, und seine Berechnung erwies sich auch als richtig. Er hatte sich zur rechten Zeit wieder schwerer gemacht, um die Anziehung der sich nähernden Erde zu verstärken. Endlich ward es heller; er kam in die Atmosphäre des beleuchteten Schwestersterns. Die mächtige Halbkugel, ein gewiß wunderbarer Anblick, wuchs gegen ihn heran. Er unterschied — nur mit einer Geschwindigkeit, die ihn fast verwirrte — Meere und festes Land, Berge und Ebenen; die blitzenden Fäden der Flüsse, die dunklen Wälder und die hellen Kornfelder, bräunliche Häuserhaufen — soweit sein Farbensinn ausreichte — Herden auf den Wiesen, Menschen auf Weg und Steg, endlich den Rauch, der von den Dächern aufstieg, und den Dampf, den Schiffe und Lokomotiven in die Luft hinausbliesen. Er hörte das Schmettern von Trompeten, da Soldaten unter ihm vorbeizogen; Trommelschlag, Kühegebrüll, Jodeln von Hirtenbuben, Hufschlag von Pferden, die vorüberjagten, rauschende Waldbäche, singende Vögel in den hohen Bäumen. Wie wunderbar ihm das alles war, brauch' ich nicht zu sagen . . . Plötzlich hörte er dann auch das helle Lachen einer Mädchenstimme. Er hatte es nie so gehört; denn die Venusmädchen lachen nicht so lieblich. Es ward ihm sehr eigen und sehr weich zu Mut. Er vergaß beinahe, die übergroße Schwere seines Körpers wieder aufzuheben. Erst im letzten Augenblick raffte er sich zusammen,

machte sich so leicht, wie ihm in der Eile noch gelingen
wollte, fiel aber doch etwas unsanft zwischen Bäumen
ins Gras.

Als er nach einer Weile wieder zu sich kam — denn
im Anfang verging ihm das Bewußtsein — sah er sich in
einem Garten, der weiter hinaus in einen Wald überging.
In der Gegend, von wo er das Mädchenlachen gehört hatte,
hing eine Hängematte zwischen zwei jungen, starken Bäumen;
in der Hängematte lag ein junges weibliches Wesen, ohne
Zweifel dasselbe, das vorhin gelacht hatte. Mittlerweile
war es aber eingeschlafen, und die Hände unter den Kopf
geschoben lag es gar lieblich da. Ein offenes Buch, in dem
es früher gelesen, über dessen Inhalt es vielleicht gelacht,
lag auf seinem Schoß. Der Fremdling vom Abendstern
trat leise und schüchtern näher, um dieses merkwürdige
Wesen zu betrachten. Ein so schönes und reizendes Geschöpf hatte er nie gesehn; seine Schwestern, seine Mutter,
und die anderen Venusfrauen, die er kannte, waren mager,
schmächtig und etwas schattenhaft wie er selbst, hatten schmale,
kluge, blaßgraue Gesichter, dünne Arme und Hände. Wie
anders waren die halbnackten, blühenden Arme dieses Erden=
mädchens; dann die edle, herrliche Kopfform, die freie Stirn
mit den geschwungenen Brauen, die vornehme Nase und
die vollen Lippen. Er betrachtete das schöne Wesen lange,
und zu seinem Unglück. Es schien ihm, als wenn noch
ein siebenter Sinn in ihm erwachte; es war aber nur
das Gefühl der Liebe, das er noch nicht kannte. Hätte er
sich in diesem Augenblick wieder leicht gemacht und die
Erde verlassen, es wäre ihm besser gewesen . . . . Statt
dessen vertiefte er sich ohne Ende in diese Wohlgestalt und

in sein neues Gefühl, seufzte vor Glück und vor Unverstand, und kniete endlich neben der Hängematte nieder.

Die Schöne erwachte und war sehr erstaunt, als sie sich mit diesem Unbekannten allein sah. Seine Erscheinung schien sie aber mehr zu befremden, als zu erschrecken. Sie fragte ihn, wer er sei und was er hier wolle.

Er gestand ihr sogleich, auf welche unschuldige Weise er in diesen Garten gekommen war, und woher und warum.

Mit vielem Kopfschütteln — so sehr verwunderte sie das alles — hörte sie ihn an. Sie sind ein sonderbarer Gast! sagte sie dann endlich, indem sie sich in der Hänge= matte auf einen ihrer schönen Arme aufstützte. Ein Gast vom Abendstern! Wer hätte das gedacht! — Sie sehen aber auch wirklich aus wie von einem andern Stern. Sie sehen aus wie eine Schattenpflanze. Es scheint, man ge= deiht hier besser, hier auf unsrer Erde!

O ja! O gewiß! sagte er verliebt.

Wie heißen Sie? fragte sie.

Er nannte ihr seinen Namen; darauf lachte sie aber laut. Das kann ich nicht aussprechen, sagte sie. Das klingt mir wie Mathematik!

Nun, so nennen Sie mich, wie Sie wollen, sagte er, den ihr Lachen — er erkannte es wieder — um den letzten Rest von Vernunft brachte. Machen Sie überhaupt mit mir, was Sie wollen; ich bin so fremd auf der „Erde", wie Sie sagen; stoßen Sie mich nicht fort! Lassen Sie mich in Ihrer Nähe bleiben: sonst wird mir auf diesem fremden Stern unheimlich, wie einem Kind!

Was soll ich mit Ihnen anfangen? sagte sie, nun doch auch etwas verlegen.

Was Ihnen beliebt! Ich werde alles für Sie thun, was Sie verlangen. Ich will Ihnen zu Diensten sein, Sie brauchen nur zu befehlen. Haben Sie so viel Güte, mich nicht fortzustoßen!

Gut — ich will es versuchen, sagte die junge Schöne, die wirklich ein gutes Herz hatte. Ich will mir Mühe geben, Sie sonderbares Wesen, Sie auf unsrer Erde etwas heimisch zu machen. Ich will Sie „Hesperus" nennen. Sehen Sie mich nun aber nicht mehr so schmachtend an; das gefällt mir nicht! — Sie können in einem Häuschen dort am Walde wohnen, da wo es den Berg hinan geht; ich werde dafür sorgen, daß man Sie da duldet. Meine Eltern sind gut, werden Ihnen helfen. Wenn Sie uns besuchen, werd' ich von Ihnen lernen, wie es bei Ihnen auf dem Abendstern aussieht, und was Sie sonst noch wissen; und Sie sollen von mir lernen, wie man sich bei uns auf der Erde benimmt. Zum Beispiel, Sie knieen noch immer, und das schickt sich nicht. Also stehen Sie auf!

Hesperus gehorchte: und das Mädchen verließ die Hänge= matte. Am obern Ende des Gartens, an einer ländlichen Straße, stand ihrer Eltern Haus. Dahin nahm sie ihn mit. Und so begann denn sein Leben auf der Erde; für den Anfang poetisch und wunderbar genug; auf das Bittere sollte er aber auch nicht lange warten.

Nicht daß es ihm an des Leibes Nahrung auf der Erde gefehlt hätte: der Vater seiner jungen Freundin, ein gelehrter und guter Herr, nahm sich des wundersamen Gast= freunds mit allem Wohlwollen an, nährte und kleidete ihn, bis er auf diesem fremden Stern sich etwas eingewöhnt und durch seine Kenntnisse, zumal in Mathematik und Astronomie, sich Beschäftigung und Lebensunterhalt zu verschaffen gelernt hatte. Auch schien es ihm nicht übel, auf der Erde zu leben; wenn nur nicht die so schnell erwachte Neigung zu dem Mädchen — wir können sie „Stella" nennen — den armen Hesperus mehr gequält als getröstet hätte. Zwar hielt Stella ihm Wort: sie erlaubte ihm, sie häufig zu besuchen und ihr die irdischen Sitten und Gebräuche abzulernen; sie beehrte ihn mit dem Namen „ihres Lehrers und Meisters", den sie ihm gab, wenn sie sich in seinen Kenntnissen und Wissenschaften von ihm unterrichten ließ; sie gestattete ihm, auf ihren Wanderungen über Berg und Thal ihr Begleiter zu sein und ihr den Schirm, den Mantel und das Täschchen zu tragen, wenn er es wünschte und es ihr beliebte. Nach und nach aber — wohl etwas spät, weil er als Venusmensch ein Träumer war — fiel ihm auf, daß das schöne Kind oft (und reizend) gähnte, wenn er neben ihrer Hängematte saß und ihr von seinem einförmigen, grüblerischen Venusleben erzählte. Dann bemerkte er, daß sie gerne bergan floh, wenn sie ihn von seinem Waldhäuschen kommen sah, um wieder als ihr „Lehrer und Meister" sie zu unterrichten; und endlich, daß ihm in seinem Dienst als Mantelträger ein Nebenbuhler erschien, der ihn tief beschämte. Dieser Nebenbuhler hieß „Hektor" und war ein Neufundländer: ein großer und schöner Hund, der jungen Herrin ebenso ergeben wie Hesperus, ebenso liebebedürftig, und „fast ebenso klug", wie Stella zuweilen in herzlicher, grausamer Heiterkeit erklärte. Er lernte mit der Zeit, Stellas Schirm im Maul, Stellas Tasche um den zottigen Hals, Stellas Mantel wie eine Schabracke auf dem Rücken zu tragen; und je mehr Hektor in diesen Künsten vorrückte, desto seltner rief die Schöne den Hesperus, sie auf ihren Wanderungen zu begleiten. Was Hesperus ferner im stillen bekümmerte und schmerzte, war die Fülle von seltsamen Kosenamen, mit denen sie ihn beehrte: ob sie ihn nun den „Sterngucker“, oder „ihren bleichen Hesperus“, oder „Schatten= pflänzchen“, oder — wie zum Unterschied von Hektor — ihren „getreuesten Pudel“ nannte. Zu guter Letzt kam er dahinter, daß er überhaupt ungefähr in gleicher Höhe mit Hektor stand, nur als ein zweibeiniger und redender „Hektor“ eine Stufe höher; daß er ihr aber vielleicht noch besser gefallen hätte, als er ihr gefiel, wenn er ebenso schön wie Hektor an ihr hinaufgesprungen wäre, oder ebenso klang= voll gebellt hätte.

Dies alles aber waren noch nicht seine größten Leiden; sondern das größte war, daß dabei seine Liebe zu der schönen „Herrin“ nicht schwand, sondern wuchs. Wie schmerzlich erstaunte er, als er eines Morgens, vor seinem Häuschen sitzend — weil er von dort zu Stellas Fenster hinübersehen konnte — in dem Buch eines Erdenmenschen las: „Mit den Frauen leben ist schwer; ohne sie unmöglich.“ Er fühlte, daß dieses Wort ihn traf, wie für ihn geschrieben; daß es vielleicht keinen der Erdenbewohner so sehr treffe, wie ihn. Wie oft sagte er sich seit diesem Morgen — wenn er sich schlaflos nachts auf seinem Lager wälzte, oder wenn er abends, in der Dämmerung, den aufblinkenden „Abendstern“ erwartete und nicht mit Heimweh, aber mit Erdenjammer sich zu dem verlassenen Heimatsstern hinüber= dachte — wie oft sagte er sich, den Kopf traurig schüttelnd: „Ohne sie unmöglich!“ — Kam er dann wieder zu Stella, und fand sie in ihrem dunkelbraunen Kleid träumend am

Kamin — denn es war Winter geworden — oder in einem rosafarbenen Ballkleid (man sagte ihm, es sei rosafarben: selber sah er es nicht), die unbedeckten Schultern von Jugend und Schönheit strahlend, die Augen leuchtend, alles an ihr Freude und Erwartung, auf den Ball zu gehen und mit den staunenden Erdenjünglingen zu tanzen: so verkroch sich wieder seine stumme Liebe in den tiefsten Winkel seines Herzens; denn sie lächelte ihn an, wie sie Hektor anlächelte, oder sie sah durch seine „Schattengestalt" hindurch in die weite Ferne. Sie ging dann zum Ball, und er blieb zurück; denn ihr zuliebe hatte er zwar versucht, tanzen zu lernen wie die Erdenmenschen; aber „es geht nicht, Schatten= pflänzchen," sagte sie ihm damals, mitleidig lachend: „Sie springen immer zu hoch, es nimmt sich aus, als wollten Sie in die Luft fliegen und wieder zu Ihrem Abendstern zurück; — lassen Sie es gut sein!" — An diese Worte ge= denkend, wagte er's nicht wieder. O ja! dachte er wohl, das beste wäre für dich, armer Hesperus, in die Luft zu fliegen und wieder zu deinem Abendstern zurück. Aber was willst du dort? Stella verlassen? „Ohne sie unmöglich!"

So verging wohl noch eine gute Zeit; endlich sollte sein trauriges Schicksal sich vollenden. Eines Tages zog er mit seinem Nebenbuhler Hektor und der gemeinsamen Herrin zum Spaziergang aus. Die Erde hatte ihr Schnee= gewand wieder abgelegt und sich in das jungfräuliche Früh= lingsgrün gehüllt, dessen Reize er aus den Gedichten der irdischen Poeten und aus den schwärmerischen Entzückungen seiner Stella kannte: er selber, der „Farbenblinde", fühlte es nicht. Heimlich aber that ihm wohl, daß zum erstenmal nach langer Zeit die „Herrin" wieder geruht hatte, ihn zum

Mitwandern aufzufordern; ja es schien, als hätte sie dies=
mal ein besonderes Verlangen, mit ihm zu sprechen, und
ihm schlug das Herz. So zogen denn die drei auf die
Berge zu; jeder die neugeborne Welt betrachtend, jeder mit
andern Augen: Hektor wie ein Hund, der die Farben fühlte
und vor Freude bellte, ohne zu wissen, warum; Stella wie
ein poesievolles Kind dieser schönen Erde, jede Brechung des
Lichts, jeden Glanz der Farbe schwelgerisch genießend;
Hesperus wie ein denkendes Venuskind, dem Himmel und
Erde wie eine angenehme, warm bräunliche Photographie
entgegenkam und allerlei Betrachtungen über Licht und
Schatten, über Nah und Fern in ihm erweckte. Die Sonne
aber that ihm wohl und machte ihm Mut. Er fühlte nicht
nur ihre Frühlingswärme; er dachte auch: ist sie nicht die
große Mutter der Planeten, ist sie nicht die Mutter ihres
Sterns und auch deines Sterns? Bist du nicht der Ge=
liebten sonnenverwandt, geist= und blutsverwandt? Wenn
ihr also ein Paar würdet, wär' es denn so seltsam? wär'
es denn unmöglich? Warum sollte sie dir nicht ihr Herz
zuwenden, wenn du nur treu und unermüdlich wirbst?
Warum willst du verzweifeln?

Während er noch so dachte, zupfte sie auf einmal sanft
an seinem Aermel, und er fuhr zusammen. Sie träumen
wieder! sagte sie, mit einem ernsthaften, liebenswürdigen
Lächeln. Gott weiß, wie lange Sie nun schon wieder
schweigen ... Hektor sagt a u c h nicht viel; ihr wetteifert,
wer der Nachdenklichste und der Stillste ist. Aber es thut
nichts ... Ich wollte Ihnen etwas sagen, lieber Hesperus.
Sie waren uns immer gut, meinen Eltern und mir. Seit
Sie mir damals so vom Himmel herunter in den Garten

fielen, waren Sie mir ein so treuer, guter Kamerad ...
Sie sollen der Erste sein, dem ich sage, was mir nun ge=
schehen ist. Ich werde heiraten, Hesperus. Ich bin Braut.
Wünschen Sie mir Glück!

Hesperus antwortete nichts; auch wenn er gewollt hätte,
hätt' er nicht gekonnt. Aber er wollte nicht. Er wollte lieber
sogleich in die Erde sinken. Oder wenn ein Steinbild aus
ihm geworden wäre, hätte er es auch dankbar hingenommen.
Er stand jedenfalls wie versteinert da, ohne sich zu rühren.

Was ist Ihnen? fragte sie nach einer Weile. Sind
Sie wieder ganz von hier entrückt, auf Ihren Abendstern?
Haben Sie nicht gehört, was ich eben sagte?

Doch, ich hab' es gehört, antwortete er, sich zusammen=
nehmend. Ich wünsche Ihnen also auch Glück!

Und Sie sind nicht neugierig? Sie fragen nicht ein=
mal, wessen Braut ich bin?

Er hatte in der That noch nicht daran gedacht, sie
danach zu fragen. Es schien ihm so gleichgültig, wessen
Braut sie war, wenn sie ihn nicht wählte. Er sah Hektor
vorweglaufen, in den Wald hinein, und wäre ihm gern
gefolgt, um Stella nicht mehr zu sehen und dieses Gespräch
zu beenden. Doch als ein wohlerzogener Gastfreund dieser
Erde nahm er sich abermals zusammen und heuchelte freund=
schaftliche Neugier. Eben wollte ich fragen, stammelte er.
Wen werden Sie heiraten, Stella?

Nun, — den Präsidenten. Sie kennen ihn ja, lieber
Hesperus; Sie haben ihn zuweilen, abends, bei uns ge=
sehen. Wie sonderbar verwundert mich Ihre Träumeraugen
anschauen! Dachten Sie das nicht? Wußten Sie nicht,
daß er — — daß er das im Sinn hatte?

Ich wußte nichts, antwortete er und schüttelte den Kopf.

Sie leben immer noch halb auf einem andern Stern! sagte sie, freundlich lächelnd. Sie bleiben der „Hesperus"!

Ja, das mag wohl sein! stammelte er und versuchte ebenfalls zu lächeln. Wie nutzlos, dachte er, war all mein Bangen und Grübeln, all meine Eifersucht: wenn diese jungen Herren kamen und ihr huldigten, vor jedem von ihnen habe ich gezittert. An diesen ernsten, reifen, ruhigen Mann, an den Präsidenten hab' ich nie gedacht . . .

Lieben Sie ihn denn, Stella? fragte er auf einmal.

Sie wurde rot und sah auf den Weg vor ihren Füßen. Ihre irdische Erziehung, sagte sie dann, ist noch nicht voll= endet; so fragt man nicht, Hesperus! — — Ich will Ihnen aber doch sagen, weil Sie mein treuer, guter Kamerad sind: ich ehre ihn von ganzem Herzen, und bin ihm sehr gut . . . Und nun fragen Sie nichts mehr. Sie sind und bleiben ein gutes, närrisches Schattenpflänzchen: entweder sind Sie zu wenig neugierig, oder zu viel! Nun gehen wir nach Hause, denn es wird schon Abend. Sie sollten etwas besser auf den Weg achten, Sterndeuterchen: Sie strauchelten schon wieder. Sagen Sie noch zu niemand, was ich Ihnen ge= sagt habe. Mir war es nur so ums Herz, zu Ihnen davon zu sprechen; — dieses eine Mal, und nun lassen wir's. Ich muß Sie noch führen, scheint mir; — da ist meine Hand!

Er stolperte wieder über einen Stein, der im Wege lag, und konnte nicht umhin, ihre ausgestreckte warme Hand zu fassen, um sich aufrecht zu halten. Es lief ihm warm und kalt durch die Glieder hin. „Da ist meine Hand!" dachte er, sich ihre grausam mitleidigen Worte wiederholend. So hat sie vielleicht auch zu ihm gesagt, aber in a n d e r e m

Sinn: „da ist meine Hand!" — Mir also gibt man so eine warme Hand nur um mich zu stützen? Ich bin und bleibe also der „Hesperus"? Ich bin auf diese unglückliche Erde nur herabgefallen, um zuzusehen, wenn die anderen lieben und geliebt werden? Für mich gibt's kein Glück? — Warum bin ich denn hier? Kann ich nicht wieder fort? Ich will fort! Ich will fort!

Als er vor Stellas Haus sich von ihr getrennt hatte und die Nacht hereinbrach, kletterte er stracks auf den nächsten Hügel, sah der versinkenden „Venus" in das goldene Auge, sprach ein verzweifelndes, halb unsinniges Gebet zum „Aethergeist", machte das Zeichen des Sterns auf Stirn und Brust, und versuchte dann, sich wieder wie damals zu heben, end' es wie es wolle. Eine dumpfe Angst hatte ihn zwar den Hügel hinauf begleitet: wird es denn gelingen? Seit er auf der Erde war, hatte er oft mit Erstaunen und Beklemmung wahrgenommen, daß jene seine Fähigkeit, sich nach Belieben leichter oder schwerer zu machen, ihn mehr und mehr zu verlassen schien; ja es war ihm, als schwände sie in demselben Maße, in dem seine unselige Neigung zu Stella, dem Erdenmädchen, wuchs. Er schien zugleich der Spielball fremder Kräfte zu werden: ohne sein Zuthun kam es zuweilen plötzlich über ihn, als solle er emporschweben (so auch damals, als er tanzen wollte) oder als müsse er wie ein Bleiklumpen zu Boden sinken. Diese gelegentlichen, sonderbaren Zustände hatten ihn zuweilen geängstigt; sie fielen ihm jetzt wieder ein; — aber „ich will! ich will!" sagte er vor sich hin. Der Wille der Verzweiflung ist stark, und ich bin in Verzweiflung, und es wird gelingen!

Einen Augenblick schien es auch, als erwache wieder

seine alte Kraft; das Gefühl der Schwere begann ihn zu verlassen, die wunderbare, tröstliche Empfindung, als habe er keinen Körper mehr, tauchte in ihm auf. Schon glaubte er aufzufliegen, als eine thörichte Weichheit und Schwäche seines Herzens ihn verleitete, noch einmal den Kopf zu wenden und zurückzublicken: nach dem Hause nämlich, in dem Stella wohnte. Das weiße Haus leuchtete aus der graudunklen Nacht hervor. Hesperus sah auch ein Licht; er wußte, daß es aus dem Fenster ihres Zimmers kam. Dort ist sie nun, dachte er ... Er seufzte auf; all seine Liebe zu ihr ward in ihm lebendig. Plötzlich empfand er wieder, daß die Erde ihn zog; jedes seiner Glieder schien sich gleichsam mit Schwere zu füllen. Ein jämmerliches Gefühl drückte ihn zu Boden; ihm war, als könne er sich nicht mehr aufrecht halten. Vergebens rang er, sich wieder los zu machen, sich emporzuschwingen. Er blieb wohl auf den Füßen, er fiel nicht; aber es hielt ihn fest. Vergebens rief er alle Götter seiner Heimat an; vergebens starrte er zu den Sternen auf, als sollten sie ihn befreien. Kalter Schweiß brach aus ihm hervor; er stieß Verwünschungen aus, er stampfte die ver=haßte Erde mit den Füßen; er zerfloß endlich in Thränen. Ich bin gefangen! gefangen! rief er in Verzweiflung. Auf ewig getrennt von meinem Stern! Ewig hierher verbannt, ewig hier gefangen! — Er warf sich zuletzt auf den Boden hin, der ihn wie mit unsichtbaren Ketten fesselte, und so blieb er liegen.

Wie lange er so lag, weiß niemand zu sagen. Wie er am nächsten Morgen der Sonne ins Gesicht sah, die noch immer die Erde, ihn und sein Elend beschien, hat man nicht erfahren. Lebt er noch? Leidet er noch? Was ist aus ihm geworden? Dieses alles ist dunkel; Gewißheit darüber kann man nicht erlangen.

Einige wollen wissen, nach und nach habe der unglückliche „Hesperus" sich daran gewöhnt, diese für ihn so traurige Erde nicht mehr zu verlassen; er habe „Vernunft angenommen", wie unsre populäre Moralphilosophie sagt, sich ganz und gar den Wissenschaften ergeben, und in einem andern Erdenland, fern von seiner Stella, lebe er als Lehrer der Jugend, die ihn zwar den „Sterngucker" und wegen seines sonderbaren Blicks den „Fernseher" nenne, aber sich gern und mit Nutzen von ihm unterrichten lasse. Andre — wie es zu gehen pflegt — wollen andres wissen. Der „Gast vom Abendstern" hab' es nicht ertragen, auf unsrer Kugel zu bleiben. Zwar den Sommer und Herbst habe er noch so fortgelebt; als aber im November Stellas Hochzeit kam, sei auch ein neuer Mut der Verzweiflung, oder eine neue Kraft über ihn gekommen. Er habe sich in der Nacht, die diesem Tage folgte, auf denselben Hügel neben ihrem Hause begeben; habe aber diesmal nicht wieder zurückgeschaut. Und da er dann allerdings wahrgenommen, daß jene seine verlorene Eigenschaft wieder erwachte, aber daran verzagt habe, den Heimatsstern zu erreichen, so habe er die Stunde erwartet, wo der bekannte große „Novemberschwarm" von „Sternschnuppen" durch und über unsere Atmosphäre zieht; habe sich aufgeschwungen und dem größten dieser Meteore, das ihm in den Weg kam, sich auf den Rücken gesetzt. Auch sei er gerade in den mächtigsten dieser Schwärme geraten, in eine jener ungeheuren Ansammlungen von Sternschnuppen und Feuerkugeln, die, den Geschwadern von Wandervögeln vergleichbar, durch den Weltraum ziehen, in höchst excentrischen Bahnen um die Sonne kreisen, und bei uns für „Kometen“ gelten, wenn wir sie in weiter Entfernung auf ihrer leuchtenden Wanderung erblicken. Mit diesem endlosen Schwarm ziehe er nun dahin. Einsamer als je ein Mensch, da keiner dieser kleinen Weltkörper bewohnt sei; und sich dadurch ernährend, daß er sich zuweilen von einem Meteor auf das andre schwinge, es sozusagen „abweide“, bis der kärgliche und nicht sehr irdische Nahrungsstoff erschöpft sei, — dann dessen Nachbar aufsuche, und so fort und fort. So ziehe er gleichsam wie ein Hirt mit seiner Herde, oder wie der „fliegende Holländer“ des Aethers, durch die weite Ferne, die seinem „Fernsinn“ gefällt. Wie weit aber diese Ferne ist, werden Sie ermessen, wenn ich Ihnen sage, daß der „Novemberschwarm“, in den er geriet, erst in mehr als dreiunddreißig Jahren seinen Umlauf um die Mutter Sonne vollendet. Ebenso lange Zeit wird auch vergehen, eh' Hesperus mit seiner „Herde“ wieder an der Erde vorbeikommt — wenn es wahr ist, daß er sich bei dieser Herde befindet. Dann widersteht er vielleicht einer gewissen Erdensehnsucht nicht, und schwingt sich noch einmal von einem seiner Meteore auf den „Schwesterstern“, auf Stellas Kugel herab ... Aber was findet er dann? Dreiunddreißig Jahre sind vorbeigegangen, Stella ist alt geworden oder lebt nicht mehr; und auch seine Jugend ist dahin ...

Doch dies alles sind ja Träume, Phantasien. Wie dort im Meer der Abendstern untergegangen ist, während ich diese Geschichte erzählt habe, so ist vielleicht auch der „Gast vom Abendstern“ schon ins „Meer des Nichts“ hinab, und es ist nutzlos, die Wiederkehr dieses traurigen Wanderers zu erwarten.

III.

Der Professor hatte geendet. Alle saßen still. Er
selbst, dessen Stimme zuletzt, wie mir schien, etwas gezittert
hatte, während sein Gesicht denselben stillen, melancholisch=
mystisch=ruhigen Ausdruck behielt, ließ jetzt den Kopf wie
in einer gewissen Müdigkeit gegen seine Brust sinken und
rührte sich nicht. Nur einmal blickte er, langsam und halb
verstohlen, zu Johanna auf. Er erstaunte wohl ebensosehr
wie ich: Frau Johanna, die auffallend blaß war und
offenbar sehr bewegt, hatte zwei große Thränen in den
Augen. Als ich diese Beobachtung machte, stand mir die
Zunge still: ich hatte eben ein Wort über das phantastische
Märchen des Professors sagen wollen, sagte nun aber nichts.
Eine gewisse Beklommenheit ergriff mich ... Den andern
mochte es ebenso gehen wie mir; wenigstens schwiegen alle.

Es schien, als versetzte dieses Schweigen Frau Johanna
in Unruhe. Plötzlich stand sie auf, ging dann langsam
fort. Ich sah ihr nach, wieder überrascht. Sie ging den
Damm entlang, gegen die Stadt zurück. Sie bewegte sich
aber in einer zögernden, träumerischen Weise, wie wenn sie
das, was sie gehört, still bedenken wollte. Als ich mich
wieder zu Hamann wendete, sah ich eine gewisse Röte auf

seinem bleichen Gesicht, und eine Unruhe, die er zu ver=
bergen suchte. Mit aufgerissenen Augen starrte er ihr nach.
Er schien sich zu fragen, ob sie mit ihm unzufrieden sei,
ob sie aus Unwillen fortgehe. Ein heller Klang kam darauf
herüber: sie war auf einen der großen eisernen Ringe ge=
treten, die hier und da an den Granitblöcken des Damms
befestigt waren. Bei diesem Klang fuhr der Professor leicht
zusammen. Er öffnete die Lippen, fuhr sich mit einer Hand
über die Stirn, und ging Frau Johanna nach.

Sonderbar! hörte ich hinter mir Herrn von Barnow
murmeln. Es war das erste Wort, das gesprochen wurde.
Johannas Freundin, Frau Bertha, die noch auf der Stein=
bank saß, verfolgte die beiden mit ihren hellen Augen; dann
versuchte sie endlich, etwas Harmloses zu sagen. Ich bin
noch wie betäubt, fing sie an, wie um das allgemeine
Schweigen zu rechtfertigen; all diese phantastischen Erfin=
dungen haben mich „benommen". Was alles in so einem
Denkerkopfe steckt! — — Armer Hesperus!

Herr von Barnow murmelte etwas, das ich nicht
verstand.

Noch zu guter Letzt der „fliegende Holländer" des
Aethers, mit den unzähligen Sternschnuppen! fuhr Frau
Bertha fort. Ist denn das auch nur eine Erfindung des
Professors, daß die Kometen nichts als solche Sternschnuppen=
schwärme sind, oder ist das wirklich?

Einer der Herren nickte: Es soll sich wirklich so ver=
halten, gnädige Frau. Die Astronomen wollen es entdeckt
haben; erst vor kurzer Zeit. In einer Zeitung hab' ich
davon gelesen ... Ja, Sie haben recht: das Ganze war
eine wunderbare, tolle Phantasie!

Eine Taktlosigkeit war's! sagte Herr von Barnow.

Die hübsche Blondine sah ihn sehr erschrocken an.

Jawohl, gnädige Frau; eine Taktlosigkeit! — Sie wollen mir durch Ihren Blick sagen, der Taktlose sei jetzt ich; aber warum soll ich denn der Wahrheit nicht die Ehre geben? Professor Hamann erzählt da eine Geschichte, die mit all ihren astronomischen Umhüllungen so durchsichtig ist, daß noch lange nicht der Geist einer Frau Johanna dazu gehört, um bis auf den Kern zu sehen; und er bringt diese edle Frau so außer Fassung, daß sie — —

Er deutete mit dem Kopf dorthin, wo sie ging, als wollte er sagen: daß sie fliehen muß.

In diesem Augenblick aber bewegte sich Frau Bertha an ihm vorbei — sie war aufgestanden — und so im Vorübergehen sagte sie rasch und leise, aber ich hörte es:

Schweigen Sie doch! Haben Sie denn nicht gesehen daß Johanna weinte?

Herr von Barnow schüttelte ganz verwirrt den Kopf. Er geriet in eine merkwürdige Bestürzung; sein schönes, bräunliches Gesicht wechselte mehrmals die Farbe zwischen Blaß und Rot. Barnow hatte eine so offene, stolztreu= herzige Art, zu sein, daß man ihn in Momenten der Auf= regung leicht durchschauen konnte. Nachdem er eine Weile geschwiegen und den beiden Vorausgegangenen nachgesehen hatte, sagte er mit leidlicher Fassung, doch indem die un= ruhigen Brauen sich noch bewegten: Uebrigens ist es Frau Johannas Sache, wie sie es aufnehmen will . . . Hat ihr die Geschichte vom Hesperus gefallen, so kann sie auch mir gefallen. Ich für meine Person würde nur nie — — nie in dieser Weise — — Ich habe freilich auch nicht das

Talent, Märchen zu erfinden . . . Gehen wir alſo auch? Der Mond wird bald da ſein: unſere große Laterne für die Rückfahrt. Es wird hier kühl für die Damen. Gehen wir?

Eine Unruhe ſchien ihn dem Profeſſor und Johanna nachzuziehen, die jetzt, nicht weit vor uns her, miteinander gingen. Frau Bertha erwiderte nichts, ſie nahm aber ſeinen Arm, und unſere Geſellſchaft ſetzte ſich in Bewegung. Nicht weit vom Ende des Hafendammes befindet ſich die „Spindel" (oder das „Spill"), wonach man mißbräuchlicherweiſe den ganzen Ausläufer des Dammes benennt. Sie dient dazu, Taue aufzuwinden, mit denen man Schiffe, die ſich in der Mündung feſtgefahren haben, allmählich wieder flott macht. Neben dieſer Spindel ſtanden jetzt Hamann und Johanna, als wir vorüberkamen. Er ſchien etwas ſchüchtern, aber eindringlich zu ſprechen, ſich zu entſchuldigen. Johanna ſah in einer wehmütig weichen Rührung vor ſich nieder, ohne auf uns zu achten.

Ja, ſagte ſie, als dann ſeine leiſe Stimme ſchwieg; wunderbar haben Sie's gemiſcht — aus Wahrheit und Dichtung . . . Ich war ſo bewegt, darum ging ich fort, ſetzte ſie leiſer hinzu. Wie kamen Sie zu dieſer wunder= ſamen Geſchichte — —

Ich trug ſie ſchon lange in mir, ſagte der Profeſſor. Und wie nun heute der Abendſtern erſchien — —

Mehr hörte ich nicht, denn wir gingen weiter. Frau Bertha zog den zögernden Barnow mit ſich fort. Seine Unruhe ſchien zu wachſen; ich ſah, daß er ſeinen Bart biß und auch einen ſeiner Finger zwiſchen die Zähne brachte. Wir kamen endlich auf das feſte Land und bis an die Stelle, wo der Dampfer im „Strom" lag. Der Kapitän und ſeine

Leute waren eben beſchäftigt, Lampions aus farbigem Pa=
pier an beiden Seiten des Schiffes auf Stricken entlang zu
ziehen, ſo daß ſie über dem Bord hin und wider ſchwankten.
Jenſeits des andern Hafendammes ſtieg der Mond, mit faſt
noch gefüllter Scheibe, groß, rötlich und langſam über dem
fernen, flachen Meeresufer herauf. Es war ſo ſtill um uns
her, daß ich von einem Boot, das weit aufwärts über den
ſchmalen Strom hinüberfuhr, den Ruderſchlag hörte. In
unſrer Nähe am Ufer ſtanden nur einige alte Lotſen, die
uns und den „Vorwärts" ſchweigend betrachteten. Ein friſcher,
kühler Hauch kam aus dem Strom herauf und von der See
herüber; er bewegte uns aber nicht einmal die Haare, die
Luft ſchien zu ſchlafen.

Sie gehen wieder zurück, ſagte Frau Bertha leiſe.

Ich wendete mich um. In der noch immer ſanft
leuchtenden Dämmerung konnte man in der That die beiden
Geſtalten, Hamann und Johanna, ſich langſam bewegen
ſehen, wieder auf das Spill zu. Der Mond begann ſeinen
Lichtſchleier um ſie her zu weben. Gott weiß, wie es kam,
aber während ich hinſah, war mir, als hörte ich Frau Jo=
hannas Stimme, die vorhin auf dem Schiff ſo weich zu
mir geſagt hatte: „Darum ſollten wir einander wenigſtens
ſo gut ſein, wie wir irgend können . . . Und den anderen
Einſamen recht viel Freude machen — uns zum Opfer
bringen" . . . . Auch was ſie über Hamann geſagt hatte,
fiel mir wieder ein. Die beiden ſchienen nun, neben der
hölzernen Bake des Spills, wieder ſtillzuſtehen. Es kam
auch über mich eine Unruhe, ich wußte nicht recht, warum.
Ich dachte an „den guten edlen Menſchen", wie ſie
ihn genannt hatte; und daß er einer von Denen ſei,

„denen man so viel Liebes thun sollte, wie man irgend könne" . . . .

Unterdessen schien die Gesellschaft ungeduldig zu werden; Frau Bertha setzte sich auf eine Bank, die in der Allee nahe am Ufer stand, und fing an zu gähnen. Barnow, dessen Arm sie losgelassen hatte, starrte noch eine Weile den Hafendamm hinunter; dann schritt er auf den Dampfer zu, trat über den Landungssteg und ging auf dem Verdeck ruhelos auf und ab. Der Mond stieg in die Höhe und schwamm nun wie blasses Gold in der fast farblosen Luft. Endlich bewegten sich vom Spill her wieder die beiden Ge=stalten. Langsam, fast unmerklich — es stimmte ganz zu dieser feierlichen, träumerischen Stille — kamen sie heran. Erst als sie sich näherten, sah ich, daß sie Arm in Arm gingen. Die schmächtige Erscheinung des Professors, die der Mond nun hell beleuchtete, nahm sich seltsam aus neben der vollen, fast üppigen Gestalt der schönen Frau. Sie lächelte aber, als sie an seinem Arm auf mich zutrat. Es war ein Lächeln, das ich nicht vergesse. Das sind Stella und Hesperus! dachte ich auf einmal.

Lieber Freund! sagte sie zu mir, während er nur die Lippen bewegte, als könne er nicht sprechen. Sehen Sie — — wir sind einig!

Sie sagte weiter nichts; und sie sagte es so weich und leise, daß ich im ersten Augenblick noch nicht ganz verstand, was sie damit meinte. Barnow aber, der jetzt zwischen den Lampions am Schiffsbord stand und herübersah, schien es desto besser zu verstehen, obwohl er die Worte kaum hatte hören können. Er machte eine eigentümlich zuckende Be=wegung und schien wieder die Farbe zu verändern; indessen da er im Schatten stand, konnte ich mich täuschen. Ich hatte ihn aber grade vor den Augen und nahm wenigstens wahr, daß etwas in ihm vorging, und daß er nach Fassung rang. Nach allem, was ich bisher an ihm gesehen hatte, war es auch nicht überraschend.

Dies war übrigens das Letzte, was ich noch bemerkte; denn ich gestehe, mir selber nahm es die Fassung, unsere Frau Johanna und den „schwarzen Christus" so „einig", fürs Leben einig zu sehen. Es überfiel mich ein Schreck, den ich in der ersten dumpfen Verwunderung nicht empfunden hatte. Professor Hamann lächelte so sonderbar; so mystisch verklärt . . . Ich weiß nicht mehr, was sich dann begab. Ob ich einen Glückwunsch hervorbrachte, oder was ich sagte, hab' ich ganz vergessen. Ich weiß nur, daß nach und nach alle auf das Schiff stiegen; daß ich es ablehnte, mitzufahren; und daß endlich der „Vorwärts" abstieß. Die Lampions waren mittlerweile angezündet worden; mit den bunten Farben mischte sich das bleiche Mondlicht; vom Vorderdeck stiegen Raketen in die Höhe. Am Ufer hatte sich allerlei Volk versammelt. Ich sah noch Johanna und Hamann zwischen zwei Lampions nebeneinander stehen; sie war rötlich, er bläulich angeleuchtet. Sie standen Hand in Hand. Mir war's wie ein Traum . . . Der Dampfer rauschte stromauf; seine farbigen Laternen leuchteten noch lange, bis er hinter den letzten Häusern von Warnemünde verschwand.

IV.

Nach diesem verhängnisvollen Abend habe ich Frau
Johanna mehr als anderthalb Jahre lang nicht gesehen;
erst im Mai des zweiten Jahres danach sollte ich ihr wieder
begegnen. Inzwischen hatte ich gehört, daß sie Frau Ha=
mann geworden, daß sie heiter und, wie es schien, ganz
zufrieden lebe. Er nenne sie lieber Stella als Johanna,
sei ihr dankbar und überaus ergeben, und arbeite an einem
großen, etwas mystischen, astronomisch=theosophischen Werk.
Er war Professor an einer norddeutschen Universität, wo
aber seine „poetisirende“, nicht rein wissenschaftliche Rich=
tung viel bespöttelt wurde. Hierüber hörte ich zuweilen
dies und das. Wie man sich an alles gewöhnt, so gewöhnte
ich mich nach und nach auch an den Gedanken, daß eine
Frau, die einen so feurigen und emporstrebenden Geist hatte,
sich an diesem bescheidenen Opferglück genüge; denn für
etwas anderes konnte ich's nicht halten. Wie oft sieht man
Frauen von bedeutenden Eigenschaften, die zuletzt die Krone
ihres Lebens darin finden, einem liebebedürftigen, guten,
unbedeutenden Gatten das zu sein, was die Sonne der Erde
ist. Schön wäre es freilich, könnten sich immer Zwillings=
sterne finden, die sich gegenseitig Licht und Wärme zu=

strahlen; wenn man aber dieses höchste, seltenste Glück lange vergebens gesucht hat, mag man es freilich würdiger und begehrenswerter finden, ein kleines Gestirn zu wärmen, als ins Nichts zu strahlen. Und so leuchtet nun diese edle, schöne Stella ihrem Hesperus, dacht' ich . . .

Es blieb aber doch im Grunde meiner Seele ein widerstrebendes, ablehnendes Gefühl.

Im Anfang des Winters hatte sie sich vermählt; den nächsten Sommer verlebte sie, wie ich erfuhr, wieder in Warnemünde, mit ihm. Ich kam aber erst im zweiten Jahr wieder in die Heimat; diesmal früh, im Mai, im sogenannten „Wonnemonat", den man aber noch nicht an unserm rauhen nordischen Meer zuzubringen pflegt. Es war sogar Anfang Mai; nur der Postdampfer fuhr täglich, nachmittags, von Rostock nach Warnemünde, und früh morgens zurück. An einem sonnigen Nachmittag, bei frischem Ostwind, ging ich im Rostocker Hafen auf und ab; die Wintergeschwader der großen Zwei- und Dreimaster waren schon stark gelichtet und die letzten rüsteten zur Ausfahrt. Mich überkam ein Verlangen, auch ans Meer zu gehen. Ich stieg auf den „Kurier", den Postdampfer, dessen Glocke eben läutete. Auf dem Vorderdeck saßen alte und junge Warnemünderinnen, die ihre Fische in der Stadt verkauft hatten und müde in ihre leeren Körbe oder in die Luft starrten. Sonst war das Schiff fast leer. Ich ging auf das Hinterdeck und genoß die belebende Frische der Wasserluft und die Wärme der Sonne. Endlich schäumte der Fluß an der Schraube auf, und wir fuhren abwärts.

Nach einer Weile hörte ich eine leise, wohlklingende, aber sonderbare Stimme, die mich anzureden schien. Auf

einer der Bänke erhob sich eine schmale, unbedeutende Ge=
stalt, die ich bisher nicht beachtet hatte, und kam auf mich
zu. Als ich sie ansah, erstaunte ich. Es war Hamann.
Seine „Chaldäer"=Augen blickten etwas von unten zu mir
auf, da er den Kopf vorneigte; er begrüßte mich mit seinem
überverbindlichen Lächeln. Kommen Sie, uns das Ver=
gnügen Ihres Besuches zu schenken? fragte er.

Ich gestand, daß ich von seiner Anwesenheit in Rostock
oder Warnemünde bisher nichts gewußt hatte. Und wie
kommen Sie um diese Zeit an die See? fragte ich zurück.

Er lächelte melancholisch; legte die schmale, stubenbleiche
Hand an seinen schwarzen Kinnbart, der sich in unzähligen
Löckchen kräuselte, und stieß einen resigniert sanften Seufzer
aus. Es liege an ihr, sagte er. Seine Frau sei leidend.
Nicht eigentlich krank; aber auch nicht gesund. Sie habe
durchaus, sobald der Frühling gekommen sei, aus der Stadt
gewollt; und, da das Meer „ihre Liebe" sei, ans Meer.
Und da man ja immer den Willen der Frauen thue, sei
es auch geschehen. Seit acht Tagen sei sie in Warnemünde;
mit ihrer Dienerin, sonst ganz allein; Einsamkeit sei es
gerade, was sie suche. Ich diene einer andern Pflicht,
setzte er in seiner geschmückten Redeweise hinzu: der Pflicht,
den Studenten etwas zu sagen, das sie noch nicht wissen.
Ich kann meine Frau nur von Zeit zu Zeit besuchen; dies
ist mein erster Besuch.

Er setzte hinzu, er rechne auch auf den meinigen;
es werde seiner Frau eine Freude sein. Selbstverständlich
war ich entschlossen, Frau Johanna zu sehen. Warum ist
sie leidend? dachte ich. Sie, die immer gesund war?

Als wir in Warnemünde ans Land stiegen, trennten

wir uns zunächst; Hamann ging zur „Seeſtraße", wo Jo=
hanna wohnte, ich weiter den Strom hinab und ans Spill,
wo mich die alte See in ihrer alten Sprache „lautauf=
rauſchend" begrüßte. Jugendgefühle aus halbvergeſſenen
Zeiten wurden wieder wach. Zwiſchen den Menſchen meiner
Jugendzeit, die aus der Brandung heraufzuſteigen ſchienen,
tauchte aber immer wieder der „Chaldäer" auf; der ſchmal=
ſtirnige, ſchmalbrüſtige, zartlächelnde Menſch, der „Gaſt vom
Abendſtern", mit dem „fernen" Blick. Er war mir noch
fremder als damals an dem erſten Abend. Ich fühlte faſt
eine Scheu, die Frau wiederzuſehen, die ihn geheiratet
hatte ... Endlich machte ich mich auf und ging zurück,
und am Leuchtturm vorüber auf die Seeſtraße zu. Noch
waren hier alle Häuſer wie im Winterſchlaf, nur an einem
waren die großen Schiebfenſter der Vorhalle und des Balkons
gelüftet und grünende Gewächſe ſichtbar. Es war das Haus,
in dem Frau Johanna wohnte. Ich ſtieg die Treppe hin=
auf, denn ſie wohnte im erſten Stock. Schon in der Thür
kam ſie mir entgegen, in einem dunkeln, winterlichen Kleid.
Sie gab mir eine kühle, beinahe kalte Hand, aber ſie be=
grüßte mich in ihrer liebenswürdig warmen, freudeſtrahlenden
Weiſe.

Ich ſah ſie etwas befremdet an, ſie war ſehr viel
magerer geworden und hatte dunkle, bläuliche Ringe um
die Augen. Beides ſtand ihr gut, aber es fiel mir doch
auf. Aus einer Nebenthür kam „Heſperus"; er lächelte
wieder ebenſo verbindlich wie bei der erſten Begrüßung,
verfiel dann aber bald in ein vor ſich hin träumendes
Schweigen. Frau Johanna erſchien mir deſto aufgeregter.
Sie fragte viel und erzählte viel; dabei vermied ſie es faſt,

den Professor mit ins Gespräch zu ziehen, und überließ ihn seinen eigenen Gedanken. Sie hatte eine Menge von Büchern mitgebracht, die alle Tische bedeckten. Sie sprach aber von Büchern, Menschen und Ereignissen nicht so wohlwollend wie sonst. Ein gewisser cholerischer Eifer verzog ihr die Lippen; ja einmal stieß sie sogar mit der Hand heftig gegen den Tisch, so daß ein Buch auf die Erde fiel. Als ich es aufhob, wollte sie dafür danken; aber sie seufzte nur. Sie brach dann ab und trat auf den geöffneten Balkon. Als sie wieder zurückkam, lag wieder ein liebenswürdiger, weicher Ausdruck auf dem edlen Gesicht; aber ich entdeckte auch ein leises Frösteln an ihr, das ich schon mehrmals bemerkt hatte und das mich verwunderte, denn die Luft war nicht heiß, aber auch nicht kühl.

Sind Sie erkältet? fragte ich.

O nein! sagte sie, und mit einem trüben Lächeln schüttelte sie den Kopf.

Professor Hamann begann jetzt ein gleichgültiges Gespräch; nach einiger Zeit unterbrach er sich mitten in der Rede und sah mich wie um Entschuldigung bittend an. Verzeihen Sie, sagte er; schelten Sie mich nicht unhöflich, wenn ich mich diesem schönen Beisammensein für eine Weile entziehe und in meine Arbeitszelle gehe. Ich habe — er lächelte — ich habe ein Gelübde gethan, den ersten Teil meines Werkes noch in diesem Monat zu vollenden. Diese Art von Gelübde lassen Sie ja wohl gelten! Ich hoffe bestimmt, Sie noch zu finden, wenn ich wiederkomme. Eine gewisse Idee — er legte zwei seiner schmalen Finger an die Stirn — macht mir „Denkerweh“, wenn Sie den Ausdruck gestatten. Und gewisse Berechnungen ... Sie verzeihen!

Ich bitte ſehr! ſagte ich.

Er verneigte ſich, als hätte ich etwas beſonders Gutes und Dankenswertes geſagt, und ging aus der Thür.

Wo iſt dieſe Arbeitszelle? fragte ich.

Dort! ſagte ſie und deutete nach oben. Da iſt noch eine Kammer, die er gleich entdeckt hat, als er vorhin kam und draußen ſtand, um unſer Haus zu ſuchen. Da will er arbeiten, wenn er mich beſucht. Nicht wahr, Sie ent= ſchuldigen ihn; Arbeit iſt das Beſte, — das Einzige, was er hat. Wenn man ihn denken und ſchreiben läßt, iſt er ganz zufrieden. Und Zufriedenheit — — was will man mehr auf der Welt!

Ich erwiderte nichts.

Sie ſah mich plötzlich an, und in den groß aufge= ſchlagenen, braunen, tiefblickenden Augen lag eine ſolche Fülle und Energie der Traurigkeit, daß es mich verwirrte. Lieber Freund! ſagte ſie langſam. Sie wollte fortfahren und ſtockte. Mehreremal bewegte ſie die Lippen und hob das Kinn; zuletzt aber ſchwieg ſie doch. Sie nahm ein Buch in die Hand und blätterte. Ich war gleichfalls ſtill, denn etwas Gleichgültiges wollte ich nicht ſagen. Das Buch fiel endlich aus ihrer Hand auf den Tiſch, und ſie ſetzte ſich.

Ueber einiges muß ich doch mit Ihnen reden, fing ſie möglichſt ruhig und gelaſſen an; denn es widerſteht mir, daß zwiſchen uns gewiſſe Dinge unberührt bleiben ſollen; und warum könnten ſo gute Freunde wie wir nicht offen davon ſprechen . . . Zum Beiſpiel, daß ich damals, dort auf dem Spill, mich ſo plötzlich entſchloß, wieder zu heiraten . . .

Und zwar ihn zu heiraten, ſetzte ſie nach einer Weile hinzu.

Ich glaube, ich ſagte etwas, oder begann vielmehr etwas zu ſagen. Sie unterbrach mich ſogleich. Ein ſo plötzlicher Entſchluß mußte Sie überraſchen, ſagte ſie; er hat ja auch alle Welt überraſcht … Wenn Sie aber be= denken, wie ſehr ich an jenem Abend all die Leiden fühlte, die ich dem armen Hamann in meinen Mädchenjahren zu= gefügt hatte; und wie ſein ſtiller, noch immer nicht abge= ſtorbener Kummer, ſeine rührende Treue mir zu Herzen ging! — Ich war in einer ſo weichen, aufgelöſten Ver= faſſung; ich fühlte mich überhaupt ſo zwecklos auf der Welt; hatte ein ſo inniges Verlangen, noch irgend einen Menſchen recht, recht glücklich zu machen … Da kam ſeine Erzählung. Sie ahnen wohl nicht, wie ſie mich ergriff … Alles, was der Arme einſt mit mir erlebt hatte, war darin ſo wunder= bar treu und wahr geſchildert, und doch ſo ganz mit dem Märchen vom „Abendſtern“ verſchmolzen, daß Augenblicke kamen, wo ich ſelber dachte: hab’ ich wirklich dieſen Hesperus gekannt? Wo hört denn die Wirklichkeit auf, wo fängt denn das Märchen an? — Ja, lächeln Sie nur; es iſt ſo. Ich war in einem ſo träumeriſchen, nachtwandleriſchen, aufge= regten Zuſtand … Und die ganze phantaſtiſche Erfindung, dieſes Hinüber und Herüber von Stern zu Stern, dieſe Leiden des ewig fremden, armen Hesperus — das alles wirkte ſo poetiſch auf mich — bewegte mich …

Doch darum heiratet man freilich noch nicht, ſagte ſie plötzlich in einem andern Ton; und ein leiſer Seufzer folgte dieſen Worten. Aber wenn Sie ſich recht in die Seele einer Frau verſenken — — Auch mein Gewiſſen

schlug. Mir war, als hätte ich gegen diesen Mann etwas
gut zu machen. Ich hatte ihm zwar nie geflissentlich weh
gethan; meine Schuld war es nicht, daß er mich damals
so wehrlos und so hoffnungslos — — nun ja, daß er
mich liebte, und ich ihn nicht. Aber in meiner Weichheit
sagte ich mir nun: hab' ich nicht vielleicht doch mit ihm
gespielt? Hätt' ich ihn nicht früher von mir entfernen
müssen? Fühlte ich nicht recht gut, daß er zu sehr an mir
hing? Und soll das ganze Lebensglück dieses armen „Fremd=
lings auf der Erde" — denn das war er wohl — und
das ist er wohl — —

Sie stutzte und erschrak, als ihr diese letzten Worte so
unwillkürlich entschlüpft waren. Sie wurde rot und sah
flüchtig zu mir hinüber. Ich bemühte mich, keine Miene
zu verziehen, um ihre Verlegenheit nicht zu vermehren. Sie
stand aber doch auf.

Nun, ich will ja auch nicht vor Ihnen heucheln, sagte
sie nach einem Schweigen, das nur ihre langsamen Schritte
zum Fenster hin unterbrochen hatten. Jedenfalls wär' es
auch thöricht, nutzlos; was Sie heute nicht sehen, würden
Sie morgen sehen; — und ich hab' es immer so lächer=
lich, so unwürdig gefunden, seinen Kopf wie der Vogel
Strauß in den Sand zu stecken. Ja, — er ist nicht ein
Mensch wie die andern Menschen. Er wußte es ja sehr
gut, er schilderte es ja selbst, als er das Märchen vom
Hesperus erzählte. Ich aber dachte bei mir: du sollst nicht
länger über „Stella" klagen; du sollst auf dieser Erde doch
noch glücklich werden — —

Sie brach wieder ab. Sie legte eine Weile die Stirn
gegen eine Fensterscheibe. Als sie mir dann aber ihr edles,

blasses Gesicht wieder zuwandte, sah sie mich so erwartend, fragend, fast bittend an, drückte sich so lebhaft ihr Verlangen aus, mich etwas sagen zu hören, daß ich meine Abneigung, zu sprechen, überwand.

Kurz, sagte ich, Sie haben es damals so gemacht, liebste Frau Johanna, wie edle Frauen es zu machen pflegen. Sie haben Ihr reines Gewissen mit Gewalt beunruhigt, um ganz Mitleid zu werden; und weil Sie sich opfern wollten, haben Sie's auch gethan.

Als ich das Wort „opfern" auszusprechen wagte, fuhr es leicht durch sie hin. Sie blickte mir ins Gesicht, dann zum Fenster hinaus. Ein schwermütiges Lächeln stand einen Augenblick auf ihren Lippen. Ich fühlte mehr, als ich wußte; aber ich fühlte ein bekennendes Mitleid.

Jedenfalls haben Sie's erreicht, fing ich wieder an: Sie haben jemand glücklich gemacht. Diesem „Fremdling", wie Sie sagten, ist es noch gut geworden auf der Erde! Er hat durch seine Erzählung vom „Abendstern" die Frau gewonnen, die es ihm angethan hatte, — und um die er ganz gewiß zu beneiden ist. Sie haben seine Lebenslust, seinen Schaffenstrieb wieder angefeuert —

Ja! sagte sie mit einem eigentümlichen Auflachen und blickte nach oben: nach der Kammer, wo er jetzt saß und schrieb. Doch wie um sich zu verbessern, ward sie dann sogleich wieder ernst und schüttelte sanft den Kopf. Denken Sie nicht zu groß von seinem Glück, sprach sie vor sich hin. Wir sind immer nur zwei ... Ein Kind, das ihn recht ans Leben fesseln könnte, ist uns nicht geworden. Und ich — ich bin leidend. Sehen Sie mein Winterkleid an, bei dem milden Wetter. Ich fröstele so oft — — und weiß nicht, warum. Was hat man von so einer Frau, die schon im Mai davongeht, um für ihre Gesundheit zu leben? — Ich sollte auch lieber zu Hause bleiben, werden Sie denken; sollte für meinen Mann leben, statt für mein liebes Ich. Aber — — wenn Sie wüßten — — glauben Sie mir, lieber Freund, er entbehrt mich nicht. Er studiert, er arbeitet. Er lebt wirklich im „Universum", nicht auf unsrer Erde. O, Sie kennen ihn nicht ... Sie versuchte zu lächeln und zu scherzen. Sehen Sie, fuhr sie fort: Sie sagen, mit diesem poetischen Märchen hat er mich ge= wonnen ... Es ist ihm damit gegangen, wie den Sing= vögeln im Frühling: sie singen, bis sie sich den Minnelohn ersungen und ein Hauswesen gegründet haben; dann werden sie still. Er ist auch — ganz still. Er lebt nun wieder „zwischen Himmel und Erde", seinen Lebenstraum ... Aber ich rede so viel von ihm und mir; und was red' ich alles; — was werden Sie denken? So ein Wiedersehen nach langer Zeit ist gefährlich, lieber Freund; man wird viel zu red= selig; — und wenn man obendrein einsam ist wie ich — —

Nun genug von uns! Fürs ganze Leben genug! — —

Damit ging sie an die offne Thür, die zu ihrem Balkon führte, und trat hinaus.

Es hatte sich mittlerweile am Himmel Merkwürdiges begeben: ein starker Nebel war plötzlich hereingebrochen, ich glaube von Norden her — einer von diesen späten Nebeln, die zuweilen der Mai noch bringt — und er schien das Meer gleichsam zu verschlingen. Die Sonne, die gegen Nordwesten sank, war nur noch eine rotglühende Scheibe, wie im Winternebel. Eine feuchte Kühle zog von der See herüber, die, kaum hundert Schritte entfernt, grad vor uns lag. Frau Johanna schüttelte sich fröstelnd. Aber sie blieb stehen.

Wollen Sie nicht hineingehen? fragte ich.

Sie schüttelte den Kopf.

Ich ging in das Zimmer zurück, holte ein wollenes Tuch, das auf dem Sofa lag, und legte es ihr über die Schultern. Sie dankte leise. Die ungeheure Oede, die uns so nebelgrau anstarrte, das einsame Ufer — es war nirgends ein Mensch zu sehen — der nackte, sandbleiche Strand, an dem die Wellen sich brachen, wirkten nach diesem Gespräch sonderbar beklemmend. Das rote Auge der Sonne schien die schöne Frau neben mir melancholisch=mitleidig zu betrachten. Wie weiße Lichter flogen nur einige Möwen dicht über dem Wasser hin; bis sie meerwärts zogen und der heranwachsende Nebel sie verschluckte.

Dann erschien aber eine dunkle Gestalt auf dem Ufer= sand, die von der kleinen Anhöhe des Leuchtturms herkam. Es war die Gestalt eines Mannes, groß, in ein joppenartig hängendes Gewand gekleidet. Der Mann stand bald wieder still und blickte ins Meer hinaus. Als ich schärfer hinsah, glaubte ich ihn zu erkennen. Ich bemerkte nun, daß auch Johannas Kopf sich nach ihm gewandt hatte, und daß sie eine unwillkürliche Bewegung machte.

Das ist ja Herr von Barnow! sagte ich verwundert.

Ja, antwortete sie.

Wie kommt er um diese Zeit nach Warnemünde? — Lebt er denn nicht mehr in Doberan?

Doch, sagte sie. Aber dieser gute Mensch — sowie er hörte, daß ich wieder käme, ist er auch gekommen. Das ist auch ein wahrer Freund; ein treuer, anhänglicher

Mensch ... Als wir im vorigen Sommer hier so lange lebten, war er unsre beste Gesellschaft; er blieb ebenso lange wie wir. Sein gesunder, mecklenburgischer Humor wirkt auf mich so erfrischend; und dabei fühlt er so zart ... Eben hat er herauf gegrüßt. Er kommt heute abend, bei uns sein Glas Wein zu trinken. Kommen Sie nicht auch? Oder Sie bleiben gleich hier?

Ich mußte verneinen, denn ich war nicht frei. Ich sollte den Abend, und dann die Nacht, bei alten Freunden bleiben, die Sommer und Winter in Warnemünde lebten. Die sinkende Sonnenscheibe erinnerte mich an das Ver= sprechen, das ich diesen „Gastfreunden" ein für allemal ge= geben hatte, nicht zu spät zu kommen. Ich muß schon fort! sagte ich. Leben Sie denn wohl!

Und wann kommen Sie wieder? fragte sie. Bald? Oder nie?

Ich lächelte. Wie können Sie fragen ... Bald!

Ich bin Ihnen nicht verleidet, seit ich so — — so müde und leidend, mein' ich — — seit ich nicht mehr die Alte bin? — Fürchten Sie nicht, daß ich wieder klagen, wieder von so unfruchtbaren Dingen sprechen werde. Ich bin nun auch — ganz still ... Also gute Nacht!

Ich drückte ihr stumm die Hand; sie war nicht mehr kalt. Fast vergaß ich, einen Abschiedsgruß für Hamann zu hinterlassen. Sie nickte still. Ich ging fort.

Auf der Straße kam Varnow mir entgegen. Der feuchte Nebel hatte seine lockigen, blonden Haare aufgelöst, einige Tropfen hingen in seinem Bart. Die schöne Gestalt war unruhig; er bewegte die Schultern, auch zuckte es ihm zuweilen um die Lippen. Sowie er mich erreicht hatte, nahm er meine Hand, ohne etwas zu ſagen, wandte ſich und kehrte mit mir um. Nun? ſagte er, ſo im Weiter= gehen. Sie waren bei dieſer Frau?

Ja; ich komme von ihr —

Ich weiß es; ich hab' Sie geſehen ... Nun? Was ſagen Sie?

Ich blickte ihn etwas verwundert an. Es war ſo ein aufgeregter, ſchmerzlicher Klang in ſeiner Stimme. Ich finde, ſagte ich, daß ſie ein recht trauriger Anblick iſt —

Das glaub' ich! erwiderte er. Wenn man dieſe Frau ſo lange nicht geſehen hat, wie Sie, muß man das wohl finden ... Da hat ſich viel verändert, lieber Doktor; mehr, als Sie wiſſen. Denn ſie zeigt es nicht. Aber ich ſeh's. Denn ich hab' ja Augen. Und ich ſag' Ihnen, mein ganzer Humor geht dabei zum Teufel ...

Er blieb ſtehen und ſah mir mit ſeinen feurigen blauen Augen (die etwas geſchwollen waren) treuherzig=offen, wie immer, ins Geſicht. Sie ſind ja auch ihr Freund ... Da geht viel zu Grunde, Doktor. — — Lieber Doktor, es geht da zu viel zu Grunde ... So eine Frau!

Ich weiß nicht mehr, was ich darauf ſagte. Er mochte unterdeſſen in meinen Augen etwas leſen, das ihn nach= denklich machte; denn er fiel mir ins Wort. Indem er meinen Arm ergriff und ihn drückte, ſagte er mit gedämpfter Stimme, — obwohl wir ganz allein auf der Straße waren: Glauben Sie mir, es iſt nicht gemeiner Egoismus — oder ſo was dergleichen ... Aber all dieſe Unnatur — denn Sie ſehen das ja auch wie ich — dieſe ganze un= mögliche Exiſtenz geht mir ſehr zu Herzen. Die Leiden dieſer Frau gehen mir ſehr zu Herzen ... Ich ſoll jetzt hinaufgehen. Ich mag nicht. Ich mag diese Frau nicht leiden sehen. Ich mag ihn nicht sehen. Ich werde ja doch hinaufgehen, denn ich hab's versprochen; — aber es ist schwer!

Sie sehen es vielleicht doch tragischer, als es ist, erwiderte ich, um etwas zu sagen. So ein einziges Mißverhältnis ist ja nicht das Leben; und wer allerlei in sich hat, weiß sich auch zu helfen ...

Ja, ja! murmelte er. Er sah mich von der Seite an, nahm dann meinen Arm und ging noch eine Strecke, bis zu dem Platz vor dem Leuchtturm, mit mir weiter. Er richtete einige gleichgültige Fragen an mich; zeigte dann auf den Nebel und auf die Windkugeln beim Leuchtturm, die sich jetzt haftiger drehten.

Ja, ja, ja! sagte er, nachdem er einen Augenblick geschwiegen hatte: so ist es. Wie Sie sagen, Doktor (ich hatte nichts gesagt): eine herrliche Frau ... Ich hab' sie im vorigen Sommer kennen gelernt; wirklich kennen gelernt; so eine Frau muß man verehren, Doktor! — — Wenn ich nun dann an ihn denke — den sogenannten „Mann", mein' ich — — Das erste Lächeln flog wieder über sein Gesicht. Sie waren ja damals dabei, als er uns die Abendsterngeschichte, die Geschichte von dem herübergeflogenen Hesperus erzählte ... Ich sage Ihnen, die Geschichte ist wahr! Ich hab' hier diesen Mann drei Monate lang gesehen: er ist wirklich vom Abendstern gekommen; er ist keiner von uns. Sehen Sie doch nur in seine verschleierten schwarzen Stern- und Fernguckeraugen ... Stundenlang saß er da, auf dem Spill oder irgendwo, und „wirkte in die Ferne"; er war gar nicht mehr in sich, er war mindestens eine gute Million Meilen von hier entfernt, bei den „Schatten= pflanzen" seiner Heimat. Darum lebt er nur halb ... Er hat etwas Menschenähnliches, das bestreit' ich ja nicht; er ist sogar der Versuch zu einem schönen Mann, der schmal= gewordene Schatten eines edlen Christus. Auf der „Venus" mag er einer von den Schönsten sein! Aber ein Schatten ist er; alles, was er sagt, alles, was er thut, alles nur ein Schatten. Sehen Sie doch sein Lächeln; so lächelt kein wirklicher Mensch, das reden Sie mir nicht ein. Er ist vom Abendstern gekommen — und da hätte er bleiben sollen ... Der aber hat diese Frau! — — Gute Nacht!

Er zog seinen Arm aus dem meinen, drückte mir die Hand, lächelte mir liebenswürdig=melancholisch zu, und kehrte um.

V.

Früh am andern Morgen fuhr ich nach Rostock zurück. Hier blieb ich aber noch längere Zeit, tief in den Juni hinein; und mindestens einmal wöchentlich kam ich nach Warnemünde. Der Mai war mild, nicht so regnerisch wie gewöhnlich; es gab eine Reihe wundervoller Tage; Frau Johanna aber war glücklich, wenn man kam, so einen Tag mit ihr zu verleben. Sie war dann fast mehr auf dem Wasser, als zu Lande; stundenlang ruderte sie, oder ließ das Boot auf den Wellen treiben, oder segelte weit hinaus und nach „Stolteraa" oder zur „Rostocker Heide" hin, wo man dann im Waldesschatten lagerte und träumte. Sie schien bei diesem Leben gesünder zu werden, etwas aufzu= blühen. Das krankhafte Frösteln verlor sich nach und nach. Als im Juni das Meer sich hinlänglich erwärmt hatte, daß sie baden konnte, war es ihre Leidenschaft, weit hinauszu= schwimmen, auch bei Wellenschlag, der ihre kühne Seele reizte, ihre Verwegenheit weckte. Es war, als sei sie dazu geboren, mit der See zu kämpfen; auch wenn sie gegen die Wellen ruderte oder segelte, kam eine gewisse Wildheit der Freude über sie, und eine Furchtlosigkeit, die keine Ge= fahr mehr zu kennen schien. Sie war dann bezaubernd,

faſt erſchreckend ſchön; was liegt denn am Leben, ſchien ihr
glühendes, ganz von Leben erfülltes Angeſicht zu ſagen.
Sie ſang in die Wellen und lachte . . . Kamen wir dann
heim, ſo überfiel ſie freilich wieder ſtärkere Traurigkeit oder
Lebloſigkeit. Zuweilen, wenn ich unerwartet erſchien, fand
ich ſie in Thränen. Sie errötete dann vor Scham, daß
ich ſie ſo ſchwach geſehen hatte. Ihre ſtarke Seele wollte
nicht zeigen, daß ſie litt; auch daß ſie kämpfte, ſollte man
nicht ſehen. Aber an ihrer Ruheloſigkeit ſah man, daß ſie
immer kämpfte. Es war ein tief wühlender, heldenmütiger
Kampf, deſſen Anblick mir oft die Bruſt beklemmte; von
dem ich kein andres Ende ſah, als ein tragiſches: denn
ihre Leidenſchaftlichkeit wuchs mit ihren Kräften, und ich
ſah eine neue Leidenſchaft heranwachſen, die ihr edles Herz
ergriffen hatte und im Kampf verzehrte.

Mit der Zeit begann ſich der ſtille Ort mit Früh=
ſommergäſten zu füllen; Johanna wich jeder Anknüpfung
aus, ſie wollte nur mit den Freunden leben, alſo mit
mir, wenn ich kam, und mit Barnow, der nicht mehr fort=
ging. Er hatte nicht weit von ihr eine kleine Wohnung
gemietet und lebte da, oft einſiedleriſch, ſeinen Studien. Er
war einer von den Menſchen, die nie vom Arbeiten ſprechen,
aber ſehr ernſthaft arbeiten; einen beſtimmten Beruf hatte
er aber nicht gewählt, dies und das ſchwebte ihm als
wünſchenswert vor, und ich glaube, daß er — da ihn ſein
Vermögen unabhängig machte — zu vielerlei betrieb, um
ſich ganz für eines zu entſcheiden. Nun kam die Neigung
hinzu, die ihn ſo unglückſelig zu Johanna zog; von der er
ebenſowenig ſprach, wie von ſeinen Arbeiten, die aber ſeine
offene Seele nicht verbergen konnte, die durch ihn hindurch=

leuchtete, wie der Wein durch ein schwach gefärbtes Glas: sie hatte wohl die Farbe des Mitleids angenommen, aber die Natur des feurigen Elements verleugnete sich nicht. Nur der „Fernseher" sah, wie es schien, nichts von alledem … Er kam von Zeit zu Zeit, und so oft er konnte. Er blieb dann so lange, als es irgend anging, zumal in der Pfingst=zeit, die den Mai beschloß. Immer war er der Gleiche, zu=vorkommend, rücksichtsvoll, verbindlich, in seiner Art wirk=lich liebenswürdig; er zog sich aber bald mit einem ele=gischen Lächeln in seine „Dachkammer" zurück, um ungesehen zu grübeln oder zu schreiben, und Johanna sich selbst oder den Freunden zu überlassen.

Ich muß hier bemerken: eine Frau von reinerem Pflichtgefühl als Frau Johanna hab' ich nie gekannt; ich glaube sogar, daß der Stolz, ihre Pflicht zu thun, und der Opfersinn die beiden stärksten Kräfte ihrer Seele waren, die sich bis zum letzten Tag so in ihr bewährten. Es war aber auch ein Feuer in ihr, das nach Glück verlangte; das mit der Entsagung kämpfte, wie das Feuer mit dem Wasser kämpft; ein glühendes, zärtliches Verlangen nach Entfaltung und Ausstrahlung aller ihrer Kräfte, nach vollkommener Hingebung ihres ganzen Herzens, auf die Gefahr, alles zu verlieren. Nun sah sie täglich, stündlich die unwandelbare, stumme, fast ehrfurchtsvoll verschwiegene Zuneigung Bar=nows, eines Menschen, an dem auch die Schwächen lie=benswürdig waren, und der ebensosehr ein wahrer, ganzer, echter Erdenmensch war, wie Hamann das Gegenteil zu sein schien. Zwischen diese beiden gestellt, geriet sie in eine wachsende Unruhe; ihr Geist floh von einem Gegenstand zum andern, um sich abzulenken, nur so konnte sie sich in einer Art von Gleichgewicht erhalten. Noch mehr als sonst suchte sie sich für alles zu interessieren, was sie umgab: von den Menschen an, ihren Lotsenfahrten, ihrem Ballast- tragen, ihren Heringsfischereien mit den großen Netzen, bis zu den Milliarden winziger, ausgetrockneter Schneckchen, die, wie der Same auf der Rückseite des Farnkrauts, an den herangeschwemmten Seegrasblättern klebten. Alles beob- achtete sie mit liebevollem Auge; an alles suchte sie gleichsam eine Faser ihrer Seele zu heften, — als ringe sie doppelt leidenschaftlich danach, an die Erde anzu- wachsen, da sie mit diesem „Erdenfremdling" zusammen- gekettet war. Es war seltsam und herzbewegend, alledem zuzusehen, und sich im stillen zu fragen: was wird daraus werden?

Ich erinnere mich eines Abends, — Hamann war in Warnemünde, aber auf seinem Zimmer, Barnow war für einige Stunden nach Rostock gefahren, ich mit Johanna allein. Ich fand sie am Meer, wo sie im Sande lag; ein so zufriedenes Lächeln, wie man selten an ihr sah, verklärte ihr Gesicht, während die Augen sich schlossen. Was ist Ihnen so Gutes geschehen, fragte ich, daß Sie so glücklich aussehen? — Was soll mir geschehen? fragte sie zurück. Ich horche nur ... Woher kommt das, daß, wenn man so im Ufersand liegt und das Wasser rauscht, man das ab- solute Gefühl hat, als rausche das Wasser rings um einen her? Ein schönes Gefühl ... Ach, wie gut das wäre, wenn man wirklich so daläge: rings von einem märchenhaften Meer umflossen, das uns still und geduldig auf seinem Rücken trüge, solange es uns gefällt! Von der Erde und all den Erdensorgen wüßte man nichts mehr ...

Endlich, wenn man dieſes Glück ausgenoſſen hätte und müde würde, ſänke man langſam unter . . .

Warum ſchweigen Sie? fragte ſie nach einer Weile und öffnete die Augen.

Was ſoll ich ſagen? gab ich ihr zur Antwort.

Sie murmelte etwas, ſuchte zu lächeln und richtete ſich auf. Wir gingen in dem feuchten Sand neben dem Waſſer hin. Es war windſtill, die Abendſonne ſchien; die ſeichte Brandung warf nur ſchwache Wellen, die einen ſchmalen Uferſaum bedeckten und dann wieder zurückfloſſen, bis die nächſte heranſchäumte. Wir beobachteten die unzähligen winzigen Inſekten, die ſich auf dieſem überfluteten Uferſaum wie ein ſchwärzliches Band hinzogen, die hier lebten und ſtarben, als hätten ſie auch gelebt. Ein ſchwarzer langgehörnter Käfer fiel uns auf, der mit unbegreiflicher Unermüdlichkeit den brandenden Wellen entgegenwanderte, von jeder ergriffen, ſcheinbar erſäuft und zurückgeworfen wurde, immer wieder ſich aufraffte und vorwärts ging, ohne je etwas anderes als einen neuen Waſſerſturz zu erreichen. Ob der nicht wahnſinnig iſt? ſagte ich endlich ſcherzend.

Ja — in unſern Augen, antwortete ſie. Machen wir es anders? Immer wandern wir auch auf die Brandung zu; die aber ſpielt mit uns; wir kämpfen einen nutzloſen, unſinnigen Kampf, den wir in unſern großen Worten „heroiſch“, „tragiſch“ nennen . . . Sie fing an, tief und ſchwer zu atmen, als käme wieder dieſer Geiſt des Kampfes über ſie; ſie biß die Zähne zuſammen, die Naſenflügel öffneten ſich weit, die Augen glühten.

Ihre Füße werden naß, ſagte ich; Sie ſtehen zu nahe am Waſſer. Wollen wir nicht auf die Düne gehen?

Sie erwiderte nichts. Wir gingen quer über den festen Sand, dann über lose Sandwehen, dem langen, niedrigen Uferrücken zu, den das Meer im Laufe der Zeiten aufgebaut hat. Man hatte ihn jetzt durch allerlei sandfesselndes Geflecht gegen die Zerstörungswut der Sturmfluten zu schützen gesucht; allmählich ging diese unfruchtbare Düne landeinwärts in gemischteres Erdreich über, wo schon allerlei genügsame Pflanzen sich in Scharen angesiedelt hatten. Auch wilde Stiefmütterchen blühten; blaßviolette Schnecken krochen über den bleichen Grund. Von den Wiesen her, die auf dieses Uebergangsgebiet folgten, aus unsichtbaren Gräben und Teichen quakten die Frösche durch die Abendstille. Ein kleiner Friedhof, neu angelegt, offenbar noch fast unbewohnt, lag zwischen den Wiesen und uns, an ein junges Birken= oder Erlenwäldchen angelehnt, in schweigender Einsamkeit. Die Sonne, die bereits in die See hinabging, beschien uns noch, aber nicht den hinter der Düne versteckten Friedhof; er lag tief im Schatten.

Das wäre wohl ein Platz für mich! sagte Johanna leise. Was?

Sie deutete mit dem Gesicht, auf dem eben die Sonne starb, auf den Friedhof hin. Lieber da liegen, murmelte sie, als den Verstand verlieren . . .

Sie werden ihn nicht verlieren, Frau Johanna, erwiderte ich. Sie werden immer gesünder werden, und ihn nicht ver= lieren. Wenn Sie vorhin sagten, daß wir einen nutzlosen und unsinnigen Kampf kämpfen: Frieden zu haben, sind wir nicht auf die Welt gekommen. Leben heißt ja kämpfen. Und starke Seelen wie die Ihre werden stärker im Kampf. Glück werden Sie das nicht nennen, aber Ihr Ruhm wird es sein!

Ich kann nicht ewig ſo kämpfen, lieber Freund, ent=
gegnete ſie leiſe. Ich werde nicht ſtärker . . . Schwächer
werd' ich, ſetzte ſie faſt unhörbar hinzu. Ich kann ſo nicht
leben . . .

Der Abendſtern! ſagte ſie auf einmal etwas lauter.
Ueber der blaßgrauen Meeresfläche, hinter der die Sonne
weggeſchmolzen war, funkelte jetzt der goldene „Hesperus“.
Sein Licht zitterte ſtark.

Wir ſahen ihn ſchweigend an. Ein dumpfer Druck lag
mir auf der Bruſt.

Wie nannten Sie ihn doch damals? ſagte ich end=
lich unwillkürlich, ohne nachzudenken. „Schönſter aller
Sterne“ —

Hab' ich das je geſagt? fiel ſie mir ins Wort. Ein
wildes Lächeln flog über ihr Geſicht. So werden Sie mich
das wohl nie mehr ſagen hören . . . Ich haſſe ihn. Schreck=
lich iſt mir ſein Anblick. Hätt' ich ihn nie geſehen . . .
Ich bin aber toll, daß ich Ihnen das ſage. Warum ſieht
er mir auch gerade heute ſo ins Geſicht? — Kommen Sie,
gehen wir; ich darf heute nichts mehr reden. Mir iſt —
— Ich weiß nicht. Laſſen Sie uns gehn! —

Aber nicht dieſen Weg! ſagte ſie plötzlich, als wir uns
gewendet hatten, auf den Rückweg zu. Nicht ſehr weit von
uns, da wo die Düne in die öffentlichen „Anlagen“ von
Warnemünde überging, ſaß ein Mann im Sand, zwiſchen
dem Dünengras, den Johanna früher erkannt hatte als ich.
Es war Hamann. Er ſaß mit dem Geſicht gegen den
Abendſtern, den er unverrückt zu betrachten ſchien. Uns ſah
er offenbar nicht. Seine zuſammengeſunkene, unbewegliche
Geſtalt machte mir den Eindruck — — wie ſoll ich ſagen;

„Weltentfremdung" wäre vielleicht wirklich das zutreffendste Wort. Er kam mir in diesem Augenblick wie der Hesperus seines Märchens vor; ich mußte an Barnows wild humoristischen Ausbruch denken. Auch die letzten Worte Barnows fielen mir wieder ein: „Der aber hat diese Frau!"

Kommen Sie! sagte Johanna etwas ruhiger und hängte sich in meinen Arm: wieder an den Strand hinunter und von da nach Haus! — Stören wir ihn nicht. Er ist ja lieber allein . . . Verlassen nur Sie mich nicht; bleiben Sie heute da, — und morgen auch; morgen auch, wenn es möglich ist. Mein Kopf ist so heiß . . . Man hat zuweilen Zeiten, wo man Hilfe braucht; wo einen die guten Freunde nicht verlassen dürfen. Und nun aber nach Haus!

Wir gingen dem Wasser zu, und im Sand zurück. Ich warf noch einmal einen verstohlenen Blick auf den „Hesperus"; doch erst aus der Ferne. Er saß immer noch auf der Düne, auf derselben Stelle. Er schien aber sein Taschenbuch hervorzuziehen und darin zu schreiben. Dann richtete sich wieder sein Gesicht auf den Abendstern, der ins Meer versank.

VI.

Auf diesen Abend folgte der Tag, den ich so lange kommen gesehen und gefürchtet hatte; der die angesammelte Schwüle entlud und zu verhängnisvoller Klarheit führte.

Was sich zunächst begab, hab' ich nicht selber erlebt, erst nachher erfahren. Ich war in Warnemünde geblieben, aber am Morgen mit meinen alten Freunden über den Strom gefahren, um in die „Heide" zu gehen. Unterdessen arbeitete Hamann (der abends abreisen wollte) oben in seiner Zelle; und der zurückgekommene Barnow erschien bei Johanna und forderte sie zu einer Segelfahrt auf. Sie sträubte sich eine Weile, was sie noch nie gethan hatte; sie war blaß und aufgeregt. Da er ihr aber die schönen, schäumenden Wellen zeigte, die das Meer bedeckten, gab sie nach und ging. Sie hatten ein gutes, festes Boot, einen vortreff= lichen Segler. Als sie aus dem Strom ins offene Wasser kamen, merkten sie jedoch, daß die See noch unruhiger war, als sie vom Fenster aus gesehen hatten, daß der scharfe Wind immer höhere Wellen warf und zuweilen plötzlich hin und her sprang. Barnow wollte umkehren, oder wenigstens den Mast niederlegen und zu den Rudern greifen. Johanna aber schüttelte den Kopf. Ein gewisser wilder Trotz gegen die Gefahr kam wieder über sie. Sie fragte ihn, ob er sich fürchte, und segelte gleichgültig in die hohe See hinein. Die Wellen bespritzten sie, daß sie fast durchnäßt wurde; das Boot lag so schief, daß der Rand beinahe ins Wasser schnitt. Endlich kam ein Windstoß, der so in das Segel schlug, daß das Boot in die See tauchte und Barnow sich wunderte, daß es nicht völlig umgeschlagen war. Er war blaß geworden, weniger an sich als an Johanna denkend. Auf ihrem erregten, glühenden Gesicht aber änderte sich nichts; nur eine flüchtige Zuckung fuhr darüber hin. Ja sie schien zu lächeln. Ohne ihn anzusehen, den Blick aufs Wasser gerichtet, die losen Schläfenhaare im Wind, steuerte sie gegen Norden weiter, schräg durch die Wellen.

Sie sind unvernünftig, sagte Barnow, den eine plötzliche Angst um sie befiel. Sie sind toll, wenn Sie mir erlauben, das zu sagen. Bitte, machen Sie das Segel los; hören wir auf!

Warum? fragte sie.

Weil ich nicht will, daß Sie untergehen ... Wenn Sie auf meine Bitte nicht achten, werde ich Gewalt brauchen. Sie sollen nicht weitersegeln; ich will es nicht, Frau Johanna. Ich duld' es nicht, daß Sie so mutwillig in die Gefahr hineinstürmen —

Und warum denn nicht?

Weil ich Sie liebe, gab er zur Antwort. Darum nicht ...

Er erschrak, als er es gesagt hatte, als ihm der Klang dieser Worte vor den Ohren schwebte. So viele Wochen hatte er sie nicht über die Lippen gelassen ... Er ward glühend rot. Sie sah es, und sah daran, wie er es meinte, was er für sie fühlte.

Steht es wirklich ſo? ſagte ſie mit einem Ton der Stimme, der ihn erſchütterte. Dann will ich mit Ihnen ſterben …

Sie ließ das Segeltau etwas lockerer, daß der pfeifende Wind ſich noch mächtiger in das Segel werfen und das Fahrzeug niederbeugen konnte, und fing an, das Boot quer vor die Wellen zu legen.

Jetzt ſprang Barnow auf; das Boot ſchlug faſt um. Er kam bis zu Johannas Bank am Steuerruder, riß die Schote los, kämpfte mit dem Wind, der ihm das flatternde Segel ins Geſicht ſchlug, und warf das Steuer, das Johanna noch feſthielt, mit Gewalt herum. Das taumelnde Fahrzeug gewann wieder ſeinen Kurs gegen die Wellen an. Barnow rollte das Segel ein, ſo ſchnell er konnte; dann ſetzte er ſich hart neben Johanna auf den ſchmalen Sitz und führte das Steuer, das ihre Hand zitternd fahren ließ. Nun? fragte er. Wollen Sie jetzt rudern? Oder verſprechen Sie mir, ſo zu ſteuern, wie ich es verlange, während ich rudere?

Thun Sie denn, was Sie wollen, ſagte ſie, blaß wie der Tod. Ich gehorche Ihnen.

Alſo wenden Sie, nach dem Lande zu!

Er ergriff die Ruder, und während ſie ſteuerte, wie er es gebot, kamen ſie in guter Wendung herum und hielten dann auf das Ufer zu. Eine Weile ruderte er ſo fort; beide waren ſtumm. Sie ſah ihn zuweilen heimlich an, und er bemühte ſich, es nicht zu bemerken. Das Herz ſchlug ihm aber übermäßig. Endlich fragte er: Frau Johanna! Warum wollten Sie mit mir ſterben?

Sie antwortete nicht.

Hören Sie mich wenigstens an ... Ich habe lange geschwiegen, nun ist es heraus ... Ich habe Sie immer verehrt, — ohne an Erwiderung und an Glück zu denken; Sie standen mir immer so hoch; über mir: denn wer bin ich, dacht' ich, gegen diese Frau ... Als Sie dann aber ihm Ihre Hand gaben — diesem Mann — — Verzeihen Sie mir, Frau Johanna: nie bis auf diesen Tag hab' ich es begriffen. Und wenn ich noch hundert Jahre lebe, ich werde es nie begreifen ... Ich werde aber, Gott sei Dank, nicht hundert Jahre leben; — denn ich weiß, daß Sie unglücklich sind — so unglücklich wie ich — ja, so unglücklich wie ich — — und das ist genug!

Sie erwiderte nichts, aber ihre Thränen fingen an, zu fließen.

Glauben Sie mir, fing er wieder an, meine Liebe zu Ihnen war immer rein und voll Ehrerbietung ... Gern hätt' ich mich für Sie aufgeopfert ... Sagen Sie mir nur — —

Er brach wieder ab, da er bemerkte, daß er die Ruder in der Hand hielt, ohne sie zu bewegen, und daß sie wieder Gefahr liefen, in die Gewalt der Wellen zu geraten. Mit verdoppelter Anstrengung trieb er das Boot weiter, gegen die Einfahrt zu, bis sie in ruhigeres Wasser kamen. Langsam fuhr er dann in den „Strom“ hinein. Einen Blick auf das Spill werfend, wo sich ihr Schicksal damals entschieden hatte, und nach einem tiefen Seufzer wiederholte er: Sagen Sie mir nur —! Teuerste Frau Johanna! Hab' ich Sie nicht umsonst geliebt? — Sind Sie mir gut?

Sie war eine Weile still. Endlich sagte sie: Hätt' ich denn sonst mit Ihnen sterben wollen?

Die Worte verwirrten ihn; erst ein Blick aus ihren Augen sagte ihm alles, was sie meinten. Blaß vor unerwartetem Glück, ließ er die Ruder sinken; und während sie so dahintrieben, atmete er still. Sie schloß die Augen und bewegte sich nicht. Endlich fuhr sie zusammen, als er sagte: Frau Johanna! — Johanna! — Ich war nie so glücklich; so unendlich glücklich . . . Warum wollten Sie sterben? Wenn es also wirklich wahr ist, was Sie mir da sagten — warum sollten wir nicht leben, womit haben wir uns denn den Tod verdient? Was Sie gethan haben — damals, auf diesem Spill — war ein Irrtum Ihres edlen Herzens; fast bis zum Sterben haben Sie daran gelitten; — ist er denn unheilbar? Ich beschwöre Sie, hören Sie mich ruhig an: hat man die Ehen denn unlösbar gemacht? Warum sollten zwei unglückliche Menschen wie wir nicht noch glücklich werden —

Johanna zitterte so sehr, daß er von selber verstummte. Ihre Thränen flossen unaufhörlich. Sie sah, daß auf dem Hafendamm, neben dem sie hintrieben, Menschen näher kamen; seien Sie still! bat sie leise. O mein Gott, was ist uns geschehen; nun kann ich auf Erden nie mehr ruhig werden . . . Sagen Sie jetzt nichts mehr. Mein Kopf faßt nichts mehr; ich verstünde doch nicht . . . Lassen Sie mich hier aussteigen; bleiben Sie im Boot.

Johanna! sagte er leise, ehe er zu der Landungsstelle lenkte, ich thue ja, was Sie wollen; ich gehorche Ihnen. Sagen Sie mir nur — —

Ich kann nicht, unterbrach sie ihn, eine Hand am Kopf. Heut will ich Sie nicht mehr sehen; kommen Sie heute nicht mehr. Ich beschwöre Sie. Morgen . . . Morgen!

Sie stieg aus, seine Hilfe ablehnend. Auf einen letzten, bittenden Blick von ihr blieb er im Boot zurück. Sie sah ihn voll Liebe an, ein erster unbestimmter Strahl der Hoffnung schien in ihren Augen aufzuleuchten. Morgen also! flüsterte sie noch einmal.

In all seinem Glück behielt er doch etwas Fassung; er sah Häuser, Menschen und Johannas thränennasses Gesicht. Sie hatte nach ihrer Art vergessen, sich die Thränen zu trocknen. Durch eine Bewegung, durch einen Blick deutete er darauf hin. Sie nahm ihr Taschentuch und mechanisch trocknete sie das ernste Gesicht und die großen Augen. Dann schwankte sie hinweg.

VII.

Ich war mittlerweile von der „Heide" schon zurück=
gekehrt und saß, Frau Johanna erwartend, auf der Esplanade,
einem aufgehöhten Damm, der sich zwischen der Seestraße
und der See entlang zieht. Es war wohl Mittag geworden.
Johanna kam langsam vom Leuchtturm her; sie stand zu=
weilen still, sah vor sich hin und hob eine Hand zum Kopf.
Ich bemerkte, daß sie auffallend erregt war; die Ursache
freilich ahnte ich noch nicht. Als sie mich sah, richtete sie
sich fester auf und kam auf mich zu.

Haben Sie — Hamann schon gesehen? fragte sie, nach=
dem wir uns begrüßt hatten.

Ich schüttelte den Kopf.

Sie setzte sich auf die Bank, von der ich aufgestanden
war, und nach einigen Worten ohne Bedeutung schloß sie
wie ermattet die Augen. Ich hatte das oft an ihr ge=
sehen; es befremdete mich nicht. Ich blieb vor ihr stehen
und schwieg. Indessen mochte ich doch wohl eine Bewegung
machen, die sie falsch verstand; denn sie hob einen Arm,
ohne die Augen zu öffnen, und sagte bittend: Gehen Sie
nicht fort. Gehen Sie nicht fort!

Gewiß nicht, antwortete ich.

Die See war unruhig, sagte sie nach einer Weile, offenbar nur um etwas zu sagen.

Ich seh' es ja, erwiderte ich und lächelte.

Ja richtig: Sie sehen es ja. Und Sie hören es auch. — Ich war wieder zerstreut; bitte um Vergebung! — Nehmen Sie mir auch nicht übel, daß ich die Augen schließe, während der Wind mich so anbläst. Nur dann thut mir's gut...

Wie war doch das, was Sie uns neulich von den Birmanen erzählten? fuhr sie gleich darauf fort.

Von ihrer Ehescheidung?

Ja.

Ich stutzte einen Augenblick. So unbefangen wie mög= lich sagte ich dann: Wenn in Birma Mann und Frau sich zu trennen wünschen, so schließen sie sich in ihrer Hütte ein, zünden zwei Lichter an, setzen sich und warten. Der, dessen Licht zuerst niederbrennt und ausgeht, steht auf und verläßt das Haus. Nur die Kleider, die er am Leibe trägt, darf er mit sich fortnehmen; alles andre behält der andre.

Dann aber sind sie frei!

Ja.

Wie einfach das ist ...

Sie öffnete die Lippen, atmete und seufzte. Eine Weile saß sie noch so da, zurückgelehnt und den Kopf im Nacken. Es gingen allerlei schmerzliche, leise Bewegungen über ihr Gesicht. Dann drückte sie die knirrenden Zähne wie zu einem Ent= schluß zusammen. Die braunen Augen aufschlagend, die sich gefeuchtet hatten, fragte sie mit weicher Stimme: Wollen Sie mich für eine kurze Zeit entschuldigen, lieber Freund? Ich will nur einmal zu — Hamann hinauf ... Ich komme wieder. Thun Sie mir aber die Liebe, gehen Sie mir nicht fort!

Wie sollte ich fortgehen? antwortete ich.

Sie stand mit einiger Anstrengung auf, ging dann etwas unsicher ihrem Hause zu, das uns grade gegenüber lag. Ich setzte mich auf die Bank und wartete. Damals wußte ich nicht, was sie bei Hamann wollte; jetzt aber glaube ich, daß sie in seine Kammer hinaufging, um ihm alles zu sagen, und ihn zu fragen, ob er sich von ihr trennen könne ... Ich wartete lange, sie kam nicht zurück. Ein Herr, den ich kannte, ging an mir vorüber und redete mich an. Er war eben von Rostock gekommen. Zufällig sagte er mir, auf einem andern Dampfer, der nach Rostock fuhr und ihm begegnete, habe er den Professor Hamann gesehen. Ich war erstaunt ... Als ich wieder allein war, stand ich auf. Nicht daß Hamann nach Rostock fuhr, befremdete mich; er hatte das schon öfter gethan, wenn ihm plötzlich einfiel, daß er dieses oder jenes Buch für seine Arbeit brauchte. Aber wenn er nun also nicht zu Hause war, weshalb kam Johanna nicht zurück? — Ich stand noch unschlüssig und wartete; endlich ging ich ins Haus und die beiden Treppen hinauf.

Als ich in Hamanns Zimmer eintrat, sah ich Johanna am Tisch auf dem Sofa sitzen; ein beschriebenes Heft lag aufgeschlagen vor ihr. Sie hatte die Arme aufgestützt, den Kopf in die Hände gelegt und weinte laut.

Ich fragte, was geschehen sei. Ohne etwas zu sagen, nahm sie das Buch in die Hand, das vor ihr lag, deutete hinein und hielt mir's hin. Ich sah eine Reihe von Blättern, klein und eng beschrieben; es war Hamanns Handschrift. „Der Gast vom Abendstern" stand auf dem ersten Blatt. Die ganze Erzählung war in diesem Heft zu Papier ge=

bracht, wie ich im Blättern sah. Lesen Sie das Letzte! sagte Johanna, mit halbgeschlossenen Augen zu mir auf= blickend. O lesen Sie das, lieber, lieber Freund!

Nach dem Schlusse der Erzählung, auf dem nächsten Blatt, stand mit andrer Tinte geschrieben: „Hesperus' Ab= schiedsworte an den Abendstern". Das Datum stand obenan: das des gestrigen Tages, oder vielmehr der Nacht nach diesem Tag. Es waren offenbar die Gedanken Hamanns, als er am Abend auf der Düne saß und den Abendstern ansah; vielleicht dieselben Gedanken, die er — zunächst — in sein Taschenbuch schrieb, als ich im Weggehen zurückblickte.

Es klang hie und da wie Verse; doch es waren keine. In einer eigentümlichen, lyrisch=melancholischen Steigerung des Ausdrucks (den Wortlaut kann ich nicht geben, ich besitz' ihn nicht) wendete sich Hamann als „Hesperus" an den Abendstern, wie in einem Epilog zu dem Sternenmärchen. „Und nun nehm' ich von dir Abschied, schöner, geliebter Stern!" hieß es ungefähr. „Ewigen Abschied nimmt Hesperus von dir; nie kommt er zurück; heimisch geworden ist er auf der fremden Erde, durch Stella, sein Glück. Ja, sie ist noch sein Glück! — Aber schweigend und einsam sitzt er auf der Düne; — armer Hesperus! Du hast nur vor den Sternen Mut, nicht vor den Menschen; hast das Herz nicht mehr, Stella zu sagen, daß sie dich glücklich macht. Du fühlst so sehr, armer Hesperus, deine Mängel, deine Seltsamkeit; fühlst, daß es dir nicht gelang, Stella glücklich zu machen; daß ihr mildes Auge nun fremd und kalt auf dich niederblickt . . . .

Doch lebe wohl, schöner Abendstern! Nie kommt er zu dir zurück. Leben und sterben will er auf der Erde! Mit

Stella will er leben oder sterben; denn ohne sie kann er nicht mehr sein. Wird sie sich ganz von ihm abwenden? Ach! Wird sie ihn verlassen? Wird er zum zweitenmal durch sie elend werden? Dann ist alles aus ... Dann gibt es keine Venus und keine Erde mehr; dann gibt es nur noch den Tod!

Dunkel ist es oft um ihn, schöner Abendstern. Aber du leb' wohl. Da sinkst du hin ... Gute Nacht!" — —

Ich hatte diese sonderbaren „Abschiedsworte" gelesen, blickte auf Johanna und schwieg. Sie lag in der Ecke des Sofas, starrte gegen die Decke, legte sich dann die Hände vor die Augen. Da wir so still waren, las ich es noch einmal, und mein Schmerz um Johanna wuchs. Ich fühlte sehr wohl, was sie fühlte, — auch ohne daß ich wußte, was geschehen war. In einer dumpfen, hoffnungslosen Empfindung legte ich das Heft endlich auf den Tisch.

Sehen Sie, es ist aus, sagte sie, wie durch dieses Geräusch erweckt. Ich hab' also nicht geahnt, wie es in ihm aussah ... Er kann nicht ohne mich leben — will nicht ohne mich leben. Ich kann ihn also nicht verlassen! Ewig nicht! es ist aus!

Sie richtete sich auf, und ich erschrak über den offenen, grenzenlosen Jammer in ihrem Gesicht. Sie erzählte mir, was sie mit Barnow heute morgen erlebt hatte. Es brach aus ihr hervor. Ihre Liebe, ihre Hoffnung lagen hinter jedem ihrer Worte, ohne daß irgend eines davon sprach; sie sprach nicht davon, als verstünde es sich von selbst. Alle Wünsche des Lebens lagen in ihren Augen, auf den ge= schwellten, halbgeöffneten Lippen, wie ich es nie an ihr gesehen hatte. Sie ging durch das Zimmer hin, zum Fenster, wieder zurück, wie eine Gefangene in ihrer Zelle. Sie sah mit einem hilflosen, irren Blick auf mich, dann aufs Meer hinaus. Dann stand sie wieder vor dem offen daliegenden Blatt mit den „Abschiedsworten", starrte es an und schüttelte den Kopf. Es ist aus, wiederholte sie. O wie gut, wie wahr hat er das geschildert, in dem Märchen da: wie Hesperus verzweifelt, als er Stella verliert, wie er fort will, nach seiner Heimat, von der Erde fort; aber sie läßt ihn nicht los, er kann nicht, er ist gefangen! So bin ich ge= fangen . . . Ich gab ihm mein Wort, und ich muß es halten! Ich kann ihm nicht sagen: ich will dich verlassen! Dieser unglückliche Mensch — so schuldlos — so gut — er kann seine Stella nicht zum zweitenmal verlieren; ich seh' es ja ein, es ist ja unmöglich. Will er „mit Stella leben oder sterben", so muß auch sie mit ihm leben oder sterben. Ich bin ja nicht schlecht . . . Es ist aus!

Plötzlich faßte sie sich, strich sich die verwirrten Haare aus der Stirn, nahm das Heft vom Tisch und trug es still wieder auf den Platz, auf dem sie's gefunden hatte: auf Hamanns Schreibtisch am Fenster, neben seiner Mappe. Sie glättete es mit denselben Händen, die es verbogen und zerknittert hatten, sah es noch einmal an und nickte fast unmerklich darauf hinab. Dann kam sie zu mir zurück. Mit einem Blick, den ich ebensowenig vergesse, wie ihr Lächeln damals, als sie als Hamanns Verlobte an seinem Arm auf mich zutrat, sagte sie, ohne jedes Pathos: Dies ist nun abgemacht. Ich bleibe also bei ihm, — bis ich daran sterbe. Er soll aber nie erfahren — Schwören Sie mir das. Ich schwöre hier vor Ihnen, daß ich ihn nicht betrügen werde. Kommen Sie; gehen wir nun hinunter!

VIII.

Am Nachmittag kam Hamann aus der Stadt zurück.
In Johannas Wohnzimmer hatte er vor der Abfahrt einen
Zettel zurückgelassen, auf dem er ihr mitteilte, daß er fort=
gehe, und warum, und wie lange. Sie hatte diesen Zettel
erst gefunden, als sie aus seinem Zimmer in das ihrige
kam. Ich war über Mittag dort geblieben, weil sie es ver=
langte; wir hatten gegessen, ohne viel zu sprechen. Dann
zog sie sich in ihr Schlafzimmer zurück, und ich blieb allein,
mit einem Buch, bis Hamann erschien. Er war von dem
Sturm zerzaust, der sich mittlerweile erhoben hatte und
donnernde Wellen gegen das Ufer warf; und nachdem eine
gewisse Wind= und Wetterröte von seinen schmalen Wangen
verflogen war, erschien er mir geisterhaft bleich. Zum ersten=
mal fiel mir auf, daß er mit einiger Unsicherheit oder Be=
fangenheit nach Barnow fragte; und daß er etwas unruhig
wurde, als er hörte, seine Frau wünsche allein zu sein. Ich
sagte mir aber, daß ich vielleicht diese Bemerkung nur des=
halb machte, weil ich seine Selbstbekenntnisse gelesen hatte;
diese Bekenntnisse, die mich überraschten, die mich fast be=
schämten, weil sie Vorgänge in ihm enthüllten, die uns allen

fremd waren. Ich betrachtete ihn heimlich mit einem neuen, melancholischen Interesse. Mitfühlender als sonst beobachtete ich die weichliche, aber nicht unedle, vielmehr ideale Trau= rigkeit, die diesen sonderbaren Christuskopf verklärte. Er sprach herzlich zu mir und legte mir sogar einmal eine Hand auf die Schulter. Von Zeit zu Zeit ging er leise an Jo= hannas Thür und horchte; dann kam er ebenso leise mit wehmütiger Resignation zurück. Johanna rührte sich nicht. Seltsam, fast unheimlich kontrastierte zu dieser Stille in den Zimmern das Getöse der Brandung draußen und das Ge= heul des Windes, der die Häuser schüttelte und die jungen Bäume an der Straße bog. Unter einem grauen, wolken= schweren Himmel lag das Meer, aus dem unzählige weiße Wellenköpfe aufstiegen, wie eine drohende, schäumende, bro= delnde Masse da. Irgend etwas Unmenschliches, Ungeheuer= liches schien sich heranzuwälzen. Ich ward unruhig auf meinem Stuhl; mir war übel ums Herz. Ich hatte kein Vorgefühl, keine Ahnung von dem, was geschehen sollte: ich fürchtete eher alles andere als das, was geschah; aber die Zukunft dieser Menschen, ihre Gegenwart, ihre Ver= gangenheit, alles lag auf mir, und die Wildheit der Ele= mente, diese sinnlose, empfindungslose Wut, nahm mir fast die Besinnung.

Endlich sagte Hamann: Mir wird das Zimmer zu eng . . . Der Wind ist zwar toll; aber ich gehe hinaus. Bitte, sagen Sie meiner Frau — falls sie nach mir fragte — ich sei auf das Spill gegangen, den Wellenschlag noch zu sehen, eh' ich wieder abreise. In einer halben Stunde komme ich zurück. Dann hab' ich bis zur Abfahrt noch eine Stunde Zeit. Sie bleiben so lange hier?

Ja, sagte ich. Er ging. Er wollte, wie gewöhnlich, mit dem letzten Schiff nach Rostock hinauf fahren und dann mit dem Abendzug weiter. Draußen nahm er einen Ueber=rock, den er bis oben zuknöpfte, um seine zarte Gestalt gegen den Wind zu schützen; so sah ich ihn vom Fenster aus die Straße hinuntergehen, nach dem Leuchtturm zu.

Er war noch nicht lange fort, als Johanna eintrat. Sie schien nicht geruht zu haben, ihre Augen waren offen=bar nicht vom Schlaf gerötet. Eine vornehme Fassung lag aber in ihrem Ausdruck, in ihren Bewegungen. Sie erinnerte mich an ihre Erscheinung bei unserm Wiedersehn, damals im September, auf dem Dampfschiff: etwas ähnlich Weltfremdes, Entsagendes, ja ich möchte sagen: Witwen=haftes, hatte sich über die schönen Linien ausgebreitet. Wo ist mein Mann? fragte sie ruhig. Ich sagte ihr, was er für sie hinterlassen hatte. Als sie hörte, zum Spill sei er gegangen, schien sie ein besonderer Gedanke zu ergreifen. Sie sann vor sich hin. Ich werde ihm nachgehen . . . Sie verzeihen mir wohl, daß ich Sie heute schon zum dritten=mal verlasse —

Liebe Frau Johanna —! sagte ich.

Sie nickte mir herzlich, in stiller Bewegung, zu — es war das Letzte von ihr, das ich sehen sollte — und mit einem Tuch, das sie um den Kopf wand, ging sie lang=sam hinaus.

Sie ging die Straße entlang — was nun noch folgte, hab' ich nicht mehr gesehen — und am Leuchtturm vorbei auf den Hafendamm, den das „Spill" beschließt. Es war ein harter Kampf, den sie mit dem Wind zu kämpfen hatte; einzelne Wellen schlugen schon über den Damm hinüber;

an der Schutzmauer des Spills spritzte der Schaum hoch
in die Luft hinauf. Sie ging aber darauf zu, um ihren
Mann zu suchen, der mittlerweile am Spill gestanden oder
gesessen hatte, jetzt auf den Steg hinaustrat, welcher vom
Rücken des gewölbten Damms bis an die Strommündung
vorspringt, und von hier auf die langen Wogen niedersah,
die sich mit tiefen Thälern in den Fluß hineinwälzten. Als
er aber bis an den äußersten Rand vorgegangen war, wo
er nun gleichsam in der Luft über dem Wasser schwebte,
und der heulende Wind ihn schüttelte, die wellengepeitschten
Pfähle unter ihm zu zittern schienen, der weiße Schaum so
unheimlich heraufzüngelte — so verließ ihn die Fassung.
Ein Schwindel überfiel ihn. Er sah plötzlich Wasser um
sich her, an seinen Füßen, das eine riesige Woge heraufge=
spritzt hatte. In demselben Augenblick entdeckte er Johanna,
deren unerwartete Gestalt wie ein Geist in diesem Sturm
daherkam. Von einem sinnlosen Schreck ergriffen, vom Be=
wußtsein verlassen, glitt er auf den überschwemmten Bret=
tern aus und sank in den Strom hinab.

Johanna sah es; mit einem Schrei stürzte sie vor=
wärts, warf sich dann, wie es scheint, über den Damm
hinunter in die Wellen, um ihren Mann, der nicht schwimmen
konnte, zu retten. Sie ergriff ihn auch, als er wieder auf=
tauchte; von den heranrollenden Wasserwogen fortgezogen,
schwamm sie mit ihm bis zu dem hölzernen Aufbau, der
die „Spindel" trägt und den Damm überbrückt, und es
gelang ihr, sich hier festzuhalten. Als Hamann mit wachem
Geist aus einem dieser Wasserberge auftauchte, die die beiden
überfluteten, sah er sich an die Bretterwand unter der
Spindel gelehnt, noch bis an die Hüften im Wasser; vor

sich Johanna, die ihm mit fast erstickter Stimme zurief: Lehn dich dort an! Halt dich fest! — Der abschüssige Damm unter seinen Füßen schien ihm wegzusinken; den Rücken gegen die Holzwand stemmend, kam er aber langsam aufwärts, und auch Johanna begann die Böschung hinanzuklettern. Die steigenden und sinkenden Fluten zogen an ihren Kleidern, zogen sie zurück. Eine mächtige Woge, höher als die andern, kam in ihrem Rücken heran, stieg an ihr hinauf, überschlug sich schäumend über ihrem Haupt und riß sie dann mit sich in den Strom hinab. Wie in ihr Grab sah er sie versinken. Noch einmal erschien ihr Gesicht in dem Wellenschaum; einen letzten Blick warf sie ihm noch zu, dann zogen die langen, wasserschweren Kleider sie hinunter. Vielleicht versuchte sie auch nicht mehr, um ihr Leben zu kämpfen . . .

Der verzweifelnde Hamann wollte sich ihr nachstürzen, doch ihn hielt der Gedanke zurück, sie sei noch zu retten. Er schrie Hilfe! Hilfe! Er schob sich an seiner Schutzwand weiter, bis er oben war, stand nun auf dem Damm, schwenkte sein Taschentuch — da er Menschen sah — und schrie immer von neuem in den Sturm hinein. Von den Häusern her eilten Leute herbei, Lotsen, Fischer, Knaben, alles, was ihn hörte. Man stieg in die Boote, die am Ufer lagen, man ruderte gegen die Wellen an, rief nach Johanna, hoffte, sie noch irgendwo wieder auftauchen zu sehen. Es war längst zu spät. Sie erschien nicht wieder. Erst nach langen Stunden, als der düstere Tag schon zu Ende ging, gelang es den Hunderten, die sich versammelt hatten, wenigstens die Tote zu finden und heraufzuziehn, und man trug sie nach Haus.

Ein wunderbarer Anblick war es, diese edle Gestalt so still, so entfremdet und so furchtbar friedlich in demselben Zimmer daliegen zu sehen, in dem sie so viel gekämpft und gelitten hatte . . . Es dämmerte schon, und in diesem ungewissen Zwielicht, das allmählich schwand, schien sie wieder in eine Art von Leben zu erwachen; zu einem Leben, das nicht Leben war und auch nicht Tod; Bewußtsein und Schlaf. Etwas Kühnes, Stolzes war in ihren Zügen; und ein Ausdruck von Zufriedenheit wie nach harter Arbeit. Ihr Gesicht schien zu fragen: hab' ich meine Pflicht gethan? — Es schien aber auch zu sagen: Und nun bin ich frei . . .

Ich mußte mich abwenden.

Hinter mir stand Hamann, immer noch fassungslos, obgleich er still war und sich kaum bewegte. Zuweilen zitterte er, und seine Augen sahen wie verglast auf Johanna hin. Unglücklicher, dachte ich: weißt du, wie wohl ihr ist? — — Was ist das für eine dämonische Kraft, mußte ich auch denken, die zuweilen in unscheinbaren, s ch w a ch scheinenden Menschen steckt, daß sie andere, Stärkere in ihre Welt und in ihr Schicksal hineinziehn . . .

Lange sah Hamann wie der Welt entrückt, wie ein Toter, der aufrecht steht, auf die blasse Frau. Dann warf er sich über sie hin und weinte laut; sonderbar, wie ich noch nie einen Mann hatte weinen hören: jedes Aus= und Eingehen des Atems begleitete ein klagender, schluchzender Ton seiner Stimme. Dennoch war es erschütternd, ihn zu hören. Ich ging endlich hinaus.

<hr>

Ju tiefer, weltscheuer Einsamkeit hat „Hesperus" noch fast ein Jahr gelebt, eh' er seiner „Stella" folgte. Sein großes, mystisches Werk hat er nicht mehr vollendet; nach einem langsamen Hinsiechen gab er das Leben auf, das sie ihm gerettet hatte.

Barnow ging ins Ausland und ist ganz verschollen.

Mir aber ist es immer ein seltsames, schwer zu be= schreibendes Gefühl, wenn ich den „Abendstern" sehe . . . Ich sehe ihn nicht mehr gerne.

Am heiligen Damm.

(1879.)

Der „heilige Damm" heißt ein schmaler Streifen an der mecklenburgischen Küste, nördlich von Doberan, nordwestlich von Rostock. Schöne Buchenwälder, die so nahe wie möglich ans Meer treten, umzäumen hier eine kleine Villenkolonie und das bekannte Seebad „Heiligendamm"; die Ostsee aber hat, wie einen Schutzdamm, ein langgestrecktes, mächtiges Gerölle von auffallend regelmäßig geformten Steinen an das Land geworfen, größtenteils eirund, doch mehr flach als gewölbt, einer wie der andre; es scheint, die lange Wanderung am Meeresgrund hat sie zurechtgeschliffen, wie die Hand der Kultur die eckigen Menschen glättet und einander gleich macht. Als ich in meinen Knabenjahren hier im Sommer lebte und einmal der Landesherr angefahren kam, hatte ein besonders ergebener „Unterthan" den Namenszug seines Fürsten auf dem Platz vor dem Kurhause in ungeheuren Buchstaben aus solchen Steinen gebildet: in unterthänigster Regelmäßigkeit lagen sie Stein an Stein, zu Hunderten, in abwechselnd rötlicher und bläulicher Farbe, wie das Meer sie hergab. In der Sagenzeit, als das Meer noch nicht sowohl unterthänig als geistlich gesinnt war, sollen die Mönche des vom Meer bedrohten Klosters von Doberan in einer furchtbaren Sturmnacht, vor

dem Altar auf den Knieen betend, den Herrn um Be=
schirmung dieses heiligen Asyls angefleht haben; als dann
der Morgen kam, sahen die frommen Brüder, daß die See
unzählige Tausende solcher Steine an das Land geworfen
und einen starken Damm daraus erbaut hatte, an dem die
Sturmfluten sich brachen. Von diesem „heiligen Damm"
empfing der Ort dann den Namen, und so ist's geblieben.

Ich war längst erwachsen und hatte „die Städte vieler
Menschen gesehen", als ich wieder einmal an diesen Ort
kam, zur Sommerszeit, in Gesellschaft eines blonden Jugend=
freundes und eines schwarzäugigen Südländers, den ich in
Oesterreich kennen gelernt hatte. Er war Rumäne, doch
hatte er — als junger Aristokrat — lange in Paris gelebt
und in Deutschland studiert. Unser nordisches Wesen gefiel
ihm, obwohl er unsre Seltsamkeiten nicht schonte; er über=
setzte seinen Landsleuten deutsche und englische Dichter;
übrigens gehörte er zu den über Europa verstreuten (freilich
nicht dicht gesäeten) Menschen, die mit starker Vaterlands=
liebe ein aufgeklärtes Weltbürgertum zu verbinden wissen
und auf die Pfahlbürger wie auf Ameisen herabsehen. Es
fehlte ihm weder an Kenntnissen, noch an Geist, noch an
Originalität; wenn ich auch nicht seine Meinung teilte, daß
er (der an eine Art von atomistischer Seelenwanderung
glaubte) vor mehreren Jahrtausenden ein ägyptischer Priester
und Denker gewesen sei. An diesem Spätnachmittag lag er
als rumänischer Politiker und Schriftsteller neben uns im
Sand, wenige Schritte von der blauenden Ostsee, den Hut
unter dem Kopf. Die Sonne sank hinter uns gegen den
Buchenwald, der die niedrigen Uferwälle krönte; die Wärme
des ausgetrockneten Sandes that lieblich wohl, ohne zu ver=

sengen. Wir plauderten, gaben uns dann wieder der an=
genehmen Halbbetäubung hin, die so ein langer Sommertag
zurückläßt. Wir sahen den fernen Segeln nach, die langsam
vorüberzogen, behorchten das leise Rauschen der Flügel,
wenn wilde Schwäne oder fischende Möwen nah’ am Strande
dahinschwebten, oder staunten das Geröll der „heiligen Steine“
an, zwischen denen viele Tausende zusammengeschwemmter
Maikäfer „ihren letzten Schlaf schliefen“, wie der Rumäne
sagte. Endlich hob er den Kopf ein wenig und stieß einen
leisen Laut der Verwunderung aus, sprach dann ein rumä=
nisches Wort, das ich nicht verstand.

Was haben Sie? fragte ich.

Schauen Sie den an, sagte er, die Stimme dämpfend.
Das ist einer von euren richtigen Nordlandssöhnen; noch so
einer aus der Sagenzeit. Der war früher einmal Wikinger,
oder bei den Goten!

Ich sah den Mann, den er meinte. Vor uns, auf
den Steinen, ging ein Mensch von mächtiger Gestalt langsam
vorüber, den Kopf etwas gesenkt, wie wenn er eine unsicht=
bare Last zwischen den Schultern trüge. Er nahm sich aus,
als sei er eben aus einem unsichtbaren Schiff an das Land
gestiegen, denn sein Anzug hatte etwas Fremdländisches,
Ueberseeisches, eine Muschelschnur hing um seinen riesigen
Strohhut, und das Gesicht war auffallend verbrannt. Und
doch hatte der Rumäne ohne Zweifel recht, wenn er ihn
sogleich einen richtigen Nordlandssohn genannt hatte. Das
etwas gelockte Haar war vom reinsten Blond; wir sahen
auch seine großen blauen Augen, als er den Kopf einmal
hob und landeinwärts blickte. Der mächtige Knochenbau,
die straffen und doch etwas schweren Glieder, und ein weicher

Zug im Gesicht, der sich nur empfinden, nicht bezeichnen ließ, der den harten Ausdruck kindlich-elegisch überschleierte, sagte uns vollends, daß er ein Nordländer, ein Germane sei. Uebrigens hatte ich einen so schönen Germanen lange nicht gesehen. Obgleich sein Bart schon ergraute und es an den Schläfen silbern schimmerte, strahlte ihm eine wunderbare Blüte der Männlichkeit von den rötlich braunen, edel geformten Wangen. Ueber der feinen, aber kühn vordringenden Nase lag eine tiefe, finstere Linie; doch ward sie durch den Glanz der großen Augen gemildert, deren Blau wie ein Widerschein vom hohen Abendhimmel erschien. Er lüftete den Hut, und eine überraschend weiße Stirn schimmerte hervor. Dann aber hielt er sich eine seiner braunen Hände vor die Augen, kniete auf den Steinen nieder, nahm einen, mehrere von ihnen in die andere Hand, ließ sie wieder fallen, und schien in eine innere Bewegung zu versinken, über der er ganz vergaß, wo er sich befand.

Bei Gott, ich glaube, er betet, flüsterte der kleine Rumäne sehr verwundert.

Ich erwiderte nichts. Der Mann faltete die Hände nicht, doch schien er wirklich zu beten. Mir kamen jene sagenhaften Mönche in den Sinn, die, nach jener Sturmnacht auf den „heiligen Steinen" niederknieend, dem Retter aus der Not gedankt hatten. Was mag dieser Mann erlebt haben? dachte ich. Wofür mag er danken?

Er erhob sich nach einer Weile und drückte den Hut mit der Muschelschnur wieder in die Stirn. Als er jetzt einen Blick auf uns warf, schien er den Justus, meinen Jugendfreund, der unterdessen mit geschlossenen Augen dagelegen hatte, zu erkennen, denn er sah ihn aufmerksam an.

Er sprach endlich halblaut, fast schüchtern, dessen Namen aus. Justus hörte es und öffnete die Augen. Ja, er ist es! murmelte der Fremde und lächelte.

Kennen Sie mich noch? setzte er dann hinzu, ohne sich zu nähern.

Justus stand auf, ging auf ihn zu und reichte ihm die Hand. Friedrich Dethloff, nicht wahr, sagte er, noch etwas ungewiß.

Friedrich Dethloff, ja, ja, antwortete der Fremde.

Sie entschuldigen, sagte der immer höfliche Justus, ich habe Sie lange, lange nicht gesehen! Auch haben Sie sich etwas verändert —

Ich glaube wohl! murmelte der andre.

Und was mich betrifft, ich war lange im Ausland —

Ich weiß, ich weiß.

Und seit ich fortging — also seit sieben Jahren — hab' ich nie ein Wort von Friedrich Dethloff gehört!

Sie haben nichts von — von meinen Erlebnissen gehört? fragte der Mann verwundert, mit einem sonderbar ernsten, schwermütigen Aufblick, da er die Augen gesenkt hatte.

Nein. Nicht ein Wort.

Sie wissen nichts von der ganzen Sache?

Justus schüttelte den Kopf. Ich war fort, gab er zur Antwort. Was für eine Sache?

Ein andermal! sagte der andre und sah vor sich hin. Uebrigens freut es mich wirklich, daß ich Sie einmal wiedersehe —

Und mich! sagte Justus. Meine Herren, Sie erlauben, daß ich Sie mit Herrn Friedrich Dethloff bekannt mache. Auch ein Mecklenburger; großer Schlittschuhläufer; einen

Winter hindurch liefen wir zusammen auf der Warnow. Schiffsbaumeister Dethloff —

Bis zum Schiffsbaumeister hab' ich's nie gebracht, antwortete Herr Dethloff und lächelte. Ich baue auch längst nicht mehr —

Was thun Sie denn, wenn ich fragen darf?

Ich bin Kolonist, sozusagen — in Brasilien —

Also der Kolonist Herr Dethloff aus Brasilien . . .

Er stellte nun auch uns vor, und während sich der Rumäne sitzend verneigte, stand ich auf und reichte als Landsmann Herrn Dethloff die Hand.

Wollen Sie sich nicht zu uns setzen? fragte ich. Wir bleiben hier über Nacht . . . Sie auch?

Er nickte. Er warf wieder einen Blick auf die Steine und aufs Meer hinaus. Irgend eine innere Bewegung zog ihm die Augenlider zusammen; dann setzte er sich aber still zu uns, mit gleichmütig ernstem Gesicht. Ich störe die Herren nicht? fragte er.

Im Gegenteil, sagte der Rumäne. Wenn Sie uns von Ihren Abenteuern etwas erzählen wollten —

Erlauben Sie, unterbrach ihn der andre bescheiden, daß ich nicht viel spreche? Ich habe kein Talent zum Er= zählen — und in diesem Augenblick ist mir die Kehle so trocken — —

In der That fiel mir auf, wie wenig Klang in seiner Stimme war.

So sollten Sie trinken! sagte der Rumäne.

Ich danke. Es liegt nicht daran allein . . . Uebrigens, dieses verwünschte Post= und Eisenbahnfahren — heute von Hamburg her — macht mich auch so müde. Wenn die

Herren erlauben, daß ich ein wenig Platz nehme und zu-
höre — . —

Der Rumäne sah ihn etwas befremdet an. Sein
Interesse an diesem schweigsamen Nordlandssohn schien
bereits zu erlöschen. Er begann ein Gespräch mit mir.
Der „Kolonist“ hörte ruhig zu; in seinem Gesicht, das mir
nun selber kalt und beinahe leblos vorkam, war es ganz
still geworden. Auch die Augen verloren ihren Glanz, und
eine gewisse müde Gleichgültigkeit legte sich wie ein Nebel
über seine Schönheit, die mich zuerst so sehr überrascht und
für ihn erwärmt hatte.

Wissen Sie noch, was ich Ihnen neulich sagte? fing
der Rumäne an, indem er sich aufstützte und mich mit seinen
lebhaften schwarzen Augen ansah. Beim Anblick des Herrn
Dethloff fällt mir’s wieder ein . . . Ich hätte ja einen
Novellenstoff für Sie.

Nun, so vertrauen Sie mir ihn an, erwiderte ich.

Es ist ein harter, böser Stoff, wie ich Ihnen schon
sagte, setzte er hinzu. Eine ganz wahre, wirkliche Geschichte; — aber für so einen schönen Sommerabend eigentlich zu hart.

Und doch ein Novellenstoff?

Für einen Russen gewiß; — ob auch für einen
Deutschen? — Ihr habt da eure eigenen Ansichten —

Erzählen Sie wenigstens die Geschichte, antwortete ich.

Gut; urteilen Sie selbst! — Oder wenn Sie an diesem
Abend sich nur der „Gemütlichkeit“ und „Menschlichkeit“
ergeben wollen —

Der Beruf vor allem, wie Sie wissen; einem Stoff weich' ich niemals aus!

Der Fremde betrachtete mich etwas aufmerksamer. Der kleine Rumäne sah es und lächelte.

Also gut: mein Stoff! — Wir sprachen neulich von den Männern und Frauen, die nicht lieben können; — ein unheimliches Exemplar dieser Gattung lernte ich einmal kennen — — und ich sage Ihnen voraus: mildern werd' ich nicht! — — Als ich in B. studierte (der Rumäne nannte den Namen einer deutschen Universität), verkehrte ich auch mit zwei jungen Männern, die immer zusammen= hielten; der eine war ein junger Offizier, der andre Student. Der Offizier — denn es handelt sich um den Offizier — war ein schöner Mann, von eurer nordischen Art, und so im allgemeinen dem Herrn Dethloff ähnlich: groß, recken= haft, blond, — außerdem elegant. Aber er war einer der kühlsten und härtesten Menschen, die ich je gekannt habe, und ich habe doch in Europa manchen kühlen Menschen gesehen. Sein Umgang mit dem andern Geschlecht war so prosaisch wie möglich; zärtliche Gefühle hatte er nie erlebt. Einigemal hatte er wohl versucht, sich wie wir andern regel= recht zu verlieben, aber es war mißlungen —

Was haben Sie? fragte der Rumäne, indem er sich selbst unterbrach. Er sagte dies zu Herrn Dethloff, der ihn schon eine Weile mit auffallender Spannung und Erregung anstarrte, sich so hoch wie möglich aufgerichtet hatte und auf einmal heftig mit den Schultern zuckte. Die Frage schien den seltsamen Menschen zu erschrecken, denn er ver= änderte die Farbe und begann etwas zu stammeln, das ich nicht verstand.

Bitte, lassen Sie sich nicht stören, murmelte er endlich mit verständlichen Worten. Ich bedaure sehr ... Ich bitte vielmal um Entschuldigung ... Das mit den Schultern, das war unwillkürlich; — die Geschichte interessiert mich sehr.

Ich werde also weiter erzählen, sagte der Rumäne, mit einer etwas vornehm geringschätzigen Bewegung der Schulter und des Kopfes.

O, ich bitte sehr!

Es war ihm also immer mißlungen, sich zu verlieben, fuhr der Rumäne fort, sich wieder zu mir und meinem Freunde wendend; er konnte es aber nicht ertragen, daß man ihn damit neckte, denn sein fürchterlich reizbares Selbstgefühl litt unter diesem Mangel seiner Natur mehr, als man ahnen sollte. Er spottete über die Weiber und über die Verliebten, er behauptete, daß ihm all das verrückte Zeug unendlich lächerlich vorkomme. Aber wenn er dann oft stundenlang rastlos seinen berühmt schönen Schnurrbart in die Länge zog und dabei vor sich hinstierte, so fühlten wir, wie es den schönen Kerl im stillen verfinsterte, daß er nicht auch so „verrückt" sein konnte, daß der elendeste Hausknecht etwas vor ihm voraus hatte. Sehr merkwürdig war uns auch, daß er auf die Frauen und Mädchen wenig Eindruck machte, obgleich er ein halber Adonis, ein halber Herkules war. Zuerst schien jede bereit, sich in ihn zu vergaffen; aber wenn sie ihm näher kamen und sein kühler Blick, sein kaltes Lächeln, seine kalte Stimme auf sie zu wirken anfingen, so schwenkten die lieben Herzen bald rechts ab und marschierten auf irgend ein wärmeres Klima zu. Ich hab' dann zuweilen gesehen, daß er plötzlich die schönen weißen Zähne aufeinanderschlug wie ein Mensch, der Schüttelfrost hat, — oder wie ihr das nennt . . . Uebrigens war er ein guter Kamerad und unter uns jungen Leuten auch kein übler Gesellschafter. Eigentlich lustig konnte er nicht sein, aber er war sehr zugänglich für jede Erheiterung, er hatte ein ritterliches und streng rechtschaffenes Wesen, bedeutende Kenntnisse, peinlichste Sauberkeit, zuweilen auch scharfen Witz; — kurz, in einer größeren Gesellschaft junger unbefangener Menschen, die es nicht genau nehmen, ging er so mit, man gewöhnte sich an ihn, er gehörte selbstverständlich dazu. Man hatte Respekt vor ihm, man traute ihm als Offizier eine bedeutende Zukunft zu; und wir hüteten uns nur wie auf Verabredung, seinen Jähzorn zu reizen, der ihn fürchterlich und unerträglich machte.

Soweit also ging es gut; — wir hatten aber in B. eine schöne Dame, eine reizende junge Witwe, in die wir uns alle wie im Chorus verliebten, bis jener Student, von dem ich vorhin sagte, der beste Freund dieses Offiziers, uns so weit überflügelte, daß wir ganz zurückblieben: denn zwischen ihm und ihr ward die Sache ernst. Wir merkten bald, daß es lächerlich sei, noch mit ihm wetteifern zu wollen. Ich schlug sie mir aus dem Sinn und wandte mich den Bürgerstöchtern zu . . . Da merke ich eines Tages, daß unser Offizier, unser kalter Adonis, noch einmal einen Versuch macht, „lyrisch“, „verrückt“ zu werden. Er geht uns aus dem Wege, wenn wir lustig sind; er erscheint überall, wo man gute oder schlechte Musik macht — obgleich er nichts von dem versteht, was man spielt; er brütet stundenlang vor sich hin; er verfinstert sich zusehends; er schickt seinen Diener täglich mit Blumen zu seiner Dame; — und diese Dame ist die nämliche, in die wir alle verliebt waren, die sein Freund, sein Zimmernachbar, so von Herzen anbetet! — Wie ich das merke, fährt mir's durch die Glieder; ich kann nicht sagen, warum, aber eine abscheuliche Beklemmung legt sich mir augenblicklich aufs Herz. Das wird zwischen den beiden nicht gut! sage ich zu mir. Denn über diesen kalten Menschen kam jetzt eine Unruhe, eine Heftigkeit ... Eines Abends seh' ich, wie er mit seinem Freund beisammensteht, in unsrer Gesellschaft war's; er hat ihm eine Hand beinahe zärtlich auf die Schulter gelegt, er sieht ihm ins Gesicht — das durchaus nicht regelmäßig schön, aber von unglaublich liebenswürdigem, warmblütigem Ausdruck war — sieht an ihm herunter bis zu den kleinen Füßen, und stößt ihn plötzlich mit einem Blick voll Haß wie toll von sich weg. Der Student starrt ihn an, weiß nicht, was er will. Der andre sucht zu lächeln, zu lachen, bricht in ein paar verrückte Worte aus, die ihn entschuldigen sollen. Wie der Student das aufnahm, habe ich vergessen; ich weiß nur, versöhnt gingen sie in der Nacht nach Hause, — wie sie's schon manchmal gethan hatten. Doch am nächsten Abend — —

Der Rumäne stockte. Er hatte einen Blick auf den „Nordlandssohn" geworfen, und es befremdete ihn — ebenso wie mich — den Mann durch diese Erzählung so stark ergriffen zu sehen. Zwar hatte er aufgehört, dem Rumänen mit aufgerissenen Augen ins Gesicht zu starren; aber er rieb die Hände übereinander, sah fest auf eine Muschel, die im Sande lag, und bewegte den Kopf wie in tiefem, schwermütigem Staunen immer hin und her. Wir beobachteten ihn eine Weile, ohne daß er es merkte. Er sah auf, und unsre Blicke brachten ihn in Verwirrung.

Meine Herren — murmelte er, um etwas zu sagen.

Die Geschichte scheint Sie an etwas Trauriges zu er=
innern, sagte ich.

Er nickte. Ja, eine Erinnerung ... Ich bedaure sehr,
wenn ich etwa störte ... Ich bitte sehr, lassen Sie sich
nicht stören; ich höre ja ruhig zu.

Also am nächsten Abend — sagte ich zum Rumänen.

Am nächsten Abend, fuhr der Rumäne fort ... Meine
Herren, ich mache es kurz! — Am nächsten Abend geht
unser Offizier zu der schönen Frau; er findet den Studenten
bei ihr; — wie er die beiden fand, kann ich Ihnen nicht
sagen, wir erfuhren es nie. Ob er sie in zärtlichster Um=
armung überraschte — oder ob die Dame ihm eingestand,
daß sie den andern liebe — — ich weiß es nicht. In
dunkler Nacht gehen die beiden nach Haus. Als sie oben
über den Vorplatz zu ihren Zimmern gehen, der Student,
der Glückliche, vorauf, übermannt es den Offizier; die Eifer=
sucht, der verwundete Stolz, die Vernichtung seines Selbst=
gefühls, der rasende Neid ... Es wird ihm dunkel vor
den Augen, er hat den mächtigen, schweren Hausschlüssel
noch in der Hand, er schmettert ihn auf den Hinterkopf
dieses glücklichen Menschen nieder. Der sagt kein Wort,
sondern bricht zusammen.

Ich seh' es Ihnen an, die Geschichte ist Ihnen zu
hart ... Als am Morgen ein paar Kameraden zum Stu=
denten kommen, finden sie ihn im Bett, den Arzt daneben,
dessen Miene ihnen sagt, daß dies ein verlorener Mann ist.
Auf einem Stuhl sitzt der Offizier, ohne Blut im Gesicht,
stumm und unbeweglich; hat eine Hand des Studenten fort
und fort in der seinen, sieht die andern zuweilen an, spricht

aber kein Wort. Der Student erwacht von Zeit zu Zeit aus bewußtlosem Schlaf; dann erzählt er in zusammenhängender Rede, daß er einen schweren Fall gethan hat, den er leider nicht überleben wird; übrigens habe er ja zum Glück gewußt, daß alle daran glauben müssen, früher oder später ... So lebt er noch ein paar Tage fort. Solange das dauert, geht der Offizier nicht aus seinem Zimmer, macht kein Auge zu, duldet nicht, daß ihn ein andrer pflegt; atmet zuweilen so tief auf, daß man's auf dem Vorplatz hört; hat aber sonst dasselbe starre, bewegungslose Gesicht. Endlich wird die Hand des Studenten in der des Offiziers kalt und steif, und so schläft er ein.

Der Rumäne verstummte. Ich saß eine Weile still, ebenso die andern.

Und woher wissen Sie, daß es sich so begab? fragte ich, als ich mich wieder entschließen konnte, zu sprechen.

Sie haben recht, das zu fragen, antwortete der Rumäne. Lieber Freund, vor Gericht beschwören könnte ich es nicht; ich weiß es weder durch den Arzt noch durch den Studenten; und der andre, der — — nun, der hat's mir auch nicht gesagt. Aber ich habe Blicke gesehen, von ihm auf den Sterbenden, und von dem auf ihn; — und wir alle, die wir die beiden kannten und sie beobachteten bis zur letzten Stunde, wir waren einig: so hat sich's begeben. Denn allerlei Dinge waren da, die es uns verrieten, — auf welche Weise, kann ich nicht mehr sagen: fünfundzwanzig Jahre ist's her! Nur das weiß ich gewiß, daß wir nicht zweifelten: ein schwarzer Augenblick hat ihn übermannt; und der Student, der ein guter Mensch war und ihn herzlich liebte, hat ihm geschworen, ihn nicht zu verraten, um ihn nicht zu verderben; und er hat's gehalten.

Und die Dame? fragte ich.

Die verschwand aus B. und hat nach Jahren einen andern geheiratet, und ist dann gestorben; dies ist aber auch alles, was ich von ihr weiß.

Und der — Offizier?

Vor einigen Jahren hab' ich ihn noch einmal gesehen. Er war grau geworden und hatte ein ernstes, strenges, durch und durch militärisches Gesicht; mich erkannte er nicht. Ich will Ihnen seinen Namen nicht nennen, aber ich will Ihnen sagen, daß er in einer der großen nordischen Armeen Generallieutenant ist.

Er überlebte das?

Er gehörte zu den Menschen, lieber Freund, die alles überleben.

Hm! — Und wenn ihm jene Stunde wieder in den Sinn kommt — —

Ich will Ihnen sagen, was ich darüber denke: einige Menschen sind für den Frieden geschaffen, andre für den Krieg. Glauben Sie, daß Napoleon so eine Stunde nicht verwunden hätte? Ich glaube, auch dieser Generallieute= nant hat sie längst verwunden. Er thut seine Schuldigkeit, ist streng gegen sich und gegen die ganze Welt, und hofft auf einen neuen Krieg, in dem er so und soviele Menschen niederschießen läßt und dafür kommandierender General wird. Glauben Sie, daß er noch weiß, was er damals fühlte, als er hinter dem Studenten auf dem Vorplatz stand? Der dort damals stand, war ein junger Offizier, der längst ebenso tot ist wie jener junge Student. Es gibt zwar einen Menschen, der noch seinen Namen trägt, dessen Aeußeres noch an ihn erinnert; aber dieser Mensch ist General, lebt sehr regelmäßig, hat eine feste Gesundheit, ist sehr höflich gegen die Frauen und Töchter seiner Kameraden, erholt sich von dieser Strapaze im Kasino, wird mit jedem Jahr etwas grauer, etwas härter und etwas ruhiger, und wenn man ihm zufällig seine Briefe aus der Jugendzeit vorlegte, würde er vielleicht fragen: wer hat das geschrieben?

Das ist keine Novelle, sagte ich, aus einem Gefühl dumpfer, allgemeiner Traurigkeit erwachend.

Warum nicht?

Weil dieser Mensch mit dem Verstande wohl noch zu begreifen, aber doch nur ein Unmensch ist, antwortete ich.

In diesem Augenblick sah ich den Fremden, den Herrn Dethloff, an, den ich eine Weile ganz vergessen hatte, und ward sehr betroffen. Der stille, blasse Mensch — denn auch seine tief gebräunte Haut konnte noch erblassen — saß in sich zusammengesunken, die Hände über einem Knie gefaltet, im Sande da, und ein paar Thränen liefen ihm langsam über die Wangen. Er atmete so tief auf, wie wenn seine Lungen eine Weile ganz vergessen hätten zu atmen. Endlich mochte er wohl bemerken, daß ich ihn betrachtete, denn er wandte den Kopf zu mir, ohne sonst den Körper zu bewegen, und drückte nun die Augen zusammen, wie um nichts Feuchtes mehr hervorquellen zu lassen. Eine seiner Hände bewegte sich nach der Brusttasche seines wamsartigen Sommerrocks, aus der ein rotes Taschentuch blickte; doch es schien, daß er die Thränen nur noch mehr zu zeigen fürchtete, wenn er sie abwischte, denn die Hand sank ihm langsam in den Schoß und kehrte zum Knie zurück. Nachdem sie dort eine Weile zitternd die Finger der andern Hand gesucht und sich wieder in sie hineingefaltet hatte, sagte er mit seiner allzu klanglosen, doch bewegten Stimme:

Verzeihen Sie mir eine Bemerkung, meine Herren. Es gibt — —

Hier verstummte er.

Was gibt es? fragte der Rumäne.

Sie entschuldigen . . . Es gibt vielleicht ebenso schlechte Menschen, die — die doch besser sind, meine lieben Herren . . . Es gibt vielleicht ähnliche Menschen, will ich sagen, die doch keine Unmenschen sind.

Wie verstehen Sie das? fragte der Rumäne.

Wenn Sie erlauben wollten . . . Sie wissen nicht, wie wunderbar mir das ist — —

Er verstummte wieder, um seine riesige Brust mit einem unbegreiflich langen Atemzug zu füllen. Ich sah dem zu und hatte die Empfindung, wie wenn ein andrer an seiner Stelle geschluchzt hätte, oder wie wenn dies seine Art zu schluchzen sei; und meine Teilnahme, mein Verlangen wuchs, endlich zu hören, was denn in ihm vorging.

Sie kennen also einen ähnlichen Menschen, sagte ich.

Der sanfte, zurückhaltende Ton meiner Stimme schien ihn zu rühren; er sah wie dankbar zu mir auf und nickte. Wenn ich Ihnen das erzählen dürfte — oder könnte — fing er dann wieder an. Wenn ich das Talent hätte, Ihnen das zu sagen — Ihnen diesen Menschen ebenso ansprechend zu schildern — — ich meine nicht ansprechend, sondern anschaulich, angemessen — — wie Ihnen dieser Herr den

Offizier geschildert hat, der — es überlebte, dann würden Sie einen Menschen kennen lernen, der gewiß viel unglück= licher, aber nicht so schlecht war; der dann wieder glück= licher war, viel, viel glücklicher, weil ihm noch in der letzten Stunde ein Rettungsengel erschien, — oder wie Sie es nennen wollen; der dann auch ein andrer Mensch wurde, aber nicht wie der General . . .

Er brach wieder ab. Nach einer Weile wiederholte er, den Kopf hin und her bewegend: Sie wissen nicht, wie wunderbar mir das ist!

Der Rumäne betrachtete ihn mit neuem Interesse. Der blonde Justus hatte sich aufgerichtet und „aß ihn mit den Augen", wie er selber zu sagen pflegte.

Nun, Friedrich Dethloff, so erzählen Sie, lassen Sie uns hören, sagte er ungeduldig. Sie sehen hier Menschen, die alles wissen wollen, was auf Erden vorgeht; die für alles Sinn und Verständnis haben, was Menschen begegnen kann. Also sagen Sie's, kurz und gut!

Wenn ich die Begabung dafür hätte, wie dieser Herr! Durch die Schulen bin ich wohl auch einmal gelaufen; aber so ein Kolonist, so ein Ackerbauer —

Warum reden Sie so, entgegnete der Rumäne. Aus der Schule wissen Sie vielleicht noch, was jener Lateiner sagte: Jeder Mensch ist in dem, was er wirklich weiß, be= redt genug. Also erzählen Sie!

Herr Dethloff nickte: Ich weiß, ich weiß, erwiderte er sehr ernsthaft. Cicero sagt es; eigentlich aber sagte es Sokrates . . .

Dann auf einmal wandte er sich zu mir. Sie sind Schriftsteller, sagte er, Sie gehen auf Stoffe, auf Geschichten aus, wie ich vorhin hörte — —

Ich bejahte das mit dem Kopf. Ich wollte zur Er=
läuterung noch etwas erwidern, er fiel mir aber ins Wort.
Sehen Sie, lieber Herr . . . Sie sagten, das ist keine No=
velle, denn das ist ein Unmensch. Ich möchte nicht, daß
Sie nun denken oder schreiben sollten: so unglückliche Ge=
schöpfe wie der da können allemal nur Unmenschen sein . . .
Ich möchte, daß Ihnen noch ein andrer Gedanke käme;
daß Ihnen mitfühlend zu Mut würde; — daß Sie viel=
leicht einmal der Welt erzählten: da war noch ebenso einer
— ganz ebenso — und doch war er anders . . . Denn
Sie wissen nicht, Sie ahnen nicht, wie wunderbar mir
das ist!

Nun, so bitte ich Sie herzlich, lassen Sie uns hören,
antwortete ich.

Er warf mir noch einmal einen fragenden Blick zu;
ich sah ihn ermutigend an. Darauf rückte er sich den
breiten, schattigen Hut tiefer ins Gesicht, und dann seufzte
er. Also Sie wünschen es . . .

Ja, antwortete ich.

Ich hatte also einen Bruder, fing er zögernd an und
sah vor sich hin; dieser Bruder war so ein Mensch wie der
Offizier: auch ein „schöner Kerl“, wie die Leute sagten,
und rechtschaffen und pflichteifrig, und voll Ehrgefühl; aber
er hatte offenbar auch eine zu kühle Natur, denn er konnte
sich nicht verlieben und — — und wurde auch nicht ge=
liebt. Ebenso ging es ihm mit allem, was er anfing: zu
allerlei Dingen hatte er Neigung, aber für nichts eine Leiden=
schaft; und so müssen Sie sich denken, meine Herren, daß

er schon darum ein recht unglücklicher Mensch war: denn ich glaube, nur ein Beruf, den wir wirklich lieben, liebt uns wieder . . . Sie nicken mir zu, lieber Herr, und Sie geben mir recht. Mein Bruder fing alles an, aber bei nichts hielt er aus, weil die Leidenschaft fehlte. Er wollte studieren, kam auch bis zur Prima auf dem Gymnasium; dann freute es ihn nicht mehr, und er ging zur See: denn weil wir in Rostock lebten und er alle Tage die Schiffe im Hafen sah, redete er sich ein, daß er Leidenschaft für die Schiffahrt habe, und das sei sein Beruf. Einige Jahre trieb er's; dann war ihm dieses rauhe und einförmige Leben bis zum Ekel verleidet, und er kam zurück und suchte sich für den Buchhandel zu begeistern, da er doch nun ein= mal die Neigung für die Bücher gehabt hatte. Das dauerte denn so lange, bis er Schiffsbauer wurde; — ja, Schiffs= bauer in Rostock — ebenso wie ich. Er dachte, die Schiffe haben mir's einmal angethan, bei den Schiffen bleib' ich, bei den Schiffen sterb' ich! — — Mittlerweile war er aus den Jünglingsjahren heraus und ein richtiger Mann ge= worden; die Liebe zum andern Geschlecht aber wollte sich nicht finden. Er sah es ja bei den andern, und das Ehr= gefühl ließ ihm keine Ruhe; aber wie er sich auch für diese oder jene zu erhitzen suchte, er fand die Leidenschaft nicht, er wußte nicht, was das ist. Wenn die andern ihn damit neckten, nun, so lachte er mit; kam er dann in sein Zimmer, so setzte er sich in die dunkle Ecke und weinte manches Mal vor Kummer und Neid wie ein Kind. Oder wenn er sich schämte, daß so ein langer, breitschulteriger Kerl noch heulen wollte, so fraß er die Wut und den Neid still in sich hinein, und es kamen ihm verrückte, gefährliche, mörderliche Gedanken . . .

Doch ich erzähle so lang und breit über diesen Men=
schen; ich will Ihnen also nur sagen, meine lieben Herren:
da war ein Mädchen in Rostock, eine Perle von einem
Mädchen. Er schien auch wirklich drauf und dran, sich in
sie zu verlieben; und immer sagte ihm sein Ehrgefühl: jetzt,
jetzt, oder nie! — Da war aber auch sein bester Freund
von der Schule her, mit Vornamen Theodor, — mehr will
ich nicht sagen. Den hatte er wirklich lieb, obgleich er ihn
immer und überall beneiden mußte: denn dieser kleine, zarte,
schmächtige Mensch, der hatte das richtige warme Blut,
meine Herren, und was er anfaßte, das hielt er auch fest.
Der hatte ihn schon auf der Schule überholt und war doch
drei Jahre jünger. Der verstand bald ebensoviel vom See=
fahren als mein Bruder, obgleich er nur gelegentlich, so
aus Liebhaberei, mit Rostocker und Warnemünder Schiffern
nach Falster und Schweden fuhr. Der sagte: das will ich,
und dann konnte er's; und der war ein unansehnliches
Ding von einem Menschen gegen meinen Bruder; aber mit
seinen zärtlichen braunen Augen und dem verliebten Feuer
in seinem Blut — oder weil er die rechte Leidenschaft
hatte, wie ich lieber sage — war er bald mitten in den
Herzen drin, bei Mädchen und Frauen . . . Jenes Mädchen
also — — Sie wissen nun schon, was ich sagen will. Als
mein Bruder noch dachte: jetzt, jetzt, oder nie! da hatten
dieser Theodor und dieses Mädchen sich bereits gefunden.

Mein Bruder wußt' es noch nicht. Es war Winters=
zeit. Die Warnow war zugefroren, das ganze breite Wasser
wie ein weißes Tischtuch, denn das dicke Eis, in dem wohl
über hundert Schiffe steckten und ihren Winterschlaf hielten,
war mit Schnee bedeckt. Nur ein paar Bahnen hatte man

gefegt für die Fußgänger und die Schlittschuhläufer: eine hinunter nach Bramow, eine quer hinüber nach der „Fähre", dem Wirtshaus drüben, — wie diese Herren da wiffen. Sonntag abend war's, die Lichter von der „Fähre" leuchteten über die Warnow her, denn da wurde getanzt. Auf der dunklen Bahn zwischen dem hellen Schnee zogen noch immer die Menschen wie auf einer Straße hinüber und herüber. Es war so 'ne milde Nacht, und mein Bruder, dem gerade sehr elend und mißmutig ums Herz war, den schon auf der Welt nichts mehr freuen wollte, steht am Strand bei der Schnickmannsbrücke mit einer luftigen Gesellschaft, die sich so zufällig zusammengefunden hatte: Theodor war dabei und jenes Mädchen, jene Philippine, mit ihrer Mutter; — wer noch sonst dabei war, meine Herren, das interessiert Sie ja nicht. Gehen wir einmal hinüber, sagt die schöne Philippine, sehen wir zu, wie auf der „Fähre" getanzt wird! — Mein Bruder rafft sich auf und lacht mit Ge= walt — es war nichts zu lachen — und stimmt ihr so laut und luftig zu, daß die andern ihn ganz verwundert und erschrocken ansehen; und nun heißt es: „hinüber!" und auf der glatten Bahn, die man in so 'ner Schneenacht immer noch erkennt, wenn auch kein Mond und keine Sterne scheinen, marschieren und trippeln und glitschen und jucheln sie dahin. Mein Bruder geht neben Philippine; — jetzt, jetzt, oder nie! sagt es wieder in ihm. Sie aber sieht ihn so flüchtig und obenhin von der Seite an, als fragte sie: nun, was wird wohl aus dir herauskommen, du schöner, kalter Schneemann? Und wie wenn jemand an einer Schnur zöge, zieht sein Herz sich zusammen; und in seiner plötzlichen Angst und Verzweiflung fängt er an vom Buch=

handel zu sprechen, und daß Verlag und Sortiment so ganz verschiedene Dinge sind; aber mitten im Satz bricht er ab, weil sie den Kopf zu Theodor zurückwendet, und jetzt die Zähne aufeinander, läßt sie auch beisammen. Was kann er ihr sagen? Er weiß ja nichts von dem, was sie hören will. Er kennt ja die Leidenschaft nicht. Er hört ja, wie sie in ihrem Herzen über ihn lacht! — Und wie er das noch denkt, ist sie auch schon fort. Neben Theodor geht sie. Der sagt nur drei Worte, und sie lacht schon so hell, so süß, daß mein Bruder denkt, er muß sie umarmen oder muß sie zerreißen. Er geht aber weiter; sie lassen ihn, niemand kümmert sich um ihn. Die Baßgeige summt und brummt über das Eis herüber, dann ein Geigenstrich, und dann blasen die Trompeten; und so kommt er drüben ans Land, wo hinter den hellen Fenstern zur Musik getanzt wird; — und er kann nicht tanzen, nicht unterhalten, nicht lieben, nicht geliebt werden, er kann nichts, Gott hat ihn im Zorn erschaffen. Die andern gehen hinein, er bleibt draußen stehen . . .

Meine Herren, ich fürchte, es langweilt Sie, was ich Ihnen sage — —

Ich schüttelte den Kopf; der Rumäne desgleichen. Unterbrechen Sie nicht den Erzähler, sagte er mit einem schwachen Lächeln, hinter dem er offenbar seine Bewegung zu verbergen suchte.

Wie es Ihnen beliebt! fuhr Herr Dethloff fort und sah wieder vor sich hin. Er bleibt also draußen vor dem Hause stehen, tritt in den tiefen Schnee hinter einem Baum, der dicht am Haus vor einem der Tanzsaalfenster all seine langen, schwarzen Finger in den grauen Nachthimmel hinein=

bohrt, und hört der Musik mit stiller, grausamer Freude
zu, weil es ihm so weh thut. Und bei dem langen Stehen
und Frösteln wird ihm zu Mut, wie wenn sein Herz jetzt
in Eis gesetzt und darin verglast würde, langsam, doch so
sachte fort, und für alle Zeit ... Indem er das so mit=
erlebt, sieht er nach der Hausthür: ein Paar kommt heraus,
ein junger Bursch führt ein Mädchen am Arm. Und da
sie den hinter seinem Baum nicht sehen und weit und breit
keinen Menschen, so drückt der Bursche sie an sich und küßt
sie auf den Mund. O, Theodor! sagt sie. Theodor, was
machst du! — Ist das wirklich der erste Kuß, flüstert er
darauf, den ein Mann dir gibt? — O gewiß! sagt sie;
was fragst du! Aber laß mich, laß mich! — Nun, wen
suchst du denn, fragt er, da sie so ängstlich umhersieht;
suchst meinen schönen Freund, deinen heißen Anbeter, fünf
Grad unter Null? Der ist offenbar aus Langeweile wieder
nach Hause gegangen, liest den „Briefsteller für Liebende“
und macht sein finsteres Nußknackergesicht und beneidet mich ...
Und doch, jetzt gesteh's: hast du ihn nie geliebt? — O, du
bist schlecht, Theodor! sagt sie. Ich will ja nicht lügen:
zuerst war mir so; er schien mir auch gar zu schön ...
Aber dann lachtest du soviel über den schönen Gardisten
aus Vanilleeis, den verliebten Gletscher, und lachtest mir
alles aus dem Herzen weg ... Und du hast recht, wirklich
im Ernst kann man ihn ja nicht lieben; aber dich, du
schlechter, eitler, eingebildeter Mensch, dich lieb' ich ganz
gewiß bis an meinen Tod!

Mein Bruder hört das und Aehnliches mit an, und
lehnt sich gegen den Baum, und denkt, der muß mit ihm
gegen das Haus fallen; — aber sie bleiben beide stehen

und sind beide ganz still. Als dann auch die andern wieder
aus dem Hause kommen und die beiden glücklichen Leute
auseinanderfahren, und nun der Heimweg angetreten wird, —
geht mein Bruder voran, als wäre gar nichts geschehen;
geht nur etwas rascher, damit keiner ihn anredet, und hat
nur so einen leisen, schwindeligen Taumel, als hätte er ge=
trunken. Auf der glatten Bahn kommt er einmal ins
Gleiten; plötzlich macht ihn das wütend, daß er mit dem
Fuß, mit dem Absatz wie ein Verrückter gegen den Boden
haut. Das Eis kracht, und es klirrt und kollert und rieselt
so unter ihm hin. Darüber fällt ihm erst ein, daß da unten
noch Wasser ist. Heiliger Gott! denkt er, wenn ich und
Theodor und Philippine hier ständen und brächen ein, alle
drei, und keiner von uns käme wieder herauf! — Müßten
sie mit hinunter, wollt' ich ja gerne sterben! — — Der
Gedanke macht ihn warm, so recht bis ins Mark; thut ihm
wohl, läßt ihn nicht mehr los. Er geht rascher fort, daß
ihn die andern nicht einholen, geht ohne Abschied nach Haus.
Setzt sich auf sein Bett und sinnt so in allen schwarzen
Gedanken, die es geben kann, vor sich hin. Hätt' er noch
weinen können, ging's vielleicht vorüber ... Aber er kann
nicht mehr weinen. Immer nur Gedanken. Wenn Sie
erlauben, daß ich es bildlich sage, meine Herren: wie die
Schuppen an einem Panzer hängt immer ein abscheulicher
Gedanke an dem andern, und dieser Panzer legt sich ihm
immer runder ums Herz. Er will nur noch etwas thun,
nur noch etwas thun, und dann will er sterben! — —

Einige Wochen gehen noch so vorüber; er ißt und
schläft nicht mehr viel; Theodor und Philippine haben sich
mittlerweile feierlich verlobt, und im Frühjahr, im Mai

soll die Hochzeit sein. Es war Tauwetter gekommen, das
Wasser war frei geworden. Plötzlich aber fiel dann wieder
Schnee, nach dem Schnee kam Frost, und die ganze Warnow
bis zur See hinunter, anderthalb Meilen lang, lag da wie
ein polierter Tisch. Mein Bruder war einer von unsern
guten Schlittschuhläufern, Theodor lief noch besser; nur so
lange wie der hielt er es nicht aus. Du! sagt eines
Sonntag morgens der glückliche Bräutigam zu meinem
Bruder, als sie sich auf dem Eise treffen, laufen wir einmal
wieder nach Warnemünde, an die See, wie in alten Zeiten?

Wie du willst, sagt mein Bruder. Warum nicht?

Sie hatten die Schlittschuhe unter ihren Füßen; sie
fahren ab, mitten auf der Warnow, spannen ihre Röcke
rechts und links wie Segel aus, daß der Südostwind hinein=
bläst, hinter ihnen her, und so sausen sie den breiten Spiegel
hinunter. Keiner spricht ein Wort ... Als sie in Warne=
münde sind — schneller, als Sie mir glauben, meine Herren —
steigen sie ans Land, bei Peter Jungmann ein Glas Grog
zu trinken. Lehrer und Zollbeamte sitzen da herum; auch
ein paar Schiffer, die sich mit Rum oder Branntwein stärken.
Einer, den sie kennen, mit dem auch dieser Theodor einmal
nach Falster oder Laaland hinübergesegelt war, ein lustiger
alter Grauschimmel, klagt ihnen seine Not: er hat für seine
kleine Jacht gute Ladung gekriegt, nach dem dänischen Nysted
hinüber, die See ist frei, der „Strom" aufgehauen, der
Südostwind ist gut, Rückfracht hat er wohl auch; da ist
ihm nun ein verfluchter Balken auf den Fuß gefallen, und
sein Maat hat das Fieber, und nun soll ihm der Gewinn
entgehen, bei den schlechten Zeiten! — Meinem Bruder
fährt etwas durch den Kopf. Aber er sagt noch nichts.

Er tritt vor die Thür. Im Norden sieht's sonderbar aus; der Wind will sich offenbar drehen, es will stürmisch werden. Wenn man jetzt auf See wäre, denkt er, in so 'ner Nußschale von Jacht, und ein richtiger Nordsturm käm' einem über den Hals ... In seinen wilden Kopf geht das wie ein Blitz. Er kommt in Peter Jungmanns Wirtsstube zurück. Du, Theodor! sagt er und zeigt auf des Schiffers kranken Fuß, der eingewickelt wie ein Klumpen auf der Bank liegt. Wollen wir dem Alten einen rechten Spaß machen und für ihn nach Nysted segeln?

Du und ich? fragt Theodor zurück.

Ja, du und ich. Du bist ja auch ein seebefahrener Mann.

Mit seiner Jacht?

Ja, mit seiner Jacht.

Wir kämen ja erst morgen zurück?

Ja, über Nacht bleiben wir in Nysted. Einen freien Tag können wir uns ja machen. Dem alten Salzfisch da sollten wir den Gefallen thun ...

Der Schiffer schlägt vor Freude mit der Faust auf den Tisch. Brave Jungens! Ausgezeichnete Jungens! ruft er aus und gießt seinen Rum hinunter.

Theodor sieht meinen Bruder und den Schiffer an, mit seinem besten, freundlichsten Gesicht. Wohl, wohl! sagt er. Aber Philippine wird sich ängstigen, wenn ich heut' nicht komme —

Mein Bruder sagt nichts, denn es geht ihm ein Stich durchs Herz. Der könnt' man ja Botschaft schicken, sagt der alte Schiffer. Rostock ist ja nicht weit! — Meine lieben, guten Jungens, bei den schlechten Zeiten!

Ja, ja, ja, sagt Theodor und steht auf. Da steht auch Peter Jungmann auf: Kindings, Kindings, es geht nicht! Das Wetter schlägt um, mit diesem Südost kommt ihr nicht mehr 'rüber!

Das wär' dumm, sagt Theodor und bleibt stehen.

Bedenken Sie sich das zweimal, meine Herren! spricht Peter Jungmann fort. Der Lotsenkommandeur meint, es gibt Sturm . . .

Hm! sagt Theodor und setzt sich wieder hin.

Da steht mein Bruder ihm gegenüber, hinter dem Tisch: Hast du Furcht? sagt er.

Auf dieses Wort springt Theodor wieder auf, drückt sich den Hut auf den Kopf und will gleich zur Thür. Wohin? fragt der Schiffer.

Nu, nach Nysted! sagt er. Wo liegt deine Jacht?

Der Alte hebt vor Freude das kranke Bein, daß ihm gleich der Schmerz das ganze Gesicht verzieht; — Jungens, sagt er, Gott im hohen Himmel soll euch das vergelten! Peter Jungmann, Sie können uns nicht belehren. Sie waren ja wohl nur als Wickelkind auf See. Ich geb' euch meine Jacht, ihr werdet sie mir wiederbringen; das hat nichts zu sagen. Unten beim Dampfbagger, da liegt sie; fix und fertig!

Und er sagt den beiden noch alles, was sie wissen sollen; auf die Leute, die dreinreden wollen, wird nicht mehr gehört, und nach 'ner guten halben Stunde segeln sie schon hinaus. Der Südost ist noch gut; eine Stunde, auch zwei, geht's mit vollem Wind. Theodor hat das Steuer und singt sacht vor sich hin, als wär's eine Lust, oder als ging's zum Liebchen; und immer hoch auf und ab, wie die Wellen

gehen, schlägt meinem Bruder das Herz. Dann wird's
still, und die Segel flappen. Und im Norden wird's
dunkelblau, steigt dann blauschwarz zum Zenith hinauf und
darüber weg, und die See wird hohl: denn der Nordnordost
hat die Macht gekriegt und schmeißt die Wellen, die ihm
entgegenlaufen, auf das Land zurück. Theodor sagt nicht viel,
aber blaß wird er. Und sie schweigen beide. Es kommt
so eine wilde, verrückte Freude über meinen Bruder ...
Sein Gewissen rührt sich; aber er schlägt sich mit der Faust
auf die Brust, und ihm ist auch, als würd' es danach still.
Der Wind heult in den Segeln, wirft die Jacht herum.
Wir müssen also zurück! sagt Theodor. Peter Jungmann
hat recht!

Freilich! sagt mein Bruder.

Glaubst du, daß wir zurückkommen? sagt der blasse
Mensch laut, die Hand vor dem Mund, da ihm der Sturm
die Worte von den Lippen wegnimmt. Mein Bruder zuckt
die Achseln; antworten mag er nicht. Die See schlägt
herein; er hält sich am Mast, zieht die Segel an. Die alte
Nußschale tanzt nur so dahin, auf die Küste zu; und während
ihm auf einmal grauenhaft zu Mut wird, kommt ihm ein
alter lateinischer Vers in den Sinn, den er auf der Schule
gelernt, an den er nie mehr gedacht hat: der summt ihm
nun fort und fort im Ohr, oder wo es ist. Ein Vers,
der einen Seesturm zu beschreiben anfängt ... Wie komm'
ich nur auf diesen Vers? denkt er. Was soll ich jetzt mit
dem Vers ... Und um ihn loszuwerden, reißt er an
den Schoten, läßt die Segel los. Der Wind nimmt sie,
peitscht sie hin und her und haut sie ihm ums Gesicht.

Bist du toll? ruft der andre. Geh' ans Steuer! ruft

er, da sich mein Bruder nicht rührt. Und wie der Blitz ist er neben ihm, und der zarte Mensch kämpft mit Wind und Segel wie ein Riese, hält sich kaum auf Deck, aber er hält sich noch; und während mein Bruder mechanisch, wie auf Kommando an das Steuer tritt, holt der andre die Segel ein, die in Fetzen flattern, und mit den blutigen Fingern bindet er sie fest. Dann springt er auch ans Steuer, und da stehen sie beide; die hohe See wandert von Zeit zu Zeit über sie weg. Rettungslos geht's dem Lande zu; links bleibt Warnemünde, wo sie hergekommen, der Nordost treibt das Ding wie ein Stück Holz gegen den heiligen Damm — gegen diesen Damm hier. Mein Bruder macht die Augen zu, denn ihm steht ein unsinniges Bild vor dem Gesicht: seine Mutter sitzt vorn, beim Klüver, in einem hellen Kleid oder Hemd, oder was es ist, und sieht ihn traurig an, ohne sich zu rühren. Die Frau ist ja tot, denkt er; was will sie. Warum sitzt sie hier ... Dann aber schlägt ihm jemand mit der Faust aufs Herz. Ist das Theodor? denkt er. Und er reißt die Augen auf und sieht nach ihm hin. Der aber steht da, regt und rührt sich nicht; die nassen Haare hängen ihm ins Gesicht, totenbleich ist er, hat die Augen geschlossen, — wie ein ertrunkener Mensch, den man unnatürlicherweise auf die Beine gestellt hat. Und erst nach einer Weile sagt er „Philippine!" vor sich hin. Dann aber sieht er auf, wie wenn er erwacht wäre, und sieht meinen Bruder an, und deutet mit dem Kopf auf die flache Brandung, in die sie hineinfahren. Da ist eine Stelle, wo die Schaumwellen hoch und spitz hinaufschlagen; und grade auf diese Sandbank treibt der Teufel sie zu. Meine Herren, da draußen könnten Sie sie sehen, wenn Sie etwas

höher, zum Beispiel auf der Landungsbrücke ständen; an
der helleren Farbe der See könnten Sie sie erkennen. Auf
diese Sandbank mußten sie, da war nicht zu helfen …
Krach! sagt's, und sie sitzen fest. Und jede Welle schlägt
nun über Bord, und jede rennt das Ding fester in den
Grund hinein, und endlich wird's auseinanderbrechen, und
dann gute Nacht!

Aber der Unglückliche — den Theodor mein' ich —
klammert sich natürlich noch ans Leben; er rafft ein paar
Stricke zusammen, klettert hinauf in den Mast und bindet
sich fest. Und allein sterben will mein Bruder nicht …
Er hat in der ersten Stunde, als sie noch seewärts fuhren,
einen Zettel beschrieben, ohne daß Theodor es gesehen hat;
darauf steht ungefähr geschrieben: „Wir gehen unter, Theodor Z … und ich. Man soll dem Schiffer W … seine
Jacht ‚Mathilde‘, und was er sonst verliert, aus meinem
Vermögen und Eigentum ersetzen. Dies mein letzter Wille.“
Und darunter sein Name. In eine leere Flasche hat er
diesen Zettel gesteckt und einen starken Kork hineingetrieben;
— jetzt wirft er die Flasche in die Brandung hinein, in
der sie zum Ufer tanzt. Und da ihn eben eine hohe Welle
über Bord reißen will, klammert er sich an alles an, was
zu fassen ist; — denn er klammert sich ans Leben, ohne
daß er's will, ohne daß er weiß, wie ihm das geschieht.
Dann klettert er dem andern nach, und unter ihm bindet
er sich fest. Hilfe! Hilfe! Hilfe! ruft über ihm Theodor,
immer und immer wieder, in den Sturm hinaus. Rettet
uns! Hilfe! Hilfe! Hilfe!

Hier am „heiligen Damm“ hatte man die Jacht schon
gesehen, natürlich; was Beine hatte und darauf gehen

konnte, kam jetzt an den Strand; aber es war Winters=
zeit, meine Herren, nicht warmer Sommer wie jetzt, wo
die Badegäste aus allen Gegenden kommen und die hübschen
Häuser da rechts und links lebendig werden. Nur ein paar
Leute bleiben hier im Winter, und weiter auf und ab stehen
Fischerhütten, vielleicht auch ein Jägerhaus in der Nähe, —
ich weiß nicht; — nun, die liefen denn alle und sahen,
was da vorging, und hörten die Hilferufe, die der Sturm
herantrieb. Aber wie sollten sie helfen; das war ganz un=
möglich. Die nächste Rettungsstation ist Warnemünde, wie
die Herren wohl wissen, die ist über zwei Meilen entfernt; und
wenn man auch durch den Telegraphen dorthin melden
wollte: kommt hierher und helft! — es konnte ja kein Boot
in die See hinaus bei dem rasenden Sturm. Das alles
geht denn auch meinem Bruder durch den Kopf, während
er da oben so hängt; und es schneidet ihm nur fort und
fort das Herz entzwei, über sich rufen zu hören, und ihm
ist, als wären sie auf Golgatha an das Kreuz genagelt,
und er sehnt sich: wär' es erst vorbei! bräch' es erst aus=
einander und mit uns hinunter! — — Stunde auf Stunde
vergeht, aber die Jacht hält's aus. Es wird Abend,
Menschen auf Menschen sammeln sich am Strand; man hat
offenbar Boten nach Doberan geschickt, Herren zu Pferde
kommen aus dem Wald hervor, Beamte oder was sonst.
Das zieht und rennt auf und ab, und kann ja nicht
helfen . . . Es wird Nacht; nun zünden sie Fackeln an,
aber der Sturm löscht sie aus. Da kommt etwas gezogen,
was mag das sein: sehen kann es mein Bruder wohl, denn
es sind Lichter dabei, aber nicht erkennen. Eine dunkle
Masse hat sich herbewegt wie ein gewaltiges Tier; die bleibt

nun am Ufer stehen. Was ist das? Ein Rettungsboot, das zu Lande herkommt? — Menschen sind dabei; Lichter ziehen noch eine Weile hin und her, wie die Funken in einem glimmenden Stück Papier. Dann wird's aber auch schwarze, undurchdringliche Nacht, und eine lange, lange Winternacht, und nur Gott kann helfen!

Der Sturm braust aber fort, durch die ganze Nacht. Und die beiden hängen immer noch da oben am Mast, durch die ganze Nacht. Wenn meinem Bruder einmal die Gedanken und Sinne vergehen, — oder wenn er denkt: wie kann das sein, wie kann ein Mensch das so lange ertragen, warum reißen die Stricke nicht, warum stirbt man nicht, warum reißt man sich nicht los und stürzt in die See — immer kommt noch aus irgend einem Winkel etwas Lebenskraft und klammert sich an den Mastbaum, als wär' der das Leben; und so lange die Jacht noch will, will auch noch der Mensch; und einmal den Tag noch sehen, und das Ding da sehen, das am Ufer steht: denn was ist es, was ist es! — Und von Zeit zu Zeit, aber immer heiserer und immer schwächer, stößt noch der andre über ihm seinen Hilferuf aus; und jedesmal ist dann meinem Bruder, als wäre da eine Ramme über ihm, die auf ihn niederfährt; und jedesmal geht ihm ein Seufzer aus der Brust. Herr mein Gott, denkt er, so hab' ich's ja nicht gedacht; auf den Grund fahren und dann untergehn, und dann alles vorbei!

Und so wird es Tag. Und wie es Tag wird, kann er's nun erkennen: das dunkle Tier da am Strand ist wirklich das Rettungsboot; und alle die Männer, die sich da versammeln, haben es die langen Meilen auf der Fahrstraße hergezogen, um den beiden zu helfen. Aber nun wollen sie nicht. Denn die See ist noch immer wie toll, durch diese Brandung bis an die Jacht zu kommen, ist nicht menschenmöglich! — Die vornehmen Herren von gestern reden ihnen zu, vom Mast kann man's sehen. Aber die Lotsen gehen nicht an das Boot heran; sie gehen nicht; — und wenn sie jetzt nicht gehen, dann ist alles zu spät, dann kann auch Gott nicht mehr helfen! — Nur einer geht hin. Der Lotsenkommandeur. Der muß es sein, denn mein Bruder kennt ihn: und wenn einer, ein einziger Mut hat, kann's kein andrer sein als der Warnemünder Lotsenkommandeur! — Und der winkt und winkt. Und nun kommen endlich drei oder vier von seinen Lotsen, und ein paar von den Fischern, die da gestern standen; — und so wahr ich lebe, denkt mein Bruder, und plötzlich stürzen ihm die blutigen Thränen aus den Augen, — so wahr ich lebe, sie schieben das Boot in die Brandung hinein, sie setzen das Leben dran, um es uns zu retten!

Da hört er über sich den Armen, den Theodor, der noch einmal rufen will, aber nur ein heiserer, ächzender, erbärmlicher Ton kommt ihm aus der Kehle. Da geht meinem Bruder gleichsam das Eis vom Herzen, von jenem Abend, als er vor der „Fähre" stand; und er, der bis zu diesem Augenblick nicht rufen wollte und nicht rufen konnte, hebt seine Stimme jetzt so hoch, wie er noch kann, und ruft ihnen zu wie in Theodors Namen: Hilfe! Hilfe! Hilfe! Und wie ihm nun ums Herz war, meine lieben Herren, können Sie sich denken: Die kämpfen da unten mit der Brandung wie Verzweifelte, der Lotsenkommandeur und seine Leute, immer dringen sie vor, immer wirft die wilde See sie wieder zurück; im winterkalten Wasser, das ihnen ja das Blut in den Adern, das Mark im Gebein steif und starr macht. kämpfen sie stundenlang; er aber hängt da oben, und sie wissen nicht, was für einer da hängt. Und dieser Lotsenkommandeur, denkt er bei sich, der hat Weib und Kind, und für ein paar Menschen, von denen er nicht weiß, wer sie sind, wirft er sein Leben ins Wasser; ich aber, für den er's thut, ich bin ein schlechter, elender, verworfener Mensch, und ein Mörder bin ich, und in die See müßten sie mich werfen, statt daß sie mich retten! — Darüber fängt er denn zu schluchzen an — und das thut ihm gut. Er denkt: mach' dich los und wirf dich selbst in die See; aber die steif gefrorenen Glieder können das nicht mehr. Er bleibt hängen und schluchzt und sieht denen da unten zu. Und wie viel Stunden und Minuten noch darüber vergehen, kann er nicht sagen, denn er weiß es nicht: er hat keinen Verstand mehr, um die Zeit zu fassen; er sieht nur, sie kommen näher, und sie sind noch immer nicht da — und sie sind endlich da. Dann werfen sie ihm etwas zu, und er träumt, daß er vom Mast herunter in ein Boot kommt, und dann träumt er nichts mehr.

Als er die Augen wieder aufmacht, liegt er in einem Bett. Der Warnemünder Doktor, den er von früher kennt, steht ihm gegenüber. Es ist ein helles, großes Zimmer, in dem er liegt. Rechts ist noch ein Zimmer, durch die offene Thür sieht er da hinein. Da liegt Theodor, auch in einem Bett; der hat aber die Augen noch nicht offen und sieht kreidig aus. Und die schöne kleine Philippine sitzt neben Theodor, mit ganz nassem Gesicht, in das ihr die Haare hereinfallen. Du wirst mir doch nicht sterben, Theodor! wimmert sie vor sich hin; wirst mir doch nicht sterben!

Indessen der Doktor lächelt dazu und schüttelt den Kopf.

Er wird also nicht sterben, denkt mein Bruder, und das ist ihm der erste tröstliche Gedanke; — aber ich muß sterben, denn wie kann ich noch leben! — Und von alledem, was ihm der Doktor sagt, wie es gegangen ist und wo sie sind — nämlich im Warnemünder Krankenhaus, oder wie sie's nennen — und wie er sich nun halten soll, davon hört er nicht viel; es geht ihm nur immer ein Gedanke durch den Kopf, und endlich fragt er den Doktor: Lieber Doktor, sagt er, ist der Herr Lotsenkommandeur gut davon= gekommen, und könnt' ich ihn bitten lassen, daß ich ihn einige Augenblicke sehe?

Der Doktor schüttelt den Kopf. Heute nicht! sagt er. Der hat die ganze Zeit im kalten Wasser gestanden, bis er mit dem Boot durch die Brandung kam, seine Beine waren tot bis an die Hüften, so kam er hier an. Wir haben stundenlang gerieben, bis sie lebendig wurden; und nun soll er schlafen. Auch hat ihm ein Tau den Daumen aus dem Gelenk gesetzt; doch da konnt' ich bald helfen, das hat nichts zu sagen. Jetzt wird es Nacht, — und ich muß zu dem andern, der da eben wach wird. Also trinken Sie das da aus und danken Sie Ihrem Schöpfer, daß Sie das Leben noch haben!

Wie soll ich ihm dafür danken, denkt mein Bruder bei sich. Kann ich ihn morgen sprechen? fragt er dann den Doktor.

Morgen, ja; und nun gute Nacht!

Die Nacht geht vorüber; und als mein Bruder am Morgen ziemlich spät erwacht, sitzt der Lotsenkommandeur an seinem Bett. Dem sieht man nicht mehr an, was er durchgemacht hat; als hätt' er gestern Fische gefangen oder eine Segelfahrt auf dem stillen Breitling gemacht, so sitzt er gemütlich da, mit seinem freundlichen, seelenguten Gesicht, und sieht meinen Bruder mit so einem kindlich tröstlichen Lächeln an, daß es ihm durchs Herz geht. Ich dank' Ihnen auch, Herr Lotsenkommandeur, sagt mein Bruder und fängt an zu weinen; und haben Sie die Güte und machen Sie die Thür zu nach der andern Stube; ich möcht' Ihnen etwas sagen — Ihnen allein, Herr Lotsenkommandeur!

Der wundert sich, aber er geht hin und schließt die Thür; und mein Bruder sieht noch, daß in der andern Stube Theodor auf dem Bett sitzt, Philippine auf einem Stuhl; blaß ist Theodor noch, aber er lächelt und streichelt ihr das Gesicht. Darauf kommt der Lotsenkommandeur zurück und setzt sich wieder hin. Und mein Bruder nimmt sich zusammen und sagt: Herr Lotsenkommandeur, ich kann nicht mehr leben! Aber der Mensch will doch e i n e n Menschen haben, dem er noch anvertrauen kann, wie es in ihm aussieht; alles, was gut und was schlecht ist; — sehen Sie mich an, ich bin ein schlechter Mensch. Und S i e sind so gut! — — Daß Sie mir das Leben gerettet haben, Ihnen dafür zu danken wird mir schwer, Herr Lotsenkommandeur. Aber Sie haben mir auch klar gemacht, wie schlecht ich bin, und dafür, Herr Lotsenkommandeur, muß ich Ihnen danken. Und I h n e n möcht' ich beichten, wie's gekommen ist. Haben Sie die große Güte, hören Sie mich an!

Der sagt nichts, hört ihn ruhig an; und mein Bruder sieht ihm in die großen freundlichen blauen Augen und erzählt es ihm, alles, wie es ist. Und es stört sie niemand.

Der Lotſenkommandeur hat kein Wort geſprochen. Nun
ſehen Sie ein, ſagt mein Bruder endlich, daß ich das nicht
überleben kann. Ich bin auch ganz mit mir einig. Wenn
Sie mir nur noch einmal die Hand geben könnten, Herr
Lotſenkommandeur, daß mir doch nicht ſo ganz von Gott
verlaſſen zu Mut iſt, daß gleichſam ſo etwas von Verſöhnung
dabei iſt, wenn ich mich empfehle!

Er rückt die Hand auf der Bettdecke etwas vor und
hofft, der Lotſenkommandeur wird ſie ja wohl faſſen; —
aber der rührt ſich nicht. Wenn Sie ſterben, ſagt der nach
einer Weile, das iſt wohl nützlich für die andern. Damit
thun Sie wohl etwas Gutes, mein' ich.

Wie verſtehen Sie das? ſtammelt mein Bruder und
ſieht ihn groß an.

Nun, ich meine nur, ſagt der Lotſenkommandeur. Wer
ſich unter den Menſchen unnütz aufgeführt hat und das ein=
ſieht, der will's ja gut machen; das iſt ja natürlich.
Und er will beſſer werden; das iſt auch natürlich. Wenn
Sie das alles dadurch thun, daß Sie ſterben, dann läßt
ſich ja nichts dagegen ſagen.

Ach mein Gott, ſagt mein Bruder und ſeufzt. Was
ſoll ich denn thun, Herr Lotſenkommandeur? Ich bin ſo
ein unglücklicher Menſch. Sagen Sie mir, was ich thun
ſoll, Herr Lotſenkommandeur! — Wenn Sie hier lägen,
Sie an meiner Stelle — — Sie entſchuldigen; das iſt ja
unmöglich — — was würden Sie thun?

Das will ich Ihnen ſagen, antwortet der. Zuerſt
würde ich machen, daß ich von hier fortkäme; denn die Luft
hier — die Menſchen mein' ich — thäte mir nicht gut.
Ich würde über das große Waſſer gehen, nach Nordamerika,

oder Brasilien, oder irgendwohin. Und wenn mir meine Hantierung bisher nicht gefallen hat, würd' ich es mit 'ner neuen versuchen — damit ich so recht einen neuen Menschen aus mir machte — und würde Farmer werden, oder Kolonist, und nach dem Bibelwort leben: „Im Schweiße deines Angesichts sollst du dein Brot essen!" Und dann würd' ich die Augen immer offen haben, wo ich meinen Mitmenschen, den Nachbarn, den Armen und Leidenden, etwa nützen könnte; und das würd' ich thun. Und was ich ersparte, das würd' ich für die Kinder sammeln, die jene beiden — in der andern Stube — wohl einmal kriegen werden; denn ich selber, ich heiratete ja nicht. Und weil ich nicht heiratete, und weil ich mit den jungen Mädchen nichts zu reden wüßte und sie nicht mit mir, so würd' ich es desto mehr mit der Menschenliebe halten, recht von ganzem Herzen; — und wenn ich dann einmal stürbe, dann sollten mir noch ganz andere Leute als der Lotsenkommandeur von Warnemünde die Hand drücken!

Da richtet mein Bruder sich auf und sitzt aufrecht da, als wär' er erlöst; und ihm ist zu Mut, als hört' er die Glocken läuten. Und er denkt gar nicht mehr nach, ob er leben oder sterben soll, er kann nicht mehr zweifeln. Er nickt ihm nur zu, dem Lotsenkommandeur, und nimmt seine Hand und drückt sie; und hätt' sie so gern geküßt — aber er kann's nicht, er schämt sich. Ich will nun aufstehen und mich anziehen, Herr Lotsenkommandeur, sagt er, als ihm endlich einfällt, daß er noch im Bett liegt. Ich bin ja gesund!

Und was wollen Sie dann thun? fragt der Lotsenkommandeur. Sie sagen mir ja kein Wort!

Alles, was Sie thun würden, was Sie mir gesagt haben, alles das will ich thun! Und ich will immer denken, Herr Lotsenkommandeur: am „heiligen Damm" war's, und am „heiligen Damm" haben Sie mich gerettet; und ein heiliger Damm hat mir geholfen, als ich mit Leib und Seele untergehen wollte; — jetzt geh' ich nicht mehr unter, glauben Sie mir das! — — Und mein Bruder fällt ihm um den Hals, er kann sich nicht anders helfen: Herr Lotsenkommandeur! Herr Lotsenkommandeur! Sie können nicht bloß den Menschen das Leben retten, Sie können ihnen dann auch die Seele retten. Sie können sie besser machen. Herr Lotsenkommandeur, was sind Sie für ein glücklicher Mensch!

———

Der Erzähler war still geworden. Wir andern, wir sagten nichts. Ich denke, alle drei waren wir bewegt. Daß auch der Erzähler es war, brauch' ich nicht zu sagen; er suchte es zu verbergen, indem er seitwärts vor sich niedersah und mit seinen gebräunten Fingern Figuren in den Sand bohrte. Aber es war feucht unter seinen Augen; und ich bekenne offen, unter den meinen auch.

Nun, und ist's so gekommen? fragte der Rumäne endlich.

Ja, so ist's gekommen! Wie er's dem Lotsenkommandeur versprochen hatte — ganz so ist's gekommen ...

Ich stand auf. In diesem Augenblick sah Herr Dethloff zu mir empor und sah nun wohl, wie es mich bewegt hatte. Als ich langsam von den andern weg auf das Wasser zuging, kam er mir nach.

Mit Ihrer Erlaubnis! sagte er bescheiden, die Stimme

dämpfend. Ich wollte nur sagen ... Die Geschichte ist Ihnen zu Herzen gegangen, wie ich sehe.

Gewiß, antwortete ich.

Mehr noch als den andern Herren.

Ich weiß nicht.

Ich glaub' es, lieber Herr, fuhr er fort, indem er mich dankbar ansah. Sie sind Schriftsteller, Sie suchen ja zu erforschen, wie's in den Menschen aussieht; da ist's natür=lich, daß Sie noch mehr Mitgefühl haben als die andern ... Ich will heute noch nach Doberan, lieber Herr. Morgen nach Warnemünde, — Sie denken sich wohl, zu wem. Er=lauben Sie mir noch eine Frage?

Ich bitte.

Er zögerte. — Sie haben sich wohl schon gedacht, nicht wahr: wie kommt er dazu, das alles so gut zu wissen? so, wie wenn er dabei gewesen wäre?

Ich sah ihm offen ins Gesicht. Ja, antwortete ich; das habe ich gedacht.

Sehen Sie, von Ihnen möcht' ich auch nicht fortgehen, ohne Ihnen zu sagen ... Aber nun hab' ich's ja wohl eigentlich schon gesagt!

Ja, erwiderte ich.

Sehen Sie, fuhr er fort, vor sich niederblickend, — wenn ich zurückdenke an den heiligen Damm und an jene Zeit, dann ist mir's so fern, als hätt's ein andrer erlebt, als hätt's mein Bruder erlebt ... Ich bin wirklich ein neuer Mensch geworden, sozusagen ... Lieber Herr, ist der Mensch im stande, seine Natur zu verändern? Wie gern er's auch wollte, dazu ist er nicht im stande; wie Gott uns geschaffen hat, müssen wir wohl bleiben. Aber an uns arbeiten können wir ja doch, daß wir da stärker werden, wo wir schwächer waren; und daß wir auch das, was an uns nicht gut ist, doch zum besten kehren; und daß wir in uns und mit uns guten Frieden machen. Oder wenn ich mich nicht ansprechend ausdrücke, Sie verstehen mich wohl — —

Ich verstehe Sie, glauben Sie mir, antwortete ich; und für Ihr Vertrauen dank' ich Ihnen von Herzen!

Sie brauchen den andern Herren nicht zu sagen —

Ich schüttelte den Kopf.

Aber wenn Sie der Welt einmal erzählen wollen, wie die Sache war — ganz wie sie war — so denken Sie nur: dem Kolonisten in Brasilien, dem ist es recht! — Und wenn Sie dann nur die Namen ein wenig verändern wollten —

Ich lächelte und sagte: Verlassen Sie sich darauf.

Dann entschuldigen Sie ... Und nun sollt' ich gehen!

Doch er ging noch nicht. Er zog eine zusammen= gefaltete, ziemlich zerlesene Zeitung aus der Brusttasche, und der große, starke Mensch hielt sie mit einer rührend schüchternen Bewegung vor sich hin. Sie müssen nicht denken, sagte er, daß es Eitelkeit ist; sondern nur, weil ich Ihnen doch noch zeigen möchte, schwarz auf weiß, daß ich dem Lotsenkommandeur Wort gehalten habe, daß ich kein unnützes Mitglied der menschlichen Gesellschaft bin ... Nämlich das ist eine Zeitung aus unsrer Kolonie. Darin steht gedruckt, daß ich da drüben allerlei gemeinnützige Unter= nehmungen angestiftet habe, und daß ich zwei Menschen das Leben gerettet habe — — Nicht aus Eitelkeit; aber Sie könnten sonst denken, ich mache mich besser, als ich bin! — Behalten Sie nur das Blatt, ich kann's ja da drüben wieder bekommen, wenn ich's haben will. Empfehlen Sie mich den Herren — — mir ist so zu Mut, ich muß fort! Und nur das eine wollt' ich Ihnen noch sagen: die Kinder von den beiden — zwei sind da — die sollen mich beerben, und ich habe sie wirklich lieb. Die Muschelschnur da um den Hut bring' ich ihnen mit ... Und ich habe die Menschen lieb, glauben Sie mir das! — Und nun leben Sie wohl!

Warum gehen Sie so fort? sagte ich. Lieber Herr, warum geben Sie mir nicht die Hand?

Er blieb stehen. Ich ging auf ihn zu und drückte ihm die Hand.

O! sagte er gerührt. Ich danke Ihnen. Ich dank' Ihnen sehr. Nach alledem hatt' ich nicht gedacht ... Möchten Sie immer gute Tage haben, und so viel Liebe bei den Menschen, als Sie wünschen können. Und nun leben Sie wohl!

Sein Gesicht wurde wieder stumm und still, und er lüftete höflich seinen Hut und ging. Eine Weile ging er am Strande fort, von uns hinweg; dann dem Wege zu, der durch den Wald gegen Doberan führt. Die schöne Gestalt hielt sich etwas steif; er erschien von rückwärts älter, als er war. Ich sah ihm nach, solang' ich ihn sehen konnte; mit seinen großen Schritten war er bald verschwunden.

Der Mitschuldige.

(1878.)

I.

Ach, gehen Sie doch noch nicht fort! sagte Fräulein Amélie zu Herrn Wenzel, der nach seinem Hut griff. Was wollen Sie zu Hause in dem kalten Zimmer? Gehen Sie doch noch nicht fort!

Herr Wenzel stand, den abgeschabten, schwarzen, hohen Hut in der Hand, neben dem braunen, runden Kachelofen in einer hellblauen Stube und sah durch das Fenster in den Nachthimmel und auf die Schiffe hinaus, die im Rostocker Hafen lagen. Warum sollte ich noch nicht fortgehen? antwortete er, ohne Fräulein Amélie anzusehen. Unsere Stunde ist ja aus. Ich habe ja das Vergnügen gehabt, Ihren Aufsatz zu lesen. Ich habe darunter geschrieben: „Sehr befriedigt". Warum sollte ich nun nicht gehen! Gute Nacht, Fräulein Amalie.

Ach, warum sagen Sie immer „Amalie"? erwiderte das Mädchen. „Amélie" ist doch hübscher, musikalischer! — Ich hab' einmal eine Schulfreundin gehabt, die mich „Male" nannte; die hab' ich zuletzt gehaßt; wahrhaftig … Gehen Sie doch noch nicht fort.

Warum sollt' ich nicht fortgehen? wiederholte er. Ich habe ja schon das Vergnügen gehabt, in Ihrem Aufsatz zu lesen, daß die Liebe das Höchste und Schönste in diesem Jammerthal ist. Ich habe schon mehr als einmal die Ehre gehabt, Fräulein Amalie, von Ihren Empfindungen für diesen unbekannten Jüngling aus der Fremde zu hören. Sie wollen mir wieder davon erzählen. Wozu soll' ich das hören. Wer weiß, ob es mich ebenso glücklich macht, wie Sie. Also gute Nacht!

O du frommer Gott! sagte das Mädchen und seufzte. Wollen Sie mich nicht einmal ansehen?

Der arme Herr Wenzel sah sie also an. Er warf einen unfreiwilligen Blick auf die hohe, volle Gestalt in dem dunkelgrünen Hauskleid, das sich so angenehm an die Formen schmiegte. Fräulein Amélie stand, die Hände hinter sich, an die Kommode gelehnt, und schaute ihm mit ihren etwas übergroßen, flachliegenden, leuchtenden blauen Augen kokett vorwurfsvoll in das blasse Gesicht. Sie war fast zu groß, und was man von Knochen an ihr sah, war nichts weniger als zerbrechlich; aber die Natur hatte dieses beinerne Gerüst so anmutig mit Fleisch und Blut bekleidet, daß es für Wenzel besser gewesen wäre, die Betrachtung der Schiffs=masten im Strom nicht aufzugeben. Fräulein Amélies Thusneldengestalt war in diesem Zustand völliger, üppiger Reife angelangt, die sich nicht immer mit der nötigen Kalt=blütigkeit betrachten läßt; ihr rundliches Gesicht war wie eine Apfelblüte, und selbst ein gewisses dümmlich holdes Lächeln stand ihr gut. Der arme Herr Wenzel sah sie also an. Er ließ seine hohe Gestalt so zusammensinken, daß er kleiner erschien als sie; was er doch nicht war. Haben Sie noch etwas zu befehlen? murmelte er dann und versuchte es mit einem matten Lächeln.

Jesus, Gottes Sohn! wie Sie immer reden! — Ich hab' Ihnen noch n i e etwas befohlen; ich bin Ihre dankbare, dankbare Schülerin; ich v e r e h r e Sie; ach, das wissen Sie ja. Stellen Sie doch den Hut wieder auf den Stuhl! — Ihnen verdank' ich ja alles! — Wie Sie das erste Mal zu uns kamen, als ich ja noch so ungebildet war, daß es Gott im Himmel jammern konnte — und Sie mir sagten: „Bildung macht frei" — und „Freiheit macht uns zu Menschen" — das hat mich so gehoben, so gehoben, ich kann's Ihnen nicht sagen. Nehmen Sie doch wieder Platz! — Und Sie haben viel Geduld mit mir gehabt; und nie, nie werd' ich's Ihnen vergessen. Und es passiert mir wol noch manches Mal, daß ich ein ungebildetes Wort gebrauche, weil ich's so gelernt habe; ich bedarf noch manchmal einer Reparatur — (er wollte sie unterbrechen, aber sie sprach fort:) doch was kann ich dafür, Herr Wenzel, daß mein Vater ein Gastwirt am Hafen, für die Seeleute, ist, und keine Bildung gelernt hat; und wär' ich immer mit I h n e n, dann sollte mir nichts mehr passieren — das weiß ich gewiß! — — Ach Gott ne ja, warum sehen Sie mich so an? Sie wollen mir durch die Blume sagen: ich könnte ja immer mit Ihnen sein, wenn ich wollte; wenn ich Sie heiraten wollte —

Ich will g a r nichts sagen, fiel er ihr ins Wort; aber so kalt und ruhig, wie er sich's gedacht hatte, kam es ihm nicht über die Lippen. Wie könnte ich mir herausnehmen wollen, Sie zu heiraten, Fräulein Amalie. Ihr Vater hat ein gutes Geschäft und ein hübsches Vermögen; ich habe kein Geschäft und kein Vermögen. Sie sind jung, ich bin alt!

Ach, vom Alter wollen wir nur nicht reden! antwortete sie treuherzig. So ein junger Krabauter bin ich ja auch nicht mehr — — Aber „Krabauter" ist ja wol kein gebildetes Wort. Wie kommt mir das in den Mund! — Wir Plattdeutschen haben so viele unpassende Wörter — — Wovon sprachen wir. Zeigen Sie doch nicht mit dem Finger auf Ihre hohe Stirn! Sie sagen „Kahlkopf" dazu; ich sage, das ist nur eine hohe Stirn; eine „Denkerstirn". Und „phantasievolle" Menschen bleiben ja immer jung, wie ich in einem von Ihren Klassikern gelesen habe; und Sie sind gewiß ein phantasievoller Mensch! Sie haben nur viel zu viel Phantasie; das ist Ihr Unglück, Herr Wenzel! — Und haben Sie nicht einen schönen, herrlichen Beruf: zu unter=richten — Bildung zu verbreiten —

Und abzuschreiben —

Ja, Sie schreiben sich tot; bloß damit Sie Ihre kleinen Nichten ernähren können — — ach, Sie sind ja so ein guter, guter Mensch! — Stehen Sie doch nicht auf. Sie sollten sich noch ein bißchen verpusten — — Sie sollten noch ein bißchen ausruhen! berichtigte sie sich und ward rot. Es wäre mir ja eine hohe Ehre, Ihre Frau zu sein; — nein, wahrhaftig und Gott! — Aber ich werde nie hei=raten; nie, nie, nie —

Also auch nicht den Gastwirt zum „Kap der guten Hoffnung"? fragte Herr Wenzel.

Mit was für einem sonderbaren Ton Sie das aus=sprechen! antwortete sie und ward wieder rot. Dann er=eiferte sie sich plötzlich: Den sollt' ich heiraten? So eine Cuadux? So ein tralliges, appeldwatsches Gestell?

Herr Wenzel lächelte.

Ach Gott, ich war ja wol wieder gar zu ungebildet! unterbrach sie sich und legte die großen, vollen Hände einen Augenblick vors Gesicht. Verzeihen Sie —

Bitte sehr! Thun Sie sich keinen Zwang an. Für diesen Wirt zum Kap der guten Hoffnung sind diese alten Kernworte sehr gut —

Warum müssen Sie denn das vom Kap und so weiter noch einmal sagen! fiel sie ihm ins Wort. Und Sie thun's auch nur aus Eifersucht; — aber wie Sie auf diesen Jammerlappen eifersüchtig sein können, das muß mich doch von Ihnen wundern, Herr Wenzel. Ich den heiraten! O Gott! — Er kann sich was prosten lassen! Lieber gehe ich in die Warnow, wo sie am tiefsten ist!

Herr Wenzel murmelte hierauf etwas, das sie nicht verstand. Was sagen Sie? fragte Fräulein Amélie. Das darf man wol nicht sagen, Herr Wenzel: „er kann sich was prosten lassen?"

In einem deutschen Aufsatz müssen Sie's nicht schreiben, antwortete er sanft; aber für diesen Wirt zum Kap der — — für den war es gut! — — Uebrigens was hilft das? Sie wollen nicht heiraten, sagen Sie. Aber für den Jüngling da aus der Fremde, den jungen Schweden, für den schlägt Ihr Herz. Heiraten wollen Sie ihn also nicht; — also was wollen Sie thun?

Ach Gott! ach Gott! wie Sie fragen! Ach, wie schlecht Sie sind; — und Sie sind doch so gut. Was kann ich dafür, Herr Wenzel, daß diese unglückliche Liebe so über mich gekommen ist; wie in den Romanen und in den Trauer=spielen; — ja, eine unglückliche Liebe — sehen Sie mich doch nicht so von der Seite an — — Eine unglückliche

Liebe, denn so ein feiner, vornehmer, reicher junger Mensch, und so ein Adonir, ach, der heiratet mich nicht! — Aber ein rechtschaffenes Mädchen bleib' ich doch, Herr Wenzel; ja, und wenn Sie auch die Stirn zwischen Ihren Augenbrauen zehnmal zusammenziehen — gut bleib' ich doch; — ja und wenn Sie auch — —

Sie hörte plötzlich auf zu reden, denn sie fing an zu weinen. Sie zog ihr Taschentuch, das sie ganz zusammengedrückt hatte, auseinander, legte es sich vor die Augen und schluchzte.

Hm! murmelte Herr Wenzel, der ihr gegenüber saß, und starrte sie, durch diesen Ausbruch etwas geängstigt, an. Er beugte sich vor, als müsse er ihr irgendwie zu Hilfe kommen; sein Gesicht verzog sich, weil er selber weich wurde; denn für lautes Weinen hatte er eine unglückselige Empfindlichkeit, und wie sollte er nun gar Fräulein Amalie ruhig schluchzen hören. Dazu war sein Gemüt ohnehin in trauriger Verfassung ... Er schwieg, aber er bewegte sich unruhig auf seinem Stuhl hin und her; doch als er dieses alte, wackelige Gestell knarren hörte, saß er wieder still. Fräulein Amélie weinte fort, hinter ihrem Tuch. Darüber erwachte seine Phantasie, denn es bedurfte immer nur wenig, sie zu wecken. Er sah in die Zukunft hinaus ... Er sah diesen verhaßten „Jüngling aus der Fremde" vor sich; er kannte ihn nicht, aber er stellte ihn sich vor: schlank, blond, unverschämt jung, in einem feinen Pelz, mit einem kalten Lächeln um den mädchenhaft kleinen Mund. Amalie lag vor ihm auf den Knieen: heirate mich! heirate mich! stöhnte sie; du hast mich rechtschaffenes Mädchen in die Schande gebracht! — Doch der infame junge Schwede lächelte dazu, bewegte nur abwehrend seinen rechten Pelzärmel, und trat von der Brücke aufs Schiff: denn den Herrn Wenzel hatte seine rasche Phantasie plötzlich in den Hafen, an den Fluß, zur Schnickmannsbrücke geführt. Die Brigg „Gustav Adolf“, mit der schwedischen Flagge, stieß ab. Der Verführer stand an Bord und lächelte. Mit einem fürchterlichen Schrei hob die verlassene Amalie ihre Hände und sprang in den Fluß ... Da schwimmt ja auch schon ihre Leiche hinter dem Schiffe her. Wer schwimmt denn da neben ihr? Das ist er selbst — Gottlieb Wenzel. Er lebt; er schwimmt wie ein Fisch; er knirscht mit den Zähnen, denn er lechzt nach Rache. Das Schiff segelt wie der Teufel den Fluß hinab, aber Gottlieb Wenzel ist schneller. Er holt es ein, er klettert hinauf, er steht auf dem Verdeck. Hab’ ich dich, Verführer! ruft er dem zusammenbrechenden jungen Schweden zu; Elender! sieh hin, wer dort hinten schwimmt! — Und sein geöffnetes Taschenmesser schwingend, stößt er es dem Jüngling aus der Fremde in die Brust ...

Jesus, Gottes Sohn! was machen Sie? rief das Mädchen aus und fuhr in die Höhe. Sie schlagen mir ja wol den ganzen Tisch in den Grund! — Herr Wenzel, was haben Sie — Gott soll mich bewahren —

Herr Wenzel stand auf, starrte auf den Tisch, den er mit der gehobenen Faust getroffen hatte, dann im Zimmer umher und auf Fräulein Amalie. Er sah, daß sie sich die letzte Thräne von der Wange wischte ... Bitte sehr um Vergebung! stammelte er.

Sie schien nun zu begreifen, was ihm geschehen war; denn sie fing an zu lächeln. Endlich lachte sie laut.

Es war also noch nicht so schlimm: sie schwamm nicht

steif und kalt hinter dem davonsegelnden „Gustav Adolf"
her, sondern in all ihrer blühenden Ueppigkeit stand sie da
und lachte. Sie lachte noch so, wie nur die Unschuld lacht ...
Er hatte nur geträumt, wie gewöhnlich. Es ward ihm
etwas leichter ums Herz. Indessen, was nützte es, daß sie
noch so dastand? — Nicht für ihn war sie so blühend, so
hübsch. Diesen andern liebt sie, der sie nicht heiraten wird.
Und wie rechtschaffen sie auch ist, — wie wird's eines Tages
enden ... Er nahm wieder seinen alten, abgenutzten, hoch=
stämmigen Hut. Bitte nochmals um Vergebung, sagte er
mit einem unsicheren, getrübten Lächeln. Ich habe phanta=
siert; meine alte Schwäche. Das nimmt bei mir überhand.
Fräulein Amalie, eine wohlschlafende Nacht!

Warum wollen Sie plötzlich wieder gehen? Weil ich
eben gehojahnt habe — gegähnt, wollte ich sagen —?

Nicht weil Sie gehojahnt, auch nicht weil Sie gegähnt
haben, antwortete Herr Wenzel. Aber wir haben uns ja
ausgesprochen, Fräulein Amalie. Wir haben uns über Ihre
unglückliche Liebe ausgesprochen; was könnte uns nun noch
interessieren, Fräulein Amalie. Ich will mit meinen Richten
zu Nacht essen. Gott segne Sie, und so weiter!

Sie wollen fort, wirklich und wahrhaftig? — Und
Sie haben noch nicht einmal — seine Photographie gesehen;
Sie wissen noch nicht, wie ich denjenigen denn eigentlich
kennen gelernt habe — wie er heißt — was er ist —

Herr Wenzel richtete seine lange, breitschultrige Gestalt,
die er gewöhnlich etwas nach vorn neigte, steif und störrig
auf. Ich wünsch' es auch nicht zu wissen, Fräulein Amalie,
sagte er, ohne sie anzusehen. Ich habe kein Interesse für
seine Photographie. Ich — — — hasse ihn, setzte er hinzu.

Ach Gott! seufzte das Mädchen.

Sie waren beide still. Sie nahm eine Stricknadel vom Tisch und rieb sich damit die Stirn. Er ging langsam zur Thür.

Ach, ich bin ja auch nicht glücklich! sagte sie endlich, wie um ihn zu trösten. Sie gehen also wirklich fort ... Ich hab' noch was in petto, Herr Wenzel: diese Knallbonbons für die Zwillinge, für die kleinen Nichten. Der Kapitän von der „Pommerania" hat sie mir geschenkt. Ach, diese lieben kleinen Zwillinge, diese Waisenkinder, die immer so mager sind — aber immer so putzlustig, so vergnügt. Ach, Herr Wenzel, nehmen Sie doch diese kleine Tüte und küssen Sie die Zwillinge von mir!

So langsam, wie er gegangen war, kam er zu ihr zurück. Fräulein Amalie, Sie sind ein gutes Mädchen, sagte er gerührt. Ich danke Ihnen für die Tüte. Lassen Sie mich nun gehen!

Ja, nun sollen Sie gehen; aber wie sehen Sie leeg aus — — schlecht, wollt' ich sagen. Auch so mager, Herr Wenzel — — Nu hören Sie einmal da unten den Hopphei in den Gastzimmern; wie die wieder marachen; dieses Juchen und Hucheln; — wie wenn es auf der Welt keinen Kummer gäbe, Herr Wenzel; wie wenn alles auf der Welt so wäre wie es müßte; — ach, geben Sie mir wenigstens die Hand. Ich möchte Ihnen so gern viele Freude machen; ich verehre Sie ... Aber hören Sie einmal dieses Takelzeug! Dies Gerasher da unten — — Ist das ein Schriftwort, Herr Wenzel?

Nein, es ist kein Schriftwort; und lassen Sie meine Hand!

Sie sind so blaß, Herr Wenzel; und so mager, wie die Zwillinge; — Sie leben wol auch von Naphtha und Ambrosia, wie die alten Götter! — Und ich dagegen, ich werde so pummelig . . . Wieviel Ungerechtigkeit gibt es auf dieser Welt! — — Sie müssen sich stärken, Herr Wenzel; — übrigens, das hätt' ich doch gleich in den Tod vergessen: Sie bekommen ja noch Ihr — Ihr Honorar für die letzten Stunden. Mein Papa hat mir's heut gegeben. Für sechzehn Stunden, nicht wahr. Bitte, nehmen Sie!

Herr Wenzel runzelte die Stirn, um nachzudenken, und schüttelte dann den Kopf. Sie sind im Irrtum, Fräulein Amalie. Was reden Sie von sechzehn Stunden; es sind nur noch zehn. Alles Frühere hab' ich schon bekommen.

Das weiß ich besser, erwiderte sie keck, während sie sich abwendete, um ihm nicht in die Augen zu sehen. Sie sind ja ein so gescheiter und so gebildeter Mann; aber jeder Tütendreher kann besser rechnen als Sie. Und Sie haben ein schlechtes Gedächtnis für Geldsachen, weil Sie soviel andres im Kopf haben; und ich weiß, was ich weiß. Ach Gott ne ja, nehmen Sie doch Ihr Geld; stehen Sie doch nicht so da!

Aber Sie irren wirklich — —

Machen Sie mich nicht böse! fiel ihm das Mädchen ins Wort und hob die Stricknadel, wie um ihn damit anzugreifen. Sie wollen mir wol was schenken, wie ich merke. Ich soll mich wol umsonst von Ihnen bilden lassen, damit Sie verhungern können — und die armen Zwillinge dazu. Wenn ich drei gezählt habe, Herr Wenzel, und Sie haben dann noch nicht genommen, was Ihnen zukommt, — dann stoß ich Ihnen dieses Schwert der Rache in die Brust!

Herr Wenzel lächelte, wehmütig und froh zugleich. Hab' ich mich wirklich verrechnet? fragte er dann unschuldig. Ich dachte doch —

Aber ich weiß! — Eins — zwei —

Er nahm das kleine Paket mit dem Geld, ehe sie drei sagte, und hielt es in die Höhe. Was fang' ich damit an, sagte er; auf eine so gewaltige Summe hatt' ich nicht gerechnet —

Ich will Ihnen sagen, was Sie damit anfangen, fiel das Mädchen ein: Sie gehen zunächst in das warme Gastzimmer hinunter und vergönnen sich endlich einmal einen guten Trunk und eine Zigarre dazu; denn Ihre Nichten sind bei der alten Frau Schwäbke gut aufgehoben, und Sie, Sie leben nicht besser als ein Hund, und sehen aus wie Waddik und Wehdag'! Und zuerst aber lassen Sie sich ein englisches Beefsteak geben, mit oder ohne Zwiebeln, wie Sie wollen; und wenn Sie satt sind, dann denken Sie einmal an mich, aber freundlich; und bei dem Aufsatz zur nächsten Stunde, über „die weiblichen Tugenden", will ich mir alle, alle Mühe geben: — — nun so gehen Sie, Herr Wenzel! Aber Sie kommen nicht erst am Mittwoch wieder, sondern morgen, oder übermorgen; ansehen thut gedenken! Und trinken Sie von dem dunklen Bier, das geht Ihnen besser ins Blut; — und bedenken Sie nur, setzte sie leiser hinzu: ich bin auch nicht glücklich! — — Ach du mein Gott! — Gute Nacht. Fallen Sie nicht auf der Treppe, Herr Wenzel, gehen Sie sachting hinunter. Unsre alte Treppe ist so successive!

II.

Herr Wenzel folgte der Weisung, die Fräulein Amalie
ihm gegeben hatte: er stieg mit Vorsicht hinab und trat
dann in das vordere, größere der beiden Gastzimmer ein,
in denen der Wirt zur „Stadt London“, der Vater Amaliens, warme und kalte Speisen, milde und strenge Getränke
an die seefahrende Bevölkerung verkaufte. Doch Kajüten-
jungen, Halbmatrosen und Vollmatrosen pflegten (zur Zeit,
da diese Geschichte sich begab) die Gastzimmer der „Stadt
London“ nicht zu entwürdigen; hier erschollen die Flüche
der Schiffskapitäne und Steuerleute, und Schiffsbaumeister,
Segel- und Kompaßmacher, alte ehrwürdige Seefahrer im
Ruhestand holten sich hier ihre Sonntagsräusche. Als Wenzel
die Thür zögernd öffnete und der Tabaksqualm ihm gleichsam seine bläulichen Wolkenarme entgegenstreckte, war ihm
danach zu Mut, wieder umzukehren; denn was sollte er
hier, die Landratte unter den Wasserratten. Jedoch Amaliens freundliche Worte fielen ihm wieder ein; und es war
ihm doch ein wehmütig wohliger Gedanke, sein Glas Bier
unter ihrem Zimmer und bei ihrem Vater zu trinken. Er
rieb sich die Augen, die an diesen beißenden Qualm nicht
mehr gewöhnt, durch das nächtliche Abschreiben angegriffen

und gerötet waren, hängte seinen Hut an die Wand und
suchte sich einen Platz.

Beide Zimmer waren gefüllt; an langen Tischen saßen
sie, Mann an Mann, wie die Krähen, oder um kleinere
Tische zu dreien und zu vieren, Karten auf dem Tisch
und in der Hand, lange und kurze Pfeifen im Munde.
Alte Invaliden mit unzähligen Runzeln in so gedörrten Ge=
sichtern, als hätten sie jahrelang in der Sonne gelegen;
junge Kapitäne mit fast eleganten Backenbärten, mit fester,
blühender Haut, und gewählt gekleidet. Grobe Fuhrmanns=
gesichter mit kleinen, blinzelnden Augen, die nie ein größeres
Wasser als die Ostsee gesehen, mit kupferfesten Nasen, die
nie etwas Besseres als russische Talglicher und grüne Seife
gerochen hatten; dunkel verbrannte, magere, scharfäugige
„Gallionen", die aus „der Atlantik" oder sonst von „langer
Fahrt" nach Hause kamen, die der Passatwind erfrischt und
der Teifun gepeitscht hatte. Rotwein von „Burdauks",
Rum aus „der Batavia", dunkles schäumendes Doppelbier
und „steifer" Grog schwammen in den Gläsern. Lustige
Geschichten aus allen Weltteilen, Durcheinanderschelten der
Spieler, Notrufe von Durstigen, deren Gläser leer waren,
durchschwirrten die tabakschwere Luft. Dann fuhr einmal
wie eine frische Bö dröhnendes Lachen über einen fürchter=
lichen Seemannswitz dazwischen; dann wieder ward es still.
Herr Wenzel blieb stehen, blickte umher und horchte. Nie=
mand gab auf ihn acht. Endlich sah er hinter sich, nahe
bei der Thür, den einzigen leeren Tisch, der dort einsam
stand. Er nahm einen ausgesessenen Rohrstuhl aus der
Ecke, rückte ihn an den Tisch, und ohne Geräusch setzte er
sich nieder.

Herr Berring, der Wirt, kam heran; Amalie Berrings Vater, groß und blond wie sie, doch zu sehr in die Runde gewachsen. Er schwitzte stark, denn seine Gäste ließen ihm keine Ruhe; aber Behagen und Zufriedenheit leuchteten aus dem blühenden, backenbärtigen, lächelnden Gesicht. Gott soll mir 'nen Thaler schenken: Sie 'mal wieder bei mir! rief er aus, und machte eine Art von Verbeugung, um seine besondere Ehrerbietung auszudrücken; denn vor Herrn Wenzel, dem „schriftgelehrten“ Mann, hatte er einen dunklen, feierlichen Respekt. Seltene Ehre, Herr Wenzel! Womit kann ich dienen, wonach steht Ihnen der Gusto? — Beef= steak; Doppelbier. Sehr wohl, sehr wohl; haben wir alles, Herr Wenzel. Ist mir ein sehr angenehmes Rankonter; — mit Zwiebeln, sehr wohl, sehr wohl. Bildung muß sein, das weiß ich; und Sie machen ja aus meiner Tochter eine ordentliche Feine, Hochdeutsche, wie sich das jetzt ge= hört; — nicht durchgebraten; sehr wohl. Was meine selige Frau war, die war nicht für Bildung; und da mußte ich mich wol geben: und davon haben wir's nun, daß das Kind sich nicht so belernt hat, wie sie sollte und wollte. Aber da sitzt ja nun der Schriftgelehrte, unser Herr Wenzel, der den Schaden ausflickt. Von dem dunklen Bier; ganz, wie Sie befehlen! — Ich machte mich gerne auch noch an die Wissenschaften; aber Sie wissen ja: was Hänschen nicht gelernt hat, und so weiter; der alte Kopf ist zu wedder= dänsch; und aus einem Schweineschwanz läßt sich kein sei= denes Halstuch machen. Karl, einen doppelten Kümmel für den Herrn Kapitän! Ahoy! Ahoy! — Mit ihrem gü= tigen Wohlnehmen, Herr Wenzel: ich muß in die Küche. Englisch mit Zwiebeln: sehr wohl!

Herr Wenzel saß wieder allein, stützte den großen, haarbuschigen Kopf in beide Hände und versank in seine Gedanken. Da oben sitzt sie nun, dachte er, über dieser Decke, und seufzt nach ihrem „Adonix". Wie in aller Welt ist's nur möglich, daß ein ehemaliger Kandidat der Theologie sich in ein Mädchen vernarrt, das von „successiven Treppen" und „Adonixen" spricht, und einen andern gern hat! — Und sie sagt mir's noch ins Gesicht: diesen andern lieb' ich. Und ich alter Kindskopf — — Ehrlich wenigstens ist sie! Treuherzig; und so gut; ach, so lächerlich gut. Und diese Gestalt; diese frischen Wangen — — Wär' ich nie in das Haus gekommen! Für die paar Thaler, die ich mehr verdiene, ist meine Seelenruhe hin. Ach, ein schlechter Handel! — Da sitzt nun so ein alter „schriftgelehrter" Narr, einsam und gotterbärmlich — — Recht hat sie: dieses Doppelbier ist gut. Und diese braune Farbe; dieser Glanz darin, wenn das Licht hindurchscheint. Wie der dunkle Bernstein, den ich als Junge am Seestrand bei der Rostocker Heide fand; — ferne, ferne Zeiten! — Wie die Blasen aufsteigen; diese wilde Jagd, als kämen sie sonst zu spät. Seid ihr auch was, ihr kleinen Luftperlen, die ihr's so eilig habt; die ihr's nicht erwarten könnt, bis ihr da oben zerplatzt? Und wenn ihr nicht gleich zerplatzt, stürzt ihr aufeinander zu, wie ein paar Liebende, und aus zweien wird eine — hast du nicht gesehen. Sachte, sachte, sachte, Jungfer Bläschen; ja, du da — — weg ist sie. Mit Herrn Bläschen vereinigt; — und nun platzen sie; gemeinsamer Sprung ins Nichts: nicht ins Wasser, aber in die Luft. Und da sitzt so ein sechs Schuh langer Kerl, Namens Gottlieb Wenzel, und sieht euch zu, wie es euch ergeht. Sitzt denn irgendwo einer, den ich nicht sehe, und sieht ebenso auf die Luftblase Gottlieb Wenzel herab? und macht seine Glossen über diese ruppige alte Blase, die auch immer steigen, immer steigen wollte, und immer die Sehnsucht hatte, sich mit einem Jungfer Bläschen zu vereinigen — und endlich zerplatzen wird? Und dann fragt vielleicht noch irgend ein perlendes Bläschen: „Wo ist Gottlieb Wenzel geblieben?" — und indem sie das fragt, ist sie auch dahin — —

Er sah von seinem Glase auf, da ein großer Schatten es verdunkelte, und starrte den Schatten an. Ein junger Mensch war herangetreten, dem ein zweiter folgte. Beide nahmen ihre modischen kleinen Hüte vom Kopf, machten eine leichte grüßende Bewegung und setzten sich an den Tisch. Herr Wenzel erwiderte den Gruß. Unwillkürlich rückte er dann ein wenig mit seinem Stuhl; denn es gefiel ihm nicht, daß er nicht allein blieb. Der eine junge Mensch bemerkte dies und fing an zu lächeln.

Es ist eben nirgends mehr Platz, sagte er mit einem leisen ausländischen Accent.

Ich habe auch diesen Tisch nicht gepachtet, erwiderte Wenzel höflich. Dann errötete er, weil er gern etwas Besseres, Artigeres gesagt hätte; doch es war zu spät.

Die jungen Männer forderten eine Flasche Wein; sie hatten brennende Zigarren in der Hand und fuhren fort zu rauchen. Herr Wenzel betrachtete sie; flüchtig und bescheiden. Der, welcher gesprochen hatte, war ein hübscher Mensch, eher klein als groß, äußerst zierlich gebaut. Er hatte ein feines Näschen, lichtbraune Rehaugen, die, wie bei einem neugierigen Vogel, lebhaft hin und her blickten, und leicht gekräuseltes kastanienbraunes Haar, in das er von Zeit zu Zeit seine unruhigen Hände vergrub. Der andre war größer, etwas aschfarben und überhaupt unscheinbar. Auch war von seinen blassen Brauen und Wimpern kaum etwas zu sehen, so daß man auf den ersten Blick gezwungen ward, sie zu suchen. Dies that denn auch Wenzel; doch nachdem er's gethan, sah er wieder in sein Glas, nahm es und trank es aus.

Die beiden jungen Leute begannen miteinander zu sprechen; in einer fremden Sprache, die er nicht verstand. Einzelne Worte klangen fast wie deutsch; er horchte eifriger hin. Dann war wieder alles fremd. Endlich schien ihm gewiß, daß sie entweder dänisch oder schwedisch sprächen; entscheiden konnte er's nicht, da er sich um diese beiden Sprachen nie bekümmert hatte ... Wie! sollte einer von ihnen unser „Adonir“ sein? fuhr ihm auf einmal durch den Kopf. Es lief ihm heiß über das Gesicht. Er be= trachtete die beiden von neuem. Sie waren nicht seemän= nisch, sondern eher modisch gekleidet; ein dunkelblaues, feines, durchscheinendes Halstuch fiel dem Kastanienbraunen, nach= lässig geschlungen, über das blendend weiße Hemd. Kost= bare Ringe trug er an den Fingern; wenigstens schien der große Stein in dem einen Ring ein Rubin zu sein. Davon könnt' ich ja wohl ein Jahr leben, dachte Wenzel; ich mit meinen Nichten ... Wär' etwa d a s dieser Jüngling aus der Fremde? — Er sah noch einmal hin, dann schüttelte er den Kopf. Wie ganz anders stellte er sich „denjenigen“ vor: groß, schlank, blond, mit einem kalten Lächeln, kalte Siegesgewißheit in den blauen Augen. Und dieser Ka= stanienbraune hier war ein halber Knabe, der so herzlich lachte, wenn der andre sprach; der so luſtig ſchwaßte; der den Flaum über ſeiner Oberlippe ſtrich, wie ein Vogel ſein Gefieder pußt. Der andre aber, der Aſchgraue — weniger Adonis, als der, konnte man nicht ſein.

Nun, ſo mögen ſie Dänen oder Schweden oder auch Lappländer ſein, wie es ihnen beliebt! dachte Wenzel beruhigt, da eben ſein Beefſteak kam; forderte ein neues Glas Bier, und mit der Begierde eines Menſchen, der an dieſem Mittag nur Kartoffeln auf ſeinem Teller hatte, fing er an zu eſſen.

Alſo bei deiner Abreiſe bleibt es, alter Junge? fragte der Kaſtanienbraune, in ſeiner nordiſchen Sprache weiterſprechend, während Wenzel aß. Nicht einen Tag gibſt du mehr zu?

Axel, es muß ſein! antwortete der andre. Morgen mit dem erſten Zug fahre ich nach Stettin; von da mit dem Dampfer nach Malmö. Denn es erwarten mich die liebenden Eltern, und ſo weiter . . . Neulich ſagteſt du mir: „wenn du gehſt, geh’ ich mit!“ Warum willſt du nun nicht?

Ach, ich wollte wohl! Lund, ich wollte wohl! In dieſer verdammten alten Hanſeſtadt iſt kein Leben, Lund; ich langweile mich wie ein alter Seehund; Gott der Herr mag wiſſen, warum mein Vater mich in dieſes Neſt geſchickt hat, um deutſch parlieren zu lernen! — Gut, nun bin ich hier geweſen, und ich hab’s gelernt —

Von den ſchönen Töchtern deines Penſionsvaters —

Das iſt vorüber, Lund! Dieſer zarte, lyriſche Bund der Herzen iſt zu Ende!

Und Emma, die „holde Kleine“?

Vorüber, Lund, vorüber!

Wie dieser kleine Don Juan spricht! sagte der Asch=
graue und betrachtete ihn ironisch durch seine halbgeschlossenen
wimperlosen Augen. „Vorüber, Lund, vorüber!" — Da
hat unser schönes Axelchen einmal gelesen, daß wir Schweden
die „Franzosen des Nordens" sind, und hält es nun für
seine Pflicht, die Wahrheit dieses Satzes zu beweisen! —
Laß deinen sogenannten „Bart", kleiner Don Juan; dieser
braune Weizen will Zeit haben; mit den Fingern heraus=
ziehen läßt er sich nicht, ich geb' dir mein Wort. — Du
hattest dir ja vorgenommen, deinem Pensionsvater durchzu=
gehen, wenn du ein halbes Dutzend dieser freundlichen kleinen
Mädchen hinlänglich unglücklich gemacht hättest —

Das sagte ich damals, aus Unsinn, als ich zu viel
von diesem höllischen Grog getrunken hatte. Du alter
Satiriker! so ein gewissenloser Rattenfänger und Seelen=
verderber bin ich nicht; auf Ehr' und Seligkeit! Aber was
kann ich dafür, daß die deutschen Mädchen mir so freund=
liche Augen machen, statt meinen Freund Lund zu be=
ehren; und daß sie in Verzückung geraten, wenn ich ihnen
mit meinem hohen Tenor schwedische Lieder singe —

Und daß ihnen das Herz bricht, fiel der andre ein,
wenn das schwedische Nachtigallenmännchen auf achtund=
vierzig Stunden in den Käfig muß, weil es mit einem Nacht=
wächter kämpfte —

Das vergeß' ich ihnen nicht! rief der Kastanienbraune
aus, zog seine Hand aus dem lockigen Haar und ballte sie
zur Faust. Diesem Nachtwächter zu glauben, diesem Schuft,
der behauptete, ich hätte ihn geohrfeigt — — Eine Lüge,
Lund! Ich wollte mich nur von dem schmutzigen alten Kerl

nicht berühren lassen, und ich machte mich los. Dafür mich einzusperren! Das wär ungerecht! Dieser Polizeisenator, dieser Rechtsverdreher, dieser eitle Geck hört noch von mir, Lund; dem thu' ich noch einen Possen an, daß die Wickel=kinder in der Wiege drüber lachen sollen; darauf kannst du Gift nehmen, Lund!

Ich will's nehmen, Axel; aber undankbar bist du: denn dieser Polizeisenator hat dir ja vollends die Mädchen toll gemacht. Mit deinem Gesichtchen und Gestellchen fing's an, dann kam dein Tenor dazu, dann wurdest du Märtyrer und mußtest hinter Schloß und Riegel: da waren die Herzen verloren! — Schone deinen Bart; seine Jugend, Axel, sei dir heilig. Du willst also nicht mit?

Lund, ich wollte wohl —

Nun, wer will denn nicht? Irgend eine neue blau=äugige Thusnelda —

Lund! fuhr Axel auf. Wir sind nicht allein, Lund!

Lund zog die Brauen in die Höhe, daß ihre blassen Linien deutlich sichtbar wurden, legte den Kopf auf die Seite und fing an zu pfeifen. Also eine große Blauäugige ist es! sagte er dann mit einem schlauen Lächeln. Nicht so aufgeregt, Axel; der Mann da mit dem Beefsteak und den Nachtwandleraugen versteht uns ja nicht; denkt auch gar nicht an uns. Meinst du, ich hätte nicht gemerkt, daß es wieder brennt? Warum hast du mich in diese Seemanns=kneipe gelockt? Warum hat der Wirt eine hübsche, große, blau=äugige Tochter? Warum summtest du unterwegs das Lied vom blonden Wirtstöchterlein? — Du, nimm dich in acht. Wenn irgend ein Seefahrer diesem Wirtstöchterlein den Hof macht — mit so 'ner Wasserratte ist dann nicht zu spaßen —

Ich fürchte mich nicht so viel! rief der junge Mensch mit einer wegwerfenden, stolzen Gebärde aus. Seine Augen blitzten; ein hinreißender Ausdruck männlicher Schönheit kam in sein unbärtiges Gesicht. Von Fürchten und Sorgen mußt du mir nicht reden —

Gut; ich sage nichts! — Mit der Wirtstochter aber hat es also seine Richtigkeit. Wieder ein Bund der Herzen —

Sie muß mein werden, Lund! rief der Jüngling mit plötzlichem Feuer aus.

Es fehlt nicht mehr viel daran, setzte er dann, die Stimme dämpfend, hinzu.

Er wollte noch etwas sagen; aber er setzte die weißen Zähne auf die Unterlippe und blickte stumm in sein Glas. Endlich nahm er's und leerte es auf einen Zug.

Hm! murmelte Lund. Du „Franzose des Nordens" —

Er brach ab, denn der dritte Mann am Tisch fiel ihm wieder ins Auge und fesselte auf einmal seine Aufmerksamkeit. Herr Wenzel hatte den hochstirnigen Kopf über seinen Teller geneigt, von dem der letzte Rest des Beefsteaks verschwunden war; der Haarbusch über seiner Stirn stand wie gesträubt in die Höhe, und die weitaufgerissenen Augen, deren bläuliches Weiß überall an den geröteten Rändern sichtbar ward, starrten schräg auf den Tisch. Mit den unruhigen Händen zerrte er seinen Schnurrbart, so daß ihm rechts und links einige lange Haare zwischen den Fingern blieben. Dann bewegte er die gespannten Lippen, wie wenn er flüsterte. Dann durchfuhr er wieder den Bart, wie wenn er zwei Seile daraus machen wollte, und bewegte die Brauen auf und nieder. Endlich flüsterte er wieder und schüttelte den Kopf.

Der Schwede lächelte. Er gab dem Kastanienbraunen einen Wink; nun blickte auch dieser auf Wenzel. Der sonderbare Anblick weckte sofort seine Neugier. Die hellen Rehaugen des Jünglings thaten sich weit auf und folgten jeder Bewegung, die der Mann da machte; als sähen sie ein interessantes Wundertier, das man studieren muß. So beobachteten sie ihn beide, äußerst aufmerksam, ohne sich zu rühren.

Herr Wenzel sah nichts davon; er träumte. Das Beefsteak und das Doppelbier hatten sein Gehirn erwärmt und belebt; die tabakdicke Luft umwölkte es. Er war wieder auf dem „Gustav Adolf", auf der schwedischen Brigg, und der ermordete Jüngling aus der Fremde lag zu seinen Füßen. Da lag er an der Reling, die Pelzärmel über der Brust gekreuzt, und rührte sich nicht mehr. Wenzel stand und sah auf ihn herab; ein dumpfes Gefühl der Reue legte sich ihm auf die Brust; und doch that's ihm sonderbar wohl, daß er etwas Ungeheures, Unmenschliches, nie wieder gut zu Machendes vollbracht hatte ... Was haben Sie gethan? fragte ihn eine geschäftsmäßig strenge, kurz abbrechende Stimme. Der Polizeisenator, Herr Ludwig Grotius, stand vor ihm da (Gott mag wissen, wie der so schnell an Bord kam). Das wohlbekannte kleine Gesicht mit dem kurzen, schwärzlichen Bärtchen unter der Nase und den klugen Augen blickte über die dicke goldene Uhrkette, die auf dem sanft gewölbten Bauch lag, auf den Mörder herab: denn dieser kniete auf einmal neben seinem Opfer. Was haben Sie gethan? wiederholte die scharfe Stimme.

Ich habe Amalie Berring gerächt! antwortete Wenzel mit fürchterlicher Ruhe. Thun Sie mit mir, Herr Senator, was Ihres Amtes ist; ich habe Amalie Berring gerächt, und ich mußte es thun!

Nehmt ihn fest! sagte Herr Ludwig Grotius kurz; zwei bewaffnete Polizisten traten vor. Sie bereuen nicht, was Sie gethan haben? — Nein! antwortete Wenzel und schüttelte den Kopf. Dieser junge Schwede mußte sterben, er hat zwei Menschen um Glück und Leben gebracht. Und wenn das siebenmal geschähe, was Amalie Berring geschehen ist, siebenmal würde ich thun, was ich gethan habe — sieben=, siebenmal — —

In seiner finstern, verzweifelten Entschlossenheit schlug er auf den Tisch.

Ein Bierglas, zwei Weingläser und eine Flasche klirrten. Wenzel hörte es und verstört blickte er auf. Er sah die beiden lächelnden Gesichter der jungen Schweden, die ihn anstarrten. Sogleich ward er feuerrot.

Sie haben eine verteufelt lebhafte Phantasie, lieber Herr! sagte auf deutsch der Jüngere, der Schöne, den dieser ganze Vorgang außerordentlich erheiterte. Wem Sie da wohl eben in Gedanken aus Leben gehen, daß Sie so grausam in den Tisch hineinschlagen! — Bitte, bitte, ent= schuldigen Sie sich nicht. Wir sind junge Leute; uns macht das Vergnügen, Herr; wir haben Humor, Herr. Ich hätte gar nicht gedacht, daß in dieser braven alten Stadt so feurige, phantastische Kerle — — Verzeihen Sie; so ein phantastischer Herr, wollt' ich sagen — — Ihr Wohl, lieber Herr! Ich trinke auf Ihr Wohl. Mein Freund Lund trinkt mit!

Ich trinke mit, sagte Lund.

Darf man einmal unbescheiden fragen? fuhr Axel fort, nachdem er sein Glas ausgetrunken hatte. Hätten Sie die

Gewogenheit, uns mitzuteilen, mit welchem Halunken Sie es eben zu thun hatten, als Sie auf den Tisch schlugen?

Herr Wenzel sah den Jüngling aufmerksamer und mit wachsendem Wohlgefallen an. Das heitere, zutrauliche, blühende Gesicht, dessen neugieriger Blick nicht beleidigte, weil er wie der Blick eines muntern Vogels war, der auf einem Ast einem fremden, bunten Wandervogel begegnet, — dieses Gesicht machte ihm Vergnügen; und die weiche, frische Tenorstimme klang ihm überaus angenehm im Ohr. Ich bitte um Entschuldigung, mein lieber Herr, sagte Wenzel, mit noch schüchterner Heiterkeit. Wie komme ich dazu, meine Herren, daß Sie so freundlich sind. Dieses braune Getränk ist mir wohl zu Kopf gestiegen; ich habe phantasiert. Das ist meine Schwäche.

Das gefällt mir gerade an Ihnen; das amüsiert mich; das ist interessant! gab ihm Axel zurück. Wenn man nur wissen dürfte, worüber Sie phantasierten —

Ich muß Ihnen erklären, wie das kommt, fiel Wenzel ein und ward wieder rot. Da sind diese verwünschten Kriminalgeschichten; — schon meine selige Schwester sagte mir zuweilen: du übernimmst dich darin, du vertiefst dich zu sehr in dieses Teufelszeug; — sie hatte übrigens recht. Menschen mit aufgeregter Phantasie sollten mehr Ver= standesbücher lesen; nicht diese geheimnisvollen blutigen, ver= brecherischen Seelenkrankheitsgeschichten; denn Verbrechen sind Erkrankungen der Seele, meine Herren; oder meinen Sie nicht?

Gut gesagt! sehr gut definiert! antwortete Axel und nickte seinem Freund Lund zu, der dann gleichfalls nickte. Aber beantworten Sie mir gefälligst eine Frage: was haben die Kriminalgeschichten mit Ihrem Phantasieren zu thun?

Ich habe zu viel davon genossen, gab Herr Wenzel zurück. Ich hab' mir die Phantasie damit vergiftet; — das ist meine Schwäche. Wenn mich nun irgend etwas aufregt — lassen wir beiseite, was es ist — so wird mir gleich gewaltthätig zu Mut! Nicht in der Wirklichkeit: da verlass' ich nicht leicht den rechten Weg, da bin ich ein friedfertiger Mensch; aber in der Phantasie stift' ich so viel Unglück an, daß es schrecklich ist. Da beginnt es allemal mit Schlechtigkeiten und endigt mit Mord und Tod; da kenn' ich keine Grenzen, Herr; da gibt's keine Schonung. Plötzlich kommt ein Blutdurst über mich, den ich sonst nicht kenne — — Blutdurst — — ich habe Durst. Herr Berring, noch ein Glas Bier —

Trinken Sie doch nicht mehr von dem braunen Bier da, fiel ihm Axel ins Wort. Trinken Sie ein Glas mit uns, von unserm Wein! — Karl, noch eine Flasche und ein drittes Glas! — Sie werden doch nicht so ein Philister sein, sich zu widersetzen. Ich muß noch viel mit Ihnen reden, Herr; Sie sind ja die merkwürdigste Spezialität, die ich in diesem alten Nest gefunden habe; — bitte, stoßen Sie an! Es kommt also ein Blutdurst über Sie — —

Herr Wenzel nickte; doch in diesem Augenblick — da er das Glas mit dem roten Wein an den Mund gesetzt hatte — war etwas andres als Blutdurst über ihn gekommen. Sein blaßes Antlitz leuchtete von Verständnis und Genuß, je mehr er schlürfte. Denn er trank nicht, er sog, langsam, tropfenweise, und jeden einzelnen Tropfen schien er mit herzlicher Freude zu begrüßen. Dann setzte er ab, hielt das Glas gegen das Licht, drückte die Unterlippe schmeckend gegen die Oberlippe, und machte ein wehmütig beifälliges Gesicht.

Hm! murmelte er.

Es scheint, Sie haben ein feines Gefühl für so einen Tropfen, sagte Axel heiter.

Herr Wenzel nickte.

Aber es scheint, Sie genießen ihn nicht oft.

Kann's nicht, lieber Herr! antwortete Wenzel treu=herzig. Ich habe keine Rubine an den Fingern, — sehen Sie; und die beiden kleinen Edelsteine, die ich zu Hause habe, sind ein fressendes Kapital, wie man zu sagen pflegt.

Was für Edelsteine? fragte Lund, eine neue Zigarre in Brand setzend.

Ein paar Nichten, Herr. Die mir die schon erwähnte Schwester hinterlassen hat. — Wirklich ein guter Tropfen; mild und stark!

Und diese Nichten, die ernähren Sie auch?

So gut es geht! erwiderte Wenzel, mit sanft weh=mütigem Lächeln. Man thut eben, was man kann!

Und womit ernähren Sie das alles, wenn man fragen darf?

Bei richtiger Einteilung der Zeit geht es, lieber Herr. Tags, wenn die Leute wachen, geb' ich ihnen Stunden; Deutsch, Französisch, Geschichte, Geographie. Nachts, wenn sie schlafen, schreib' ich für sie ab.

Und wann schlafen Sie? fragte Lund in ruhiger Logik weiter, die Augen halb schließend.

Wenzel lächelte. In der Zwischenzeit, antwortete er.

Aus welchem Stoff bildet sich diese Zwischenzeit, wenn ich fragen darf?

Aus dem Mangel an Beschäftigung. Dafür sorgen

die andern; daran fehlt es nicht! — Wenn ich zum Bei=
spiel nichts abzuschreiben habe — wie jetzt — nun, dann
kann ich ja schlafen, soviel ich will. Oder wenn ein Vater
mir sagt: „mein Sohn ist jetzt mit das Deutsche fertig,
inkommodieren Sie sich nicht weiter, da haben Sie Ihr
Salär" — dann hab' ich ja auch bei Tage Schlafenszeit;
— und das ereignet sich oft. Also für meinen Schlaf
brauchen wir nicht zu sorgen ... Schöne, purpurne Farbe!
— Mild und stark!

Nun, so trinken Sie endlich einmal aus! sagte Lund.

Wenzel lächelte und trank aus.

Unterdessen rückte Axel auf seinem Stuhl unruhig hin
und her; so bewegte ihn das Mitgefühl mit dem blassen
Menschen, der nicht klagte, nicht seufzte, sondern zufrieden
wie ein Kind „purpurnen" Wein genoß. Wie es den Nacht=
schmetterling zum Lichte zieht, mußte der Jüngling fort und
fort auf diese träumerischen, geröteten Augen schauen, die
die Nachtarbeit entzündet hatte, und die nun vom Glück des
Momentes strahlten. Und ein sechs Schuh langer Kerl!
dachte er bei sich. Zweieinhalb Schuh zwischen den Schultern
breit! Und ein Kerl voll Bildung und Verstand; und bei
Nacht schreibt er ab! — — Der Rubin an seinen eigenen,
wohlgepflegten Fingern fiel ihm in die Augen. Er schämte
sich, ihn zu sehen. Es zuckte ihm in der andern Hand,
ihn abzustreifen und dem blassen Philosophen gegenüber in
das Glas zu werfen; und dabei zu sagen: Herr, vermöbeln
Sie das! Für die Nichten, Herr! — — Doch er schämte
sich wieder dieser prahlerischen Großmut. Es hatte sie ja
niemand begehrt ... Trinken wir einen kleinen Liqueur?
sagte er endlich, um etwas zu sagen.

Ich wohl nicht, entgegnete Wenzel. So eine „Orgie" mit drei Getränken bin ich nicht mehr gewöhnt.

Auch nicht, wenn ich es Ihnen vormache? fragte Axel wieder. Er rief nach einer Flasche vom feinsten Liqueur, und drei Gläsern dazu. Dann füllte er sich ein Glas, stellte es auf den Tisch, faßte es rundumher mit den Lippen, ohne es mit den Händen zu berühren, hob es so in die Höhe und goß es sich kunstgerecht in die Kehle hinab.

Das hab' ich noch nie gesehen! sagte Wenzel mit auf= richtigem, kindlichem Erstaunen. Was der Mensch alles kann; es ist wunderbar!

Und können Sie wenigstens immer ein Beefsteak zu Nacht essen? fragte Axel, dem durchaus sein Mitgefühl über die Lippen wollte.

Das nun wohl grade nicht! antwortete Wenzel mit bedächtigem Lächeln. Dies war eine Ausnahme, Herr; aus ganz besonderen Gründen . . . Er warf einen unwillkür= lichen Blick zur Decke hinauf, über der „diejenige" wohnte . . . Sondern für gewöhnlich ess' ich nicht zu Nacht, setzte er dann hinzu.

Sie essen für gewöhnlich nicht zu Nacht, Herr?

Nein. Es bekommt mir besser. Wenn ich etwas hungrig zu Bett gehe — wann es nun auch ist — so schlafe ich wie ein Gott; oder wie ein Sack, wenn Sie lieber wollen. Dagegen wenn ich gegessen habe, wird das Blut zu üppig und der Geist zu wach; dann kommen die Kriminal= phantasien, Herr. Dann lieg' ich da und verwickele mich in Prozesse, Herr. Da unten am Strand zum Beispiel liegt jemand erschlagen; ich gehe ahnungslos meiner Wege, komme vorbei, sehe ihn mir an. Plötzlich ergreift man mich von hinten; — die Polizei. Der Mörder! Haltet ihn fest! Haltet ihn fest! — Ich fange an zu zittern, denn ich sage mir: wie willst du nun beweisen, daß du unschuldig bist — wie willst du es beweisen — — Dieses Zittern spricht gegen mich; dieses Zittern wird mein Unglück. Woher dieses Blut an Ihren Fingern und an Ihrer Hose? fährt mich der Polizeisenator an. Neues Unglück: fünf Minuten vorher hatt' ich Nasenbluten hinter dem Bretterstapel, fünfzig Schritte davon; — Herr, wer glaubt mir das! — Ich bin der Mörder, natürlich — — Und so lieg' ich da, phantasiere weiter, verwickele mich, bis ich nicht mehr zu retten bin. Zuletzt bekenne ich alles, was sie von mir wollen, nur damit die Sache zu Ende kommt und ich schlafen kann ... Aber dann im Schlaf erleb' ich gewöhn= lich meine letzte Stunde —

Tausend Schiffslasten Teufel! rief Axel aus, mit einem schwedischen Fluch, und fuhr von seinem Stuhl in die Höhe. Das ist teuflisch, Herr! — — Das ist ein Pechvogel, Lund! Das ist ein ausgesuchter Märtyrer! Die erbärmliche Wirt= lichkeit mit den beiden Nichten und ohne Beefsteak, die genügt ihm nicht: er träumt sich dieses schauderhafte Phantasie= leben dazu; — das ist ein Abgrund, Lund!

Das ist sozusagen Uebermut, erwiderte Lund, mit den wimperlosen Augen zwinkernd.

Wenzel betrachtete die beiden, einen nach dem andern. Langsam verklärte sich dann sein Gesicht zu einem rührenden Lächeln. Meine Herren! sagte er, nichts auf dieser Welt ist ganz so schlimm, wie es scheint! Sehen Sie, diese Phantasie, die mir schon manche letzte Stunde verschafft hat, — die ist ja auch mein Glück. Wenn ich so dasitze, während

es vielleicht draußen regnet oder stürmt, und mir ein Leben
ausmale, wie es noch werden könnte — oder wie es ge=
worden wäre, wenn nur dies und das — — Ich hab'
drei Leben, meine lieben Herren. Ein mittelmäßiges: das
ist die Wirklichkeit; ein schlechtes und ein gutes: das sind
die geträumten. Dabei kann man bestehen. Und nun werd'
ich zu all dem Genuß, den ich heute habe, auch noch eine
Zigarre rauchen —

Er griff in seine Tasche, in der er eine in Papier
gewickelte letzte Zigarre wußte. Doch Axel kam ihm zuvor.
Sich über den Tisch lehnend griff er nach Wenzels Arm
und hielt ihn fest. Das werden Sie doch nicht thun! sagte
er mit seinem herzlichsten, wohlklingendsten Tenor. Eine
von meinen Zigarren werden Sie doch rauchen! — Sehen
Sie, diese da; sie ist klein, aber nicht schlecht. Herr, für
einen Mann wie Sie wäre die beste grade gut genug; alles,
was teuer und gut ist ... Und nun geht's Ihnen so! — —
Blasen Sie hinein, daß sie besser brennt. Sie können nicht
blasen, Herr ... Ich glaube, Sie waren ein Pechvogel, ein
Märtyrer, solange Sie auf der Welt sind. Ich glaube,
Sie gehören zu denen, die sich nicht zu helfen wissen; aber
ich achte Sie; — — rauchen Sie nur zu!

Ich danke Ihnen, Herr; sowohl für die Achtung, als
auch für die Zigarre, sagte Wenzel und lächelte verbindlich.
Dann rückte er zutraulich näher an den Tisch und stützte
einen Arm auf: Darüber läßt sich folgendes sagen, fuhr er
langsam fort. Als ich ein kleiner Junge war, hatte ich
einmal die Ehre, einer großen Hochzeit beizuwohnen; und
ein Geschenk zu überreichen und dabei Verse zu sprechen; —
dieses ging auch recht gut. Darauf kamen die Lohndiener,

gingen in der Gesellschaft umher, boten Torte und Wein
an; — ich war ein kleiner Kerl, über mich sahen sie weg;
ich ward vergessen. Wie ich dann nach Hause komme — —
eine feine Zigarre, Herr; bewundernswürdig! — — wie
ich dann nach Hause komme, fragt mich meine Mutter, die
im Bette lag: Nun, Gottlieb, wie war's? — Schön war's,
Mutter; o wie schön war's! sag' ich. Und einmal, Mutter,
kam die Torte ganz nah bei mir vorbei! ... Das war
damals, Herr. Und so ist's geblieben. Die Torte ist
immer ganz, ganz nah bei mir vorbeigekommen; sehen Sie,
das ist meine Biographie.

Hm! murmelte Lund nach einer Weile, ohne sich zu
äußern, ob er damit Geringschätzung oder Beileid auszu=
drücken wünsche. Axel aber geriet wieder in körperliche Un=
ruhe vor Mitgefühl. Er fuhr sich mit einer Hand durch
das schöne Haar, biß ein Stück von seiner Zigarre ab und
murmelte etwas vor sich hin; seine Wangen glühten. End=
lich sagte er, um seine weichen Gefühle zu verbergen: Sie
sind — Sie sind ein richtiges Original. — Kommt viel=
leicht noch anders; nicht verzagen, Herr!

Kommt nicht mehr anders! antwortete Wenzel ruhig.
Sehen Sie, ich war einmal Kandidat der Theologie; vor dem
Examen lag ich. Eine junge Pfarrerswitwe, die ich kannte,
war in der sonderbaren Gemütsverfassung, daß sie mich ge=
heiratet hätte, sobald ich die Pfarre hatte; und von hoher,
hoher Seite war mir die Pfarre versprochen;   das war die
Torte, sehen Sie. Da — während ich fürs Examen studiere —
werd' ich irre an der Theologie. Ich studiere mich aus ihr
hinaus, Herr. Ich melde mich ab, sattle um, werde Philolog;
ich verliere den Glauben, die Pfarre und die Witwe — —

Warum thaten Sie das? unterbrach ihn Lund. Sie konnten ja den Glauben verlieren und die Pfarre nehmen — wie das oft geschieht —

Was vermag der Mensch gegen seine Ueberzeugung, erwiderte Wenzel unschuldig und schlicht. Ich konnte nicht, lieber Herr.

Axel stieß einen beifälligen Laut ohne Worte aus.

Herr, ich kann Ihnen nicht sagen, wie Sie mir gefallen, setzte er dann hinzu, sich mit aufgestützten Armen zu ihm hinüberbeugend. Sie sind — — Ich habe für Sie — — -- Weg mit dieser Witwe, wenn sie am andern Ende von der Pfarre hing! — Aber kam denn die Torte nicht mehr wieder —

Doch; sie kam noch wieder, antwortete Wenzel, dem die Teilnahme dieses feinen Jünglings und der gute Wein sanft zu Kopfe stiegen. Er stieß mit vollem Behagen ein paar blaue, geringelte Wolken aus; es war ihm ein genußvolles Vergnügen, seine tragischen Erinnerungen aufzufrischen. Sehen Sie, da war ein Mädchen — lachen Sie mich nicht aus, daß ich davon rede — in dem Mädchen war viel beisammen: Schönheit, feine Manieren, Englisch und Französisch und was Sie wollen, und ein gutes Herz — nur zu empfindlich, Herr — und ein Berg voll Geld. Denn sie hatte einen Millionär zum Vater; — und was geschieht drei Tage nachdem ich gemerkt hatte, daß sie mich armen Burschen will und keinen andern: ihr Vater, der mich nicht will, legt sich hin und stirbt. Soweit ist ja alles gut — — verzeihen Sie, daß ich es so ausdrücke — — Nun, mein Gott, so recht aufrichtig trauern über sein Ende, das konnt' ich nicht. Sie darf mich nun heiraten, das wußt' ich . . . Aber mein unglückseliges, heiteres Temperament; meine lebhafte Phantasie! — — Der Mann hatte eine Villa draußen an der Bahn, da wollt' er begraben sein; es wird also ein Extrazug genommen — denn das Geld war ja da — und wohl ein Hundert Leidtragende fahren hinaus, ich mit. In der Villa ist für uns angerichtet, uns nach der Fahrt, am Wintertag, zu stärken, verstehen Sie; gute Speisen, gute, starke Weine. Wir sitzen beisammen, Herr, und stärken uns. Wir kommen in anregende, muntere Gespräche; mein Nachbar schenkt immer ein, und ich trinke aus. Und da mir so leicht ums Herz war, weil mein elendes Leben nun endlich schön und lieblich werden sollte — und da ich den Himmel voller Geigen sehe — wird mir so festlich zu Mut, Herr; und der gute, starke Wein stimmt mich so dankbar, und ich sehe die muntere Gesellschaft an der langen Tafel — weiter seh' ich nichts mehr — und das volle Herz tritt mir auf die Zunge, ich stehe auf, kling' ans Glas: „Stoßen Sie mit mir an! Der edle Geber dieses Festes, er lebe hoch! hoch! hoch!"

Herr Wenzel schwieg einen Augenblick, dann wollte er weiter reden; doch er kam nicht dazu. Lund, der bis dahin stillgesessen hatte, brach in ein heftiges, anhaltendes Lachen aus. Axel aber, den die Heiterkeit vollends übermannte, sprang auf, lachte so überlaut, daß die Spieler und Trinker an den andern Tischen herüberhorchten, hielt sich die Seiten, lehnte sich an seinen Stuhl und dann gegen den Tisch, und die Thränen liefen ihm über beide Wangen.

Halte mich, Lund! sagte er zuletzt, mit erstickter Stimme. Lund! halte mich!

Wenzel sah diesem Ausbruch eine Weile mit elegischem Lächeln zu. Endlich packte es auch ihn, und er lachte mit.

Ein Prachtkerl, Lund! rief Axel aus, als er wieder reden konnte. Ein dämonischer Humor steckt in diesem alten — —

Er hatte ein allzu dreistes Wort auf der Zunge, das er noch zurückhielt. Dann ging er auf Gottlieb Wenzel zu, zog ihn vom Stuhl in die Höhe und drückte ihn in jugendlichem Uebermut an seine Brust. Ich muß Sie umarmen, Mann! sagte er, und that es sofort noch einmal. Solche Kerle lieb' ich; — verzeihen Sie mir das Wort. „Gott soll mir 'nen Thaler schenken," wie Herr Berring sagt, wenn ich Sie nicht liebe!

Mein verehrter Herr —! murmelte Wenzel verwirrt und lächelte; und warf einen Seitenblick auf Herrn Berring, der verwundert und neugierig näher getreten war. Darüber fiel ihm Amalie wieder ein, die er über diesem gemütlichen Gespräch vergessen hatte. Er sah zur Decke hinauf. Das unsichere Lächeln auf seinem Gesicht verschwand. Amalie Berring — — das war die dritte Torte, die an ihm vorbeikam. Ja, sie war auch vorbei . . . . Seine gutmütigen Augen verfinsterten sich und ihr Blick bohrte sich in den Tisch.

Er versuchte dem jungen Menschen noch einige freundliche Worte zu erwidern; es ward aber nur ein Murmeln, das man nicht verstand. Leise zog er seine Hand zurück, die Axel ergriffen hatte, und begann unruhig an seinen geflickten Rocklöchern zu knöpfen.

Was wollen Sie? fragte Axel. Was heißt das?
Gehn! antwortete Wenzel.

Plötzlich gehn? Warum?

Wenzel zog eine alte silberne Uhr hervor, tupfte auf das dicke Glas und murmelte: Es ist Zeit. War mir eine Ehre, meine Herren — —

Doch der junge Schwede drückte ihn, ohne viel Umstände zu machen, auf den Sessel nieder. Mann, was reden Sie da! sagte er und zog seinen Stuhl heran, neben ihm zu sitzen. Während ich Ihnen meine Liebe erkläre, wollen Sie gehen; — daraus wird nichts, Herr. Sie waren einmal Student, und wir sind es noch, — wenn auch nicht hierzulande; und unsre Seelen haben sich gefunden; und so müssen wir noch eine Flasche trinken. Stoßen Sie an; auf Ihr Wohl! Ich sage, wie Sie beim Begräbnis Ihres Schwiegervaters: „Er lebe hoch! hoch! hoch!"

Wozu soll ich noch leben, antwortete Wenzel, dem kein Lächeln mehr gelingen wollte. Ich für meine unbedeutende Person habe davon genug!

So dürfen Sie nicht reden; alles kann noch kommen. . . . Und nach dieser Tischrede nahm die Tochter Sie nicht mehr?

Hätten Sie's noch gethan? fragte Wenzel zurück.

Wirklich, es ging nicht mehr, sagte Lund mit seiner heiteren Ruhe.

Sie hat einen andern geheiratet, setzte Wenzel hinzu.

Und es kam dann keine Torte mehr an Ihnen vorbei? fragte Axel weiter, indem er ihm eine Hand auf die Schulter legte.

So eine nicht mehr!

Nie geheiratet?

Nein.

Trinken Sie doch aus! — — Könnt' ich Ihnen eine schaffen, Herr, thät ich's auf der Stelle. Ein Mann wie Sie — noch in so guten Jahren — — Herr, wie soll sie aussehen?

Wenzel gab keine Antwort. Aber er atmete einen leisen Seufzer aus.

Sie brauchen eine, die Sie pflegt, die Sie zu schätzen weiß; die Ihnen das Phantasieren ab- und das Nachtessen angewöhnt. Ich möchte Ihnen helfen; auf Ehr' und Selig- keit! Wissen Sie keine, Herr?

Warum sehen Sie da oben hinauf? fragte Axel weiter, da Wenzel stumm blieb.

Auf diese Frage ward Wenzel feuerrot. Es war eine seiner Schwächen, daß er sich auch das Erröten nicht abge- wöhnen konnte. Wie ein ertapptes Kind lächelte er ver- legen und fingerte auf dem bis zur Fadenscheinigkeit ab- gebürsteten Aufschlag seines Rocks.

Mir ist nicht bewußt, daß ich hinaufsah, gab er dann zur Antwort. Uebrigens, ich muß gehn!

Vielleicht weiß er da oben eine! warf Lund hin und blies den Rauch durch die Nase.

Wieder errötete der arme Wenzel. Axel betrachtete ihn aufmerksamer, indem er die Hand von seiner Schulter fortnahm.

Sie werden ja abermals rot! sagte er betroffen.

In diesem Augenblick kam die majestätische Gestalt des Herrn Berring, die schon hundertmal gekommen und ge- gangen war, wieder zur Thür herein; diesmal hatte sie eine Tüte in der Hand und segelte auf die drei „Land- ratten" zu. Nämlich diese Tüte haben Sie vergessen! sagte

Herr Berring zu Wenzel. Die Tüte für Ihre kleinen Nichten=
Twäschen; meine Amalie schickt sie Ihnen herunter. Und
Sie sollten nur auch bald Koje angehen, läßt sie Ihnen
sagen, — weil es schon so spät wäre und Sie so müster=
bleich aussehen; und ob das Beefsteak auch gut gewesen
wäre; und Sie sollten auch nicht vergessen: „Ansehen thut
gedenken!"

Uebrigens, müsterbleich sehen Sie gerade nicht aus, setzte
der Wirt hinzu. Haben ja eine schöne rote Farbe. Wol
vom Wein, Herr Wenzel!

Ja, vom Wein, stammelte der verwirrte Wenzel, der
aus dem Erröten gar nicht mehr herauskam. Meinen er=
gebensten Dank, Herr Berring; für die Tüte, mein' ich.
Richtig, ich hatte sie — oben liegen lassen. Was hab' ich
zu zahlen, Herr Berring — — denn ich muß nun fort!

Achtzehn Schillinge, wenn's gefällig ist, sagte der Wirt.
Wenzel zog seine alte, sehr aus der Form gegangene Geld=
tasche hervor; zahlte und warf dabei auf die jungen Männer
einen halben Blick. Die Gesichter der beiden waren in
sonderbarer Bewegung. Lund sah zu Axel über den Tisch
hinüber, und dieser, auffallend erblaßt, starrte Herrn Wenzel
und Herrn Berring an, und zur Decke hinauf.

Dieses unglückselige Rotwerden! dachte der arme Wenzel;
denn er fühlte, daß er zum viertenmal errötete. Der Wirt
ging. Im Zimmer ward es leer; die Gäste entfernten sich.
Wenzel war aufgestanden und suchte sich so zu sammeln,
daß er ein harmloses Abschiedswort hervorbringen könnte;
doch „wär' ich nur erst soweit!" dachte er und schwieg.

Also die Wirtstochter ist es! sagte auf einmal Lund,
scheinbar mit großer Ruhe.

Wenzel fuhr zusammen.

Wieder eine Torte? setzte Lund nach einer Pause mit derselben erbarmungslosen Ruhe hinzu, durch die zusammengedrückten Augen hinüberschielend.

Axel winkte ihm, zu schweigen, und biß sich auf die Lippe. Indessen der andre, ohne eine Miene zu verziehen, fuhr mit seiner kaltblütigen Baßstimme fort: Sie werden ein Pechvogel bleiben, Herr, soviel ich davon sehe. Sie haben kein Glück mit dem thörichten Weibervolk; Sie sollten's aufgeben, — wenn ich Ihnen raten darf. Da säet der Teufel immer sein Unkraut hinein ... Bleib doch sitzen, Axel. — Lassen Sie die Weiber gehen, wie ich, und erwerben Sie sich den Frieden Gottes!

Wenzel bewegte die Lippen, wie um etwas zu sagen. Aber von dieser altklugen Weisheit schien er kaum etwas gehört zu haben, denn er legte die unglückselige Tüte fester und fester zusammen, als beabsichtige irgend etwas Lebendiges herauszuspringen, und drückte sie dann heftig, wie um dem da drinnen wehe zu thun. Wo ist mein Hut, murmelte er endlich. Seine umherirrenden, tabaksrauchmüden Augen fanden ihn; er nahm ihn vom Riegel an der Wand. Er knöpfte den engen Rock über der Brust zusammen, und stand nun wieder in seiner elegischen, nach vorn geneigten Haltung, ein rührend hilfloses Bild der Entsagung, da. Uebrigens — — Uebrigens Sie irren, meine Herren! brachte er jetzt hervor, indem er die Stimme dämpfte.

Worin irren wir? fragte Lund, ohne sich zu rühren.

In — in der Sache, von der Sie sprachen. Wozu hätte ich noch ein Herz; ich in meinen Jahren und in meinem Zustand; — das wäre ja lächerlich. Worauf könnte ich wohl noch hoffen; bedenken Sie, meine Herren . . . Bitte, sagen Sie nichts mehr; lassen Sie mich gehen. An irgend einem Punkt ist der Mensch empfindlich . . . Sie sind junge Leute: Sie werden nun lachen über den alten Burschen, der mit Ihnen getrunken und so viel geschwatzt hat. Stillschweigen war besser! Aber wenn man oft wochen= lang schweigt — — wenn man zu keinem Menschen — — Meinen ergebensten Dank für die Gastfreundschaft. Es war mir eine Ehre, meine Herren. Leben Sie wohl!

Er bewegte seinen Hut, wie zum Abschiedsgruß, und ging, leise schwankend, hinaus.

III.

Nun, was ist dir, Axel? fragte Lund in seiner Mutter=
sprache, nachdem sie sich eine Weile in dem veröden Zimmer
stumm gegenüber gesessen hatten. Du kaust ja an deiner
Zigarre, wie jenes grämliche Krokodil in dem deutschen
Gedicht an seinem Lotosstiel kaut. Wenn ich vor der Ab=
reise noch etwas schlafen will, sollte ich nun nach Hause
gehen. Komm, du Sieger über Frauenherzen; komm, brechen
wir auf.

Um welche Stunde fährst du ab? fragte Axel und sah
plötzlich auf.

Morgen früh sechs Uhr und fünfundzwanzig Minuten.
Nach Mittag bin ich in Stettin; von da sogleich weiter.

Mit dem Dampfer.

Ja.

Die kleinen, weißen Zähne Axels bissen die Zigarre
mitten durch. — Ich reise mit, Lund.

Was?

Ja, ich reise mit.

Der überraschte Lund sah mit gekniffenen Augen und
halb offenem Mund Axeln ins Gesicht; eine geraume Zeit.
Der Jüngling blieb aber still und rührte sich nicht. Er

blickte nur auf den Rubin an seinem Finger, mit einem sonderbaren Lächeln, das ihn sehr verschönte.

Das könnte mir ja gefallen, sagte Lund nach diesem Schweigen. Aber vorhin wolltest du ja nicht. Warum willst du jetzt?

Axel antwortete nicht. Er hatte offenbar mit sich selbst zu sprechen. Er bewegte sogar die Lippen. Dann zog er seine Brieftasche hervor; eine zierliche, rote, juchtene, auf die man in Goldbuchstaben „Souvenir" gedruckt hatte. Langsam öffnete er sie und griff in eine ihrer Taschen, nach einer kleinen weiblichen Photographie. Doch es lag eine zweite daneben, und beide fielen zugleich auf den Tisch. Lund betrachtete sie forschend durch sein rechtes Auge, indem er das linke schloß. Er glaubte in der weiblichen — einer üppigen jungen Dame mit rundlichem Gesicht und großen, hellen, flachliegenden Augen — die „blonde Thusnelda", die Tochter dieses Hauses, zu erkennen; und er irrte nicht. Auf der andern Photographie sah ein Mann in mittleren Jahren, ein kurz geschnittenes, schwärzliches Bärtchen auf der Oberlippe, mit kleinen, klugen Augen dem Beschauer entgegen. Das ist ja der Senator Ludwig Grotius! sagte Lund und lächelte erstaunt.

Axel wollte etwas erwidern; doch die andre Photographie fesselte ihn zu sehr. Seine schönen, zärtlichen Augen vertieften sich in das kleine Bild. Allerlei Erinnerungen schienen in ihm aufzuwachen. Seine langen Wimpern senkten sich; seine vollen Lippen drückten sich gegeneinander, und rundeten sich, wie wenn man küssen will. Dies alles bemerkte Lund sehr wohl; aber er störte ihn nicht.

Ja, das ist der Senator; der Polizeisenator! sagte Axel

endlich, als Lund seine Frage von vorhin schon vergessen hatte. Das ist dieser angenehme Herr, der mich wegen des alten Lügners, des Nachtwächters, zwei Tage sitzen ließ. Sieh ihn dir an, Lund!

Ja, ich seh’ ihn schon an. Warum trägst du seine Photographie in der Tasche?

Wegen der Rache, Lund! Damit ich ihn nicht vergesse. Damit ich mich immer wieder daran erinnere, daß ich ihm etwas schuldig bin . . .

Plötzlich begannen die Rehaugen des jungen Schweden zu leuchten. Bist du wirklich mein Freund? fragte er.

Ich glaube wohl.

Wollen wir noch einen letzten tollen Spaß miteinander machen? und ihm als Andenken zurücklassen? — Damals im Polizeihaus oder wie es heißt, hab’ ich’s geschworen, Lund! — — Morgen früh, noch eh der Morgen graut, fahren wir ab. Heute nacht aber — —

Nun, was?

Da draußen am Hafen, beim Kran, liegt ja noch das Schiff, das damals vom Stapel lief. „Ludwig Grotius“ haben sie’s getauft, diesem kleinen Senator zu Ehren, der sich so schön findet, Lund. Und in ganzer Figur haben sie ihn geschnitzt, mit weißen Hosen und niedlichen Vatermördern, damit er vorn unter dem Bugspriet, als „Galion“, mit durch die Wellen kitscht, und den staunenden Hafenvölkern in Helsingör und Malmö und Stockholm und Bergen zeigt: so ein Kerl bin ich, Ludwig Grotius! — Heute morgen brachten sie ihn hin, um ihn festzumachen; aber die ungeschickten Kerle haben ihn fallen lassen, daß von der Unterlage so ein Stück abgesprungen ist; — nun liegt der schöne

Herr Ludwig Grotius in ganzer Figur auf dem Verdeck. Sollen sie ihn morgen ausbessern und an seinen Platz bringen, Lund? Geben wir das zu? — Nein! — Wenn morgen der wirkliche, lebendige Polizeisenator kommt, um den geschnitzten Polizeisenator zu besuchen, — dann soll er ihm nachpfeifen, Lund. Dann soll er sich seine sieben Barthärchen ausraufen und fragen: wo bin ich geblieben?

Und wie wolltest du das anfangen?

Mit deiner Hilfe, Lund! — Wenn's gegen Mitternacht geht, und am Strand Totenstille ist, dann steigen wir vom Bollwerk aus auf das Schiff. Wir binden dem geschnitzten Ludwig Grotius einen Strick um den Leib, ziehen ihn über Bord und ans Land; und führen ihn dann zwischen uns, Arm in Arm, durch die leeren Strandstraßen, bis an den stillen alten Ballastplatz da hinten bei den Bretterstapeln. Da wünschen wir ihm dann gute Nacht und werfen ihn sanft, mit einem Stein um den Hals, ins Wasser —

Du verruchter Kerl! sagte Lund und lachte.

Darauf gehen wir heim, jeder in sein Quartier. Ich schleiche in mein Zimmer, packe mir nur eine Reisetasche, meine andern Sachen lasse ich beim Pensionsvater stehen; — damit er nicht gleich am frühen Morgen merkt, daß ich ihm davongeflogen bin, und mir nachtelegraphiert! Sind wir erst drüben in Malmö, — das Herz meines Vaters werd' ich wohl erweichen. Er ist sehr in der Uebung, Lund, mir zu verzeihen! ... Unterdessen laufen sie hier am Strand umher, wie Ameisen, denen du ein Loch in ihr Nest gestoßen: „wo ist unser großer Ludwig Grotius? wo ist der hölzerne Senator mit den weißen Hosen?" Und der Be-

schützer der Nachtwächter legt seine schöne Hand auf sein
gekränktes Herz — — Warum siehst du mich so an, Lund?
Willst du nicht?

Und wenn sie den geschnitzten Herrn dann nicht wieder=
finden? fragte Lund zurück.

Von Schweden aus thun wir ihnen kund und zu
wissen, wo sie ihn suchen können!

Lund sah den Jüngling mit durchdringendem Blick
von der Seite an. Und warum willst du auf einmal mit
mir fort? fragte er wieder.

Axels Gesicht ward ernst. In den Muskeln seiner
Wangen regte sich etwas, das eine weiche Empfindung
seines Gemüts stärker verriet, als er wollte. Ich will
dir etwas sagen, murmelte er dann; alter Satyr, lache
mich nicht aus!

Nun, je nachdem!

Das ist dieselbe Amalie, die da oben wohnt, fuhr
Axel mit halber Stimme fort, auf die Photographie deutend.
's ist dieselbe, Lund, die — der andre zu gern hat; der
rührende alte Kerl; — der Märtyrer mit der Torte. Ich
bin einer von diesen „Franzosen des Nordens", sagst du ...
Lund, es mag sein! Ich will auch nur sagen: einem andern
hätt' ich sie wohl nicht gelassen; aber dieser gute Mensch —
dieser Götterkerl — — Jetzt nicht lachen, Lund. Sie wäre
in acht Tagen mein geworden, wenn ich wollte; — aber
ich reise ab. Ich möchte, daß sie eines Tages seine Frau
würde, Lund; daß die Torte nicht wieder an ihm vorüber=
ginge. Ich möchte, daß er endlich einmal gute Tage hätte;
und er liebt sie; ich hab's gesehen. Das einzige Schaf des
Armen! — Ich dagegen, der ich noch das ganze Leben vor

mir habe; ich, der junge, reiche, hübsche — denn wir müssen
zugeben, daß ich ein hübscher Kerl bin; warum das leugnen,
Lund — — während er — —

Mit einer plötzlichen Bewegung nahm Axel Amaliens
Photographie vom Tisch, sah sie noch einmal an, und zerriß
sie dann in viele Stücke. Nachdem dies geschehen war,
sammelte er sie langsam und versenkte sie in seine Tasche.
Ich bin wirklich nicht schlecht in sie verliebt, murmelte er
mit verhaltener Bewegung. Und sie in mich … Aber
eines Tages, hoff' ich, wird das alles anders; und sie macht
ihn glücklich … Worüber lächelst du?

Ich hab' nur so meine Freude, weiter nichts, ant=
wortete Lund.

Darum also will ich mit dir fort! — — Und du,
willst du nun diese letzte Dummheit mit mir machen? die
mit dem hölzernen Ludwig Grotius? Willst du, oder
nicht?

Sonderbarer Narr du! — Warum willst du sie
machen?

Axel sah vor sich hin; dann, mit einem aufgeregten
Lächeln, zu dem Freund hinüber. Lund! Ich muß mich
ableiten; — lache nur, es macht nichts. Wir kleben uns
Bärte an; für den Fall, daß uns jemand dabei sehen sollte.
Du bist ja auch ein „schenkelrascher Pelide“: jedenfalls laufen
wir diesen schwerbeinigen Seehunden davon … Ich muß
mich austoben, Lund! — — Und dann noch eins (er faßte
ihn vorn an einem der Knöpfe seines Rocks, rieb und drehte
daran, und strich mit der feinen Hand über das Tuch
herunter): Lund, ich habe edle Regungen; aber Blut hab'
ich auch! Wenn zum Beispiel mir das Mädchen nach Malmö

schriebe: ich kann nicht ohne dich leben, komm wieder; ich thue dir ja alles zuliebe, alles was du willst — — hübsch ist sie, Lund. Hab' ich aber diesen Streich gemacht, dann kann ich nicht wiederkommen. Das ist das Gute an der Sache, Lund! — Wir wollen zahlen und gehn!

————

IV.

Es war, für so winterliche Zeit, eine milde Nacht. Wenzel, den die Not — nämlich der Mangel eines warmen Ueberrocks — abgehärtet hatte, fühlte sich bald zu warm bei seinem raschen Schritt. Er öffnete den Rock, lüftete das Halstuch und stand zuweilen, tief Atem holend, still. Sein Weg nach Hause hätte ihn am Strande entlang geführt; aber obgleich es so spät war, wandelte er in einem großen Bogen um die Stadt herum, auf den alten „Wällen“, unter den Linden hin: denn wo hätte er jetzt schon Schlaf gefunden, bei dieser fiebernden Unruhe seines Hirns. Das Gespräch, der Wein, zuletzt die Enthüllung des geheimen Kummers, mit dem er zu kämpfen hatte, trieben ihm das Blut in heißen Wellen zum Kopf. Er bereute seine Ge= schwätzigkeit; dann freute er sich wieder, daß der Wein so gut war; dann blieb er wieder stehen und seufzte über Amalie und über sein Geschick. Die kahlen, schwarzen Aeste über ihm kletterten in krausen Linien durch die graue Luft. Fast unbewegliche Wolken standen hoch darüber und verhüllten das Sternenfeld; aber ein blasser Lichtschein durchdämmerte das Gewölk und verriet die Wirkung des unsichtbaren Mondes, der im Osten aufstieg. Die dunklen Häuser und die braunen

Gärten der Vorstadt lagen jenseits des breiten, tiefen Wall= grabens still wie in festem Schlaf; nur hie und da schimmerte eine helle Hausfront, von einer Laterne beleuchtet, aus dem farblosen Straßenzug herauf. Der Weg, auf dem Wenzel ging, krümmte sich wie ein Kreis; denn der Wall zog hier, als Bastion vorspringend, um die alte „Teufelsgrube" herum, einen tief eingebetteten Teich, auf den man wie auf einen halbgefüllten Trichter hinuntersah. Uralte, schwarze Kanonen standen oben auf der Höhe. Von da über die „Teufelsgrube" hinwegblickend starrte der einsame Träumer auf den Turm des „Kröpeliner Thors", der wie ein mächtiges Wahrzeichen zum Gewölk emporstieg, und auf die Kirchen und Mauern dieser alten Stadt. Nahe und ferne Kirchen= uhren schlugen. Wenzel horchte; es war Mitternacht.

Ist es möglich? dachte er. Geh' ich schon so lange? Und hatten wir so stundenlang in dieser Strandkneipe ge= schwatzt? — — Der Türmer blies vom Marienturm seinen eintönigen, fast klanglos verflatternden Stundenruf in die Nacht hinein. Aus der Tiefe, vom Teufelsteich, kamen sonderbare Töne herauf, es war zuerst, wie wenn Frösche quakten. Bald aber erkannte Wenzel, daß einige der Enten schnatterten, die den Teich bewohnten. Sie mochten halb oder ganz aus dem Schlaf erwachen; sie schnatterten offen= bar ohne Sinn und Verstand; ein widerliches, unheimlich= nüchternes Altweibergeschwätz in der Geisterstunde. Plötzlich erhob sich aber, während dies verstummte, ein andrer, ge= spenstischerer Klang. Eine der unsichtbaren Krähen auf den fernen Dächern begann laut zu krächzen, wie aus dem Schlaf geschreckt. Es ertönte wie ein heiseres Wehgeschrei durch die tiefe Stille. Sogleich erwachten, wie es schien, Hunderte von Krähen und Dohlen aus ihrem sonst so friedlichen Schlummer; von allen Dächern schienen sie zu rufen, zu fragen, zu schreien und zu jammern, so verwirrend erscholl dieses Durcheinanderkrächzen. Drüben aus der Vorstadt warfen die Häuserreihen den Widerhall zurück; es klang, wie wenn auch dort ebenso viele Hunderte erwachten und Antwort gäben. In diesem Augenblick brach der späte Halbmond durch das auseinanderweichende Gewölk. Neben dem horchen= den, leise schaudernden Wenzel, ihm zur Seite zwischen den schwarzen Kanonen, ward etwas Dunkles, wie eine Menschen= gestalt, am Boden sichtbar. Wenzel schrak zusammen . . . Er blickte hin; doch mit Scheu. Ihn durchfuhr plötzlich der Gedanke: dort liegt das, warum die Krähen erwachten, und warum sie krächzen. Ein Erschlagener . . .

Das Mondlicht ward heller und Wenzel lächelte. Er atmete beruhigt auf. Was dort am Boden lag, war sein eigener Schatten; der Mond zeichnete ihn auf das ver= gilbte Gras. Doch nun fühlte er erst, wie seine Pulse schlugen. Er hatte eine Hand auf die schwer atmende Brust gelegt, ohne es zu wissen; ein Schauder, der ihm über den Rücken gelaufen war, saß ihm noch im Nacken, im Hinter= haupt, so daß ihm war, als greife dort eine Faust in sein zusammengepreßtes Haar. Großer Gott! dachte er und schämte sich. Wessen Schatten ist das? Eines alten Narren, der noch immer ein Kind ist. Warum sollte hier ein toter Mann liegen; was sind das für Gedanken . . . Mitternacht. Nun ja, warum denn nicht Mitternacht; — an Geister glaubt ja doch wohl der alte Esel nicht mehr! — Was gehen mich die Krähen an; — — jetzt werden sie still. Dieses unglückselige Gespräch über meine Kriminalphantasien,

meine Mord= und Prozeßgedanken; das geht mir nun nach ...
Und das Bier, der Wein; — — aber der Wein war gut.
Mild und stark! — Was für eine Gottesgabe! — — Geh
nach Hause, Wenzel. Beruhige dich, wasch dir den heißen
Kopf, und dann schlaf aus. Siehst du, wenn du gehst,
geht auch der „tote Mann“, der da unten lag. Siehst du
wohl, wie er vor dir her geht. Er ist gescheiter als du,
er geht dir voran, nach Haus. Geh ihm nach; geh schlafen!

Wenzel ging seinem Schatten nach; den Weg zurück,
den er gekommen war, und durch die Strandstraßen hin.
Hier verschwand der Schatten; der Mond beleuchtete nur
die Giebel und die Dächer, denn die Höhe des Himmels
hatte er noch nicht erstiegen, und in diese einsamen, toten,
engen Gassen, die mit dem Fluß in gleicher Richtung liefen,
dämmerte nur sein Widerschein hinab. Von Zeit zu Zeit
senkte sich, über Kreuz, eine hellere, breitere Straße aus der
hügeligen Stadt herunter, lief auf den Hafen zu, und die
im Mondlicht glänzenden Masten der Schiffe erschienen.
Dann verschwanden sie wieder, und die alte Strandgassen=
dämmerung legte sich dem Träumer vors Gesicht. Er dachte
an die kleinen Nichten, die nun friedlich schliefen; und an
die Geschichte von der Torte, die den freundlichen jungen
Fremden so gerührt hatte ...

Du! es geht langsam mit dem alten Burschen! hörte
er plötzlich eine Stimme sagen.

Eine andre Stimme antwortete, wie zur Ruhe ver=
weisend; aber in einer Sprache, die Wenzel nicht verstand.
Er sah nur auf und ging weiter. Drei männliche Gestalten
befanden sich vor ihm auf der Straße; in dunklen Kleidern,
nur die mittlere hatte helle Hosen, die in dem ungewissen

Dunkel leuchteten. Der muß warmes Blut haben, dachte Wenzel, daß er in dieser Jahreszeit Sommerhosen trägt!

Einer der Männer flüsterte, als Wenzel näher herankam, und sie wichen aus. Zwei von ihnen führten den dritten, den in den Sommerhosen; dieser dritte schien nicht sehr sicher auf den Füßen zu sein, denn bei jedem Schritt schwankte er etwas, bald nach rechts, bald nach links, und willenlos schien er sich den andern zu überlassen. Sie führten ihn von der Straße auf den Bürgersteig, wobei er strauchelte, und zogen ihn hinauf wie ein kleines Kind.

Kann er denn nicht die Beine selber heben! dachte Wenzel, der sonst in aller Gutmütigkeit die Menschen gewähren ließ. Dieser Trunkenbold!

Er blieb unwillkürlich auf der Straße stehen.

Dies schien den andern, den Nüchternen, etwas peinlich zu sein; denn sie flüsterten wieder, von ihm abgewandt, und der eine von ihnen suchte den Elenden, der nicht stehen konnte, mit seinem ausgespannten Mantel zu verdecken. Auch drückte er ihm den hohen, weichen Filzhut fester auf den Kopf. Das gefällt mir an ihm, dachte Wenzel, daß er für den Schweinigel, den Betrunkenen, soviel Schamgefühl hat. Der aber steht wie ein Klotz; mit dem Kopf gegen die Wand ... Was für ein Elend ist es doch, in der edlen Gottesgabe sich zu übernehmen! Wenn ich damals Friederikens toten Vater nicht hätte leben lassen — —

Nun, erbrich dich einmal, alter Junge! sagte einer der Nüchternen mit heller Stimme zu dem in den hellen Hosen, der sich gegen ein Haus lehnte. Vielleicht, alter Junge, daß dir dann besser wird!

Der „alte Junge" erwiderte nichts; nur ein unterdrücktes Lachen, von dem andern zur Rechten, ließ sich hören.

Wenzel stand nicht länger; aus Zartgefühl ging er seines Weges weiter. Sie sollten ihm eine Feder oder dergleichen in den Mund stecken! dachte er im Gehen. Diese helle Stimme war mir so bekannt; — doch wem sie gehört, könnte ich nicht sagen. Der „alte Junge" (er blickte einmal zurück) steht noch immer, ohne sich zu rühren. Eine Puppe von Holz kann nicht hilfloser, klotziger, willenloser sein, als dieses sogenannte „Ebenbild Gottes" da. O du „Krone der Schöpfung", was kann aus dir werden!

Indem er das dachte, ließ er die drei hinter sich, im Dunkel, und trat durch eines der Strandthore (zur Zeit dieser Geschichte standen sie noch) auf den „Strand" hinaus. Hier lag heller Mondschein auf den Ziegel- und Balkenhaufen, den am Ufer hingestreckten Ankern und Ketten, den hochragenden Schiffen, den Landungsbrücken und dem fast wie ein See ausgebreiteten Fluß. Links, hart am Wasser, erhob sich der „Kran", mit dem man die Masten in die neugebauten Schiffe einläßt; er streckte seinen Hebearm wie einen ungeheuren Elefantenrüssel schräg in den Himmel hinaus. Mit nackten Rahen lagen die großen Fahrzeuge, dicht gedrängt, wie ein winterlicher Wald ohne Blätter da; die dunklen Rumpfe, die noch keine Fracht zu tragen hatten, stiegen hoch über dem Bollwerk auf. Alles war still und tot, wohin man sah. Auf den verlassenen Strickleitern kletterte nur das Mondlicht auf und ab. Die Schiffe rührten sich nicht, denn die Luft war leblos. Glatt lag die bleigraue Fläche des Wassers, bis zum niedrigen Ufer drüben; vorne aber am Bollwerk, an das Wenzel herantrat,

schwärzte sie tiefer Schatten, der sich nicht bewegte. Nur ein
leichter Wasserdunst schien heraufzusteigen; und dem schno=
bernden Wenzel war's, als rieche er sogar Meerluft, ob=
wohl die See noch mehr als eine Meile entfernt war. So
still schlief die Nacht, daß er das klingende Platzen der
Blasen im Wasser hörte. Auch das leise Schnalzen der
kleinen Fische erklang; zuweilen erknarrte langsam eines der
straffen Taue auf den Schiffen, oder am Bollwerk gluckste,
kaum vernehmbar, ein einziges, letztes, eingefangenes Wellchen,
das in seinem Winkel zwischen Pfahl und Ufer sein müdes
Dasein verhauchte.

Wenzel sah umher und begann zu träumen. Ueber
ihm ragten die langen Bugspriete der dem Land zugekehrten
Dreimaster wie riesige Kanonenläufe in die Luft hinein,
über den Hafendamm weg. Die weißen Gestalten und
Brustbilder am schwarzen Bug sahen ihn ernsthaft und ge=
spenstisch an, wie Gefangene, Verzauberte, die sich nicht
rühren können. Die beiden großen Löcher rechts und links
im Bug, durch welche die Ketten liefen, erschienen ihm wie
die Augen des Schiffsgesichts; die großen Anker hingen wie
gewaltige Haarlocken über den Bord herab. Wenn mir
vielleicht eines Tages — dachte Wenzel — so ein Ungeheuer
Amalie Berring entführt, ins Meer hinaus! Ihr Jüngling
steht dort an Bord und lockt sie; und sie springt ihm
nach — und das Schiff stößt ab! ... Soll ich das dulden?
Nein. Ich springe auch; klammere mich an — —

Sein Blut ward wieder wild; er bewegte die Finger,
und mit großen Schritten ging er am Ufer fort, ohne auf=
zusehen, ohne zu wissen wohin. An die Schiffsleiter, dachte
er, klammere ich mich an; ich schwinge mich über Bord ...

Will er mir das einzige, was ich habe, lassen, oder nicht? — Will er nicht? — Wie, du schlägst nach mir? Vor den Augen Amaliens schlägst du mir ins Gesicht — — Das ist zu viel. Das fordert Blut. Schurke, das wird dein Tod! — Ich bin stark, siehst du, ich hab' noch Kraft in den Armen; siehst du, wie ich dich halte? Und wenn du dein Messer ziehst, drück' ich dich zusammen, wie wenn du von Gummi wärst, und werfe dich über Bord ... Halt dich nur an der Strickleiter fest; es hilft dir nichts! So, so, so reiß' ich dich los; hinunter ins Wasser mußt du, elender Verführer du — —

Plötzlich sah er auf. Da hinein mit dir! hörte er jemand sagen.

Am Bollwerk, nicht weit von ihm, standen zwei Männer, die einen dritten hielten. Sie waren ihm abgewandt, ihre Gesichter konnte er nicht sehen. Ehe er noch „drei“ hätte zählen können, zog einer den dritten, den er fast verdeckte, näher bis zum Rand, gab ihm einen gewaltigen Stoß, und der Mensch sank wehrlos und lautlos in den Fluß hinab.

Herr mein Gott! rief Wenzel aus.

Im nächsten Augenblick sahen die beiden Uebelthäter ihn an; helle Gesichter mit schwarzen Bärten erschienen in dem ungewissen Mondlicht, das wieder durch Gewölk ver= schleiert war. Der größere von den beiden stieß einen kurzen, raschen Laut hervor, und lief dann mit solcher Ge= schwindigkeit davon, daß er sogleich hinter Bretterstapeln verschwand. Der andre blieb — wie es schien, vor Ueber= raschung — stehen. Vom Wasser her kam ein harter, dumpf klatschender Schall; aber kein Schrei, kein Stöhnen, kein

Laut einer Menschenstimme; nichts mehr. Herr mein Gott! rief Wenzel noch einmal aus.

Nun schien auch der andre, kleinere an Flucht zu denken; er wandte sich und setzte sich in Bewegung. Indessen Wenzel, der sein erstes Entsetzen überwand, sprang mit langen Schritten auf ihn zu und ereilte ihn. Mörder! Mörder! sagte er mit zitternder Stimme und packte ihn am Arm.

Der andre riß sich los. Er schien etwas erwidern zu wollen, während er seinem Verfolger scharf in das Gesicht sah. Doch er schloß den Mund wieder, und dem fassungs= losen Wenzel war's, als ob dieses jugendliche, schwarzbärtige Ungeheuer lächelte. Fliehen Sie! Schweigen Sie! sagte endlich die Stimme dieses Ungeheuers in einem künstlichen, gezwungenen Baß. Nehmen Sie das da! Behalten Sie's!

Damit zog der Mensch einen Ring vom Finger — wenigstens schien es so — steckte ihn mit unglaublicher Geschwindigkeit an den kleinen Finger von Wenzels rechter Hand, und schlug dem noch immer Fassungslosen auf die rechte Schulter. Im nächsten Augenblick lief er davon, auch den Brettern zu. Fliehen Sie! Schweigen Sie! rief er noch zurück. Fliehen Sie!

V.

Die in der Phantasie so traumbildend, so ergiebig leben, sind selten die Geistesgegenwärtigsten in der Wirklichkeit; — wenigstens Herr Wenzel war in diesem Falle, und sein rasches Erwachen aus dem ersten Schreck hatte ihn selbst überrascht. Der zweite Schreck — den Mörder lächeln zu sehen, und so reden zu hören — verflog nicht so bald. Bewegungslos wie der Unglückliche, den das Wasser verschlungen hatte, starrte er dem Flüchtling nach, bis dieser hinter dem ersten, zweiten, dritten Bretterhaufen verschwunden war. Dann erst schüttelte er die Erstarrung von sich ab und lief hinterdrein.

Täuschte er sich, oder lief ihm selber jemand aus der Ferne nach? — Er wußte nicht mehr, was er sah und hörte. Auch die Schatten hinter den Brettern verwirrten ihn, als er um die Ecke kam; mehr noch die Schatten der Bäume, die aus der angrenzenden Allee herüberfielen: bald schienen sie Menschen zu sein, die sich verbargen, bald auch wieder nicht. Endlich sah er einen andern, körperlicheren Schatten, der weit hinten in der Allee vorüberhuschte; darauf einen zweiten, der ebenso rasch verschwand. Das sind sie ja wieder! dachte er und seufzte. Atemlos — denn er

war des Laufens nicht mehr gewohnt — stürzte er ihnen
nach, bis er nicht mehr konnte. Wieder schien jemand hinter=
drein zu traben, aus der Ferne her. Dann erscholl ein
Pfiff . . .

So war er bis zum Petrithor gekommen; erschöpft
stand er hier still. Die beiden, die er verfolgte, waren
längst verschwunden; vielleicht in eine der Nebenstraßen ge=
flohen; — wie sollte er wissen, wohin. Er ging noch durch
das Thor hindurch, an dem der gemalte „Vogel Greif“,
das Wahrzeichen der Stadt, seinen Märchenschweif ringelte;
ging ein paar Häuser weiter, die Eliterstraße hinauf. Dann,
da er in der öden Stille nichts mehr sah, nichts hörte, blieb
er ratlos stehn.

Da wär’ ich nun richtig vor meinem Haus! dachte er
verwirrt. Links, eine grüne kleine Anhöhe hinauf, erhob
sich die Petrikirche mit ihrem endlosen spitzen Turm, dem
höchsten der Stadt; rechts, in der Häuserreihe, stand das
kleine, dürftige Gebäude, in dessen oberem Stock er mit
Marthe und Grete Schmidt, seinen Nichten, wohnte. Denn
in dieser armseligen Gegend ließ sich billig leben; und er
hatte das unentgeltliche Vergnügen, von seinem Fenster aus
den stillen, feierlichen Kirchenplatz und den zum Himmel
hinaufweisenden Turm zu sehen . . . Warum ist denn Licht
in meinem Zimmer? fragte er sich verwundert. Oder seh’
ich falsch? Träum’ ich? Bin ich nicht recht bei Sinnen?
Hab’ ich auch dieses fürchterliche Ereignis und die Flucht,
die Verfolgung, alles nur geträumt? — Wenn ich wirklich
bei Sinnen bin, seh’ ich da oben Licht. Was bedeutet
das? — — Er griff in die Tasche, zog mit zitternder Hand
seinen Hausschlüssel hervor, und öffnete die Thür.

Mit drei Schritten war er bei der engen, hölzernen Treppe, die er im Dunkeln fand; er stolperte hinauf. Als er aber in sein Zimmer kam, stand er beruhigt still. In der That brannte die Lampe auf seinem Tisch; Frau Schwäbke hatte offenbar in der Schlaftrunkenheit vergessen, sie aus= zulöschen; aber sie selber schnarchte friedlich nebenan (die Thür war offen), und ebenso unversehrt und ungestört schliefen Marthe und Grete in ihrem gemeinsamen Bett. Neben dem seinen stand es an der Wand; denn „ich bin ihnen ja Onkel und Tante, Frau Schwäbke", pflegte er zu sagen. Die kleine Kammer nebenan war für Frau Schwäbke allein; in diesem „Salon" aber, oder dieser „besten Stube", wie Wenzel der Humorist sein einziges Zimmer nannte, lebte die „Familie" bei Tag und bei Nacht. Hier spielten die Kleinen, wenn er als Lehrer der Jugend in die Häuser der „Reichen" ging; hier schrieb er ab, wenn sie schliefen; hier wälzte er sich noch zuweilen phantasierend auf seinem Strohsack, wenn sie schon erwachten . . . Er trat an ihr Bett. Unter einer blau und weiß gestreiften, großen Decke lagen die Zwillinge, Nachtmützchen auf dem Kopf, so über= einstimmend da, als wären sie ein einziges Geschöpf mit zwei kleinen Köpfen und vier kleinen Armen. Je zwei dieser Arme — alle mager und fein — lagen mit ineinander ge= falteten Händen auf der Decke. Die Köpfe hatten sich ein wenig auf die Seite geneigt, beide nach links. Ueber jede Stirn fielen ein paar Löckchen; darunter streckte sich je ein längliches Näschen, das schon jetzt verriet, daß es einst der großen Nase des Onkels gleichen wolle. Dieses zweiköpfige Wesen schien nur ein Lungenpaar zu haben: denn gleich= mäßig hob und senkte sich die Decke hier und dort. Sogar die Lippen hatten sich hier und dort geöffnet; beide schienen zu lächeln.

Hm! murmelte Wenzel. Wenn man sie so ansieht — und nicht ihr Onkel und ihre Tante ist — könnte man wohl fragen: warum wurden zwei daraus? — Wohlfeiler ließen sie sich ernähren, wenn die Natur die Sache ver= einfacht hätte (er lächelte wehmütig); wenn dieses Wesen nur Grete oder Marthe hieße — — Nichts für ungut, Grete — oder Marthe — je nachdem. Ich sage nur so. Ich meine es nicht so. Keiner von euch will ich zu nahe treten; ich will eine Grete und eine Marthe haben; und euch beide zu großen Frauenzimmern zu machen, dazu wird's ja noch reichen! — Ich bin ja gesund; dieser Schwindel hat nichts zu sagen — —

Indem er das murmelte, setzte er sich hin; denn die überreizten Nerven spielten plötzlich ein thörichtes Spiel mit seinem Blut, ließen es nicht zum Hirn, und das Bewußt= sein drohte ihm zu entfliehen. Er griff nach der Lehne des Stuhls, in den er gesunken war, und hielt sich fest. Eine Weile war ihm, als wisse er nur noch von sich, daß er Wenzel heiße; — dann weckte ein lauter Pfiff, von der Straße her, ihn wieder auf. Schwere Tritte ertönten auf dem Pflaster. Eine Baßstimme ließ sich vernehmen; bald darauf eine zweite, die nur flüsterte. Wenzel fuhr wieder empor.

Wird die Straße noch einmal lebendig, dachte er, in so tiefer Nacht? Pfiff nicht jemand; ebenso wie vorhin? — — Vorhin — — Hatt' ich denn ganz vergessen, was vorhin geschehen ist? Warum steh' ich denn hier? Muß ich nicht zum Steinthor laufen, auf die Polizei — melden,

was ich gesehen habe, ich mit meinen Augen — wie er
ins Wasser fiel — — Lautlos, wie ein Stück Holz, fiel
der Mensch hinein. War er denn schon tot? — — Und
dieser Schwarzbärtige, der lächelte und mir sagte — —

In diesem Augenblick sah er auf seine Hand, und sah
den Ring. Es war ein wirklicher, leibhaftiger Ring, den
ihm der Mörder an den Finger gesteckt hatte. Von neuem
entsetzt nahm er ihn in die Hand. Ein großer Rubin leuch=
tete ihm entgegen . . . Wie? Hatte er nicht so einen Rubin
heute nacht gesehen? bei dessen Anblick ihm der Gedanke
kam: „davon könnt' ich ja wohl ein Jahr leben, ich mit
meinen Nichten?" — Und dieser Rubin steckte damals an
einer weißen Hand; an der Hand des hübschen jungen
Fremden, der ihn so zärtlich umarmt hatte — —

Man polterte die Treppe herauf; dieses Geräusch unter=
brach seinen Gedankengang. Die Thür seines Zimmers
ward geöffnet, ohne daß jemand geklopft hätte. Ein Nacht=
wächter trat herein; dann ein Schutzmann in seiner Uni=
form, und ein alter Matrose — wie es schien — der sich
keuchend den Schweiß von der Stirne wischte. Doch als
diese alte „Teerjacke" den plötzlich erblassenden Wenzel ins
Auge gefaßt und eine Weile scharf beobachtet hatte, keuchte
er dem Schutzmann zu: Sehen Sie, da steht er! Das is
er! Herr, varhaften Sie diesen Herrn; das is einer von
die Varbrecher! warraftig und Gott!

———

VI.

In der „Schreiberei“ saß der kleine Senator Ludwig
Grotius, der Direktor des Polizeiamts dieser alten Stadt,
am Morgen nach dieser Nacht hinter seinem Tisch. Es
war das Zimmer, in dem er die Feinde der öffentlichen
Ordnung und des Gesetzes zu verhören pflegte; ein altes,
einfaches, trauriges Gemach, wie es selbst Wenzels düstere
Phantasie sich nicht einfacher und trauriger gedacht hätte.
Mitten in diesem Zimmer stand er selbst, Gottlieb Wenzel,
vor des Herrn Grotius Tisch. Die Feder des Polizeischrei=
bers, der etwas zur Seite saß, knisterte mit mechanischer
Geschäftigkeit über den großen Protokollbogen hin, immer
von links nach rechts. Wenzel hatte gesprochen, nun ver=
stummte er. Er zog sein großes, buntes Schnupftuch aus
der Tasche, um sich die „hohe Denkerstirn“ zu trocknen; zog
dabei auch eine Düte mit hervor, sah sie zu Boden fallen,
bückte sich aber nicht, um sie aufzuheben, sondern mit fin=
sterer Unbeweglichkeit sah er auf sie herab.

Was ist das? fragte der Senator Ludwig Grotius
scharf und streng.

Knallbonbons, antwortete Wenzel.

Warum hat man sie Ihnen nicht abgenommen? fragte
der Senator.

Die Düte hatte ſich in mein Taſchentuch verwickelt, darum hat man ſie vermutlich nicht bemerkt, antwortete Wenzel gutmütig, um den nachläſſigen Schutzmann zu ent=ſchuldigen.

Und mit Ihrer Geſchichte ſind Sie nun zu Ende?

Ich habe ſie erzählt, Herr Senator, wie ſie ſich zuge=tragen hat, erwiderte Wenzel; ganz der Wahrheit gemäß!

Der Polizeiſchreiber ſah von ſeinem Bogen auf und lächelte.

Wir kennen dieſe Geſchichte, ſagte der kleine Senator ſelbſtbewußt, indem er eines ſeiner kleinen, klugen Augen ſchloß und mit dem andern auf Wenzel zielte. Sie wird oft erzählt! Man kommt gerade von ungefähr dazu, während der Mord — oder was es nun iſt — geſchieht. Man iſt ganz unbeteiligt. Man will ſogar den Verbrecher feſthalten — kommt ihm dabei zu nahe — er ſteckt einem etwas in die Hand und läuft davon; — ſo erklärt ſich dann ſehr einfach, daß man das corpus delicti bei uns findet. Wie geſagt, dieſe Geſchichte iſt ſehr beliebt; ſie wird oft erzählt. Nur müſſen Sie ſich nicht wundern, daß ich ſie nicht glaube.

Ich wundere mich auch nicht! erwiderte Wenzel mit düſterer, ſchwermütiger Reſignation, ohne zu widerſprechen. Ich wußte, daß ich keinen Glauben finden würde. Ich habe es gewußt.

Woher haben Sie es gewußt?

Wenzel ſchwieg. Er machte nur eine Bewegung, wie wenn er dies alles ſchon vor Jahr und Tag erwartet hätte. Dann ſah er mit verzweifelter Ruhe vor ſich hin.

Es würde Ihnen auch nichts nützen, wenn Sie ſich wunderten, fuhr der Senator ſelbſtzufrieden und faſt heiter fort.

Ich will Ihnen nun sagen, was ich von der Sache denke. Fürs erste gefallen mir diese angeblichen „harmlosen Wanderer" nicht, die jemand ins Wasser werfen sehen und nicht um Hilfe rufen —

Ich war so betäubt, Herr —

Die dann selber davonlaufen, wenn ein dritter kommt —

Ich lief ihm ja nach, Herr —

Die dann einfach nach Hause gehen, statt die Polizei zu alarmieren —

Das Licht, das ich in meinem Zimmer sah — —

Und die man dann findet, während sie mit einem Rubinring liebäugeln, den ihnen niemand geschenkt hat! — Fürs zweite aber will ich Ihnen sagen, was der Zeuge Jakob Russow, Matrose, von hier, vor mir ausgesagt hat. Er kommt eben von der Kosfelderstraße auf den Strand hinaus, und geht nach links, nach dem Wall zu; da hört er hinter sich, in der stillen Nacht, einen schweren Fall ins Wasser, wie wenn ein Mensch hineinfällt. Wo, kann er nicht sagen, denn es kommt von fern; — aber er macht kehrt, wie es die Schuldigkeit jedes ordentlichen Menschen ist, und geht auf die Richtung zu. Da sieht er zwei Männer davonlaufen, einen Kleinen und einen Großen. Der ist also nicht von selber hineingefallen! denkt er — wie es r i c h t i g war — und läuft ihnen nach. Doch weil er ein älterer Mann und etwas kurzatmig ist, holt er sie nicht ein. Er ruft aber den Nachtwächter an, den er die Grubenstraße herunterkommen hört; und dieser pfeift einem andern; und unterdessen eilen sie, so schnell sie können, dem G r o ß e n, dem L a n g e n nach, der auch stehen bleibt und Atem holt;

und behalten ihn im Auge bis zu seiner Thür. Und als hier ein Schutzmann zu ihnen stößt, dringen sie ins Haus durch die unverschlossene Thür —

Ich schloß nicht wieder zu — weil das Licht in meinem Zimmer mich so sehr verwirrte —

Und diese drei finden den Großen, und in seiner Hand diesen Ring; — und der Große sind Sie!

Ja, der Große bin ich, sagte Wenzel und sah resigniert an sich hinunter. Ich aber war's, der dem Kleinen nachlief --

Unterbrechen Sie nicht. Ich bin nicht zu Ende. Fürs dritte will ich Ihnen sagen, was sich an diesem Morgen weiter begeben hat. Herr Schwan, Inhaber einer Pension für junge Ausländer, dahier, schickt heute vormittag auf die Polizei: einer seiner Pensionäre, ein junger Schwede, Namens Axel Palmblad, sei in dieser Nacht nicht nach Hause gekommen; ob vielleicht die löbliche Polizei — wie schon einmal der Fall war — seinen gegenwärtigen, freiwilligen oder unfreiwilligen, Aufenthalt anzugeben wisse. Ich lasse darauf zurückmelden: bei uns befindet sich besagter Axel Palmblad diesmal nicht; den Herrn Schwan aber lasse ich ersuchen — und so weiter. Herr Schwan kommt zu mir, und ich zeige ihm den bei Ihnen gefundenen Ring. Er er- kennt ihn sogleich ... Warum werden Sie blaß? — Er erkennt ihn sogleich. Diesen Ring trug eben derselbe Axel Palmblad an der Hand, der heute nacht nicht nach Hause kam, der noch bis zu diesem Augenblick, zwölf Uhr mit- tags, vermißt wird, der verschwunden ist. Inkulpat, sehen Sie mich an!

Wenzel sah den Senator an, ohne sich zu rühren. Diese Verwickelung der Sache betäubte, versteinerte ihn.

Ist Ihnen dieser Axel Palmblad bekannt?

Mir? — — Nein, Herr Senator. Das heißt, doch; vermutlich — —

Drei Aussagen für eine! „Nein; doch; vermutlich!" — Wir werden ja bald ergründen, welche von den dreien die am wenigsten falsche ist —

Der Schreiber sah wieder auf und lächelte.

Sehen Sie mich an, Inkulpat; mich, den Inquirenten! — Diesen Ring, dessen Eigentümer spurlos verschwunden ist, steckte Ihnen also jemand an den kleinen Finger, wie Sie sagen; und zwar ein Mann mit einem schwarzen Bart; und zwar eben derselbe, der, wie Sie versichern, den andern ins Wasser stieß. Nehmen wir einmal an, dieser rätselhafte Mann mit dem schwarzen Bart, der die Ringe, die er raubt, an Vorübergehende verschenkt, der existiere wirklich: wo ge= schah denn das? Wo warf man den Axel Palmblad — jenen Unbekannten, will ich einstweilen sagen — über das Bollwerk ins Wasser?

Ich weiß es nicht, Herr Senator, antwortete Wenzel, dem sich ein immer dunklerer Schleier vor die Augen legte. Mir ist es nicht bewußt.

Aber Sie werden zugeben, daß wir wünschen müssen, es zu erfahren; um diesen Menschen im Wasser aufzu= finden! — Sie standen dabei, wie Sie sagen, und Sie wissen es nicht?

Es war irgendwo — — aber ich hatte kein Gefühl davon, wo es war. Ich ging so dahin, ohne zu wissen, wo. Ich war so tief in meinen Gedanken — —

Der Schreiber lächelte wieder.

In was für Gedanken? fragte der Senator.

Wenzels blasses Gesicht wurde dunkelrot. Er vergrub die Hände in sein großes Schnupftuch. Seine Gedanken in jenem verhängnisvollen Augenblick standen ihm plötzlich wieder vor der Seele: seine Mordgedanken. Er hatte das Schiff erklettert, auf dem der Entführer Amaliens eben davonsegeln wollte; er hatte ihn gepackt und riß ihn von der Schiffsleiter los: „hinunter ins Wasser mußt du, elender Verführer du“ — —

Jn was für Gedanken? wiederholte der Senator.

Jch kann's nicht sagen, murmelte Wenzel.

Hm! Sie können's nicht sagen. Sie standen dabei, aber Sie wußten nicht, wo Sie sich befanden; Sie wußten es nicht, weil Sie so tief in Jhren Gedanken waren; aber diese Jhre Gedanken können Sie uns nicht sagen. Vielleicht sagen Sie sie uns ein andermal — —

Herr Grotius klingelte. Der Schutzmann erschien, der Wenzel verhaftet hatte.

Führen Sie die junge Dame herein, die sich als Zeugin gemeldet hat, sagte der Senator.

Wenzel, der tiefgebeugten Kopfes wie ein Verlorener dastand, horchte auf. Was für eine Dame? in seiner Sache? — Er wendete seinen schlaffen, hinfälligen Oberkörper und sah nach der Thür. Ein Laut der Ueberraschung entfuhr ihm, als, in schüchtern feierlicher Haltung und mit nassen Augen, Amalie Berring erschien.

Sie wünschen für diesen Angeklagten Zeugnis abzulegen? fragte der Senator.

Ja, sagte sie mutig, obwohl sie zugleich stark errötete. O Herr Senator — —

Herr Grotius unterbrach sie, um die üblichen Fragen

an sie zu richten: nach Namen, Stand und so weiter. Fräulein Amalie antwortete mit Festigkeit, indem sie dem Senator starr ins Antlitz sah. Dann aber warf sie aus ihren großen, hervortretenden, leuchtenden blauen Augen einen so mitleidsvollen Blick auf den armen Wenzel, daß diesen plötzliche, tiefe Rührung ergriff, als wäre er ein Weib. Ein Gefühl des Glücks kam ihm mitten in seiner Not. Nur daß ihn zugleich die Angst befiel, er könnte weinen; und um dieser Beschämung zu entgehen, drückte er die Hände und die Zähne zusammen, sah von Amalien hinweg und auf den Schreiber, dessen Benehmen ihn wohl= thuend erbitterte und verhärtete, und erhob seinen Kopf.

Sie kennen diesen Herrn, fragte der Senator sanft, in dem ruhigen Gefühl seiner Unwiderstehlichkeit.

O ja, Herr Senator; o, ich kenne ihn, antwortete das Mädchen.

Und Sie wissen, warum er hier steht —

Jesus, Gottes Sohn! Wie ist es möglich, Herr Senator; ach, wie ist es möglich! — Ich steh' vor der Thür, da kommt Frau Schwäbke gelaufen: „der Herr Wenzel sitzt in der Schreiberei, er soll einen umgebracht haben" — — Wie ich das höre, denk' ich doch, ich muß gleich in die Kniee sacken. Und mir wird so vor den Augen, Herr Senator —

Es handelt sich hier nicht darum, wie Ihnen wurde, unterbrach sie Herr Grotius ruhig, aber bestimmt; sondern was Sie in dieser Sache zu bezeugen vermögen. Deshalb sind Sie hier —

Ja, Herr Senator, deshalb bin ich hier; und ent= schuldigen Sie nur, ich bin noch so perplex — — denn (sie

blickte wieder auf Wenzel, voll Mitleid und voll Vertrauen)
so ein Mann, Herr Senator! Eine Seele von einem
Menschen, Herr Senator — und dem sagen sie nach, er
hat einen umgebracht! — — Aber ein Unglück war in der
Luft; das fühlt' ich schon heute nacht. Mich hat der Alp
gedrückt — und schon vor Tau und Tag konnt' ich nicht
mehr schlafen, und mir war so — ich weiß nicht; und ich
verließ meinen Nachtplatz, Herr Senator, als es noch sticken=
dunkel war —

Wollen Sie zur Sache kommen, oder nicht? fiel ihr
jetzt der Senator streng und scharf ins Wort. Was haben
Sie zu bezeugen —

Ach, daß er gewiß nicht schuldig ist! sagte sie mit
weicher Stimme und einem rührenden Blick. Daß er eine
Seele von einem Menschen ist; und er hat's nicht gethan! —
Sehen Sie, Herr Senator, er hat nichts auf der Welt;
außer ein Paar Zwillinge — aber es sind nicht seine —
aber er hat sie geerbt; und wie er sich abextert, um sie zu
ernähren, können Sie nicht glauben! Und ihm ist immer
alles contre coeur gegangen, und er geht so mit der
Hungerharke durch das Leben hin; — aber er ist wie ein
Held, Herr Senator! er thut seine Pflicht! Und ich sagte
mir gleich, als ich davon hörte: nun sitzt er verlassen da,
denn er hat ja niemand! Aber eine hat er, die für ihn
sprechen will, — was auch die Leute darüber sagen mögen; —
und wenn ich nun auch rot werde, es thut nichts. Darum
bin ich gekommen, Herr Senator; daß ich für ihn rede.
Und verzeihen Sie mir, wenn ich das Schluchzen kriege — —
aber es ist mir so beweglich — — und glauben Sie's nicht!
Er hat's nicht gethan!

Herr Grotius schwieg eine Weile. Er betrachtete dieses sonderbare Mädchen, das sich in so gemischter Redeweise so gefühlvoll ereiferte, und den Angeklagten, der nun auch vor Rührung leise schluckte. Sie gehören zum unjuristischen Geschlecht, sagte er endlich, mit so viel herablassender Milde, als ihm an diesem Ort und hinter diesem Tisch zulässig schien. Daher haben Sie denn auch nicht bedacht, daß es sich hier nicht um Ihre subjektive Meinung über den Charakter des Angeklagten handelt, sondern daß wir den objektiven Thatbestand eruieren wollen. Die Armut ist gewiß eine sehr bedauernswerte Sache; aber wenn wir bei einem armen Menschen einen solchen Ring finden, der einem andern gehört — —

Was haben Sie? unterbrach Herr Grotius sich selbst, da er das Mädchen erblassen und die großen Augen noch größer aufreißen sah. Er hatte den Ring in die Hand genommen und hielt ihn zwischen Zeigefinger und Daumen in der Luft. Warum starren Sie so ... Was sehen Sie an dem Ring?

Ich kann nicht sprechen, sagte sie nach einer Pause wie flüsternd, mit erstickter Stimme. Ich bin aus der Pust! — Diesen Ring — sagen Sie — fanden Sie bei Herrn Wenzel — —

Ja, diesen Ring! Der dem vermißten jungen Schweden gehört —

Dem Vermißten, sagen Sie! stammelte das Mädchen. Er wird also vermißt — —

Schutzmann, halten Sie das Fräulein aufrecht! sagte der Senator. Führen Sie sie an den Stuhl. Setzen Sie sie hin! — — Fassen Sie sich, mein Fräulein. Wir werden warten, bis Sie zu sich kommen —

O, ich bin ganz bei mir! sagte sie, stoßweise atmend und mit noch starren, verwilderten Augen um sich blickend. Herr Axel Palmblad, sagen Sie, wird vermißt — — Jesus, Gottes Sohn!

Sie kennen ihn, wie ich sehe. Sie kennen auch diesen Ring —

Amalie nickte stumm. Plötzlich ward sie rot; dann wieder blaß. Sie warf auf den armen Wenzel, der durch das Licht, das ihm aufging, wie vernichtet dastand, einen Blick voll Grauen, voll Entsetzen. Herr Wenzel, Sie zittern ja! sagte sie, wieder ohne Stimme.

Er hörte auf, zu zittern, aber er antwortete nicht.

Den Ring da hatten Sie — — den Ring mit dem roten Stein — — Antworten Sie doch!

Sie haben ja gehört, sagte der Senator zu Amalien, da Wenzel schwieg. Heute nacht fand man ihn bei ihm. Nachdem er entflohen war — —

Herr du meines Lebens! rief das Mädchen aus; die Hand auf der Brust. Herr Wenzel! Herr Wenzel! Sehen Sie mich an. Sie sind ja ganz benaut; ganz von Gott verlassen. Sie haben ja wol das Leben nicht mehr . . . Was haben Sie ihm gethan?

Nichts, murmelte Wenzel.

Was haben Sie ihm gethan? wiederholte sie. Antworten Sie wie vor Gottes Thron: was haben Sie ihm gethan? — Sie hassen ihn, sagten Sie mir gestern. Und Sie brüteten so vor sich hin und schlugen dann auf den Tisch — und ich verfierte mich und entsetzte mich, so wild sahen Sie aus — und ich sagte noch: „was haben Sie — Gott soll mich bewahren!" — — Herr Wenzel! Sehen Sie mich an! Was haben Sie ihm gethan?

Wenn ich Ihnen antworte: „nichts", so glauben Sie mir ja nicht, sagte Wenzel mit der Ruhe der Verzweiflung, indem er sein Taschentuch durch die Finger zog. Ich wußte vorher, daß mir niemand glauben würde. Ich hab's gewußt.

O Gott! O Gott! rief sie und stand auf. Herr Wenzel, Herr Wenzel, reden Sie die Wahrheit; seien Sie nicht steinpöttig und verstockt, denn Sie stehen vor Gott! — Sie sind dann hinuntergegangen, als Sie mich verließen, und unten im Gastzimmer haben Sie ihn gefunden — den Sie haßten, Herr Wenzel — und haben mit ihm gesessen und getrunken —

Hm! hat er das! fiel der Senator ein.

Ja, das hat er, ich weiß es! rief das Mädchen und schluchzte. Denn mein Vater kam noch hinauf und erzählte mir's —

Davon haben Sie mir ja nichts bekannt! sagte der Senator, sich zu Wenzel wendend. Sie versicherten mir ja auch, Sie kennten Herrn Palmblad nicht.

Ich kannte ihn auch nicht, murmelte Wenzel.

O Gott! O du großer Gott! rief Amalie aus, die vor krampfhaftem Schluchzen kaum mehr reden konnte. Und ich kam noch her, um für Sie zu reden — und geweint hab' ich um Sie, während ich da draußen warten mußte — — und da stehen Sie nun, von Gott verlassen! — Und Sie haben noch mit ihm gegessen und getrunken — und er war gestern nachmittag noch so grell und grall — — und jetzt — — O mein Gott! Kain, Kain — — — Herr Senator, ich kann keine Luft mehr kriegen — —

Nachdem sie dies noch gesagt hatte, fiel sie vom Stuhl.

Herr Wenzel rührte sich mechanisch, um sie aufzuheben; doch er schwankte selbst. Er taumelte. Daß er dem Schutzmann in die Arme fiel, war ihm noch bewußt; dann hatte er das Gefühl, ins Wasser und zu dem jungen Schweden auf den Grund zu sinken, und zu seiner großen Erleichterung verließen ihn die Sinne.

VII.

Die „Schreiberei“ oder, wie das Volk sie nannte, das
„Brummbärloch“ — das Kriminalgefängnis dieser ehemals
freien Stadt, die noch immer einen Teil ihrer alten Gerichts=
barkeit über ihre Missethäter ausübte — sah mehr einem
Kasten als einem Hause gleich. Sie lag mitten in der
Stadt, aber am ödesten Teil des Marienplatzes. In die
sichtbare Wand dieses Kastens, die der Rauch einer sonderbar
tief angebrachten Schornsteinöffnung schwärzte, waren eine
Thür, einige unregelmäßige Fenster, und oben unter dem
Dach eine Reihe kleiner, viereckiger Löcher eingeschnitten:
hinter diesen Löchern, die trübes Glas bedeckte, wohnten die
angeklagten Missethäter, oder die, welche man dafür hielt.
Hinter dem letzten Loch, an der Ecke, wohnte Gottlieb Wenzel.
Die Zelle an sich konnte ihm nicht mißfallen; denn sie ent=
sprach dem Bild, das seine Verbrechen dichtende Phantasie
sich von einem Wohnraum dieser Art gemacht hatte. So
leer wie die Tonne des Diogenes war sie nicht, auch konnte
man sie aufrecht durchschreiten, wenn man sich müde gesessen
oder munter geschlafen hatte („vielleicht schliefen hier andre;
ich nicht,“ dachte Gottlieb Wenzel); dagegen sah Diogenes
durch die Oeffnung seiner Tonne mehr von Athen, als Wenzel

durch das Loch da oben von seiner Vaterstadt sah. Denn
das kleine Quadrat verengten noch dicke Eisenstäbe; dann
legte sich von außen der hölzerne Fensterrahmen davor; und
das dicke, hier und da fast erblindete Glas gab von dem
reinen Licht, das es von draußen erhielt, nur einen Bruch=
teil an den „Unreinen" da drinnen ab. Auch mußte man
klettern, wenn man sein Gesicht an die Eisenstäbe bringen
wollte, um den Pfarrhof mit seiner kleinen Spielschachtel=
mauer links, und gradeaus den riesigen, gotisch aufstrebenden
Bau der Marienkirche zu sehen, der wie mit einem aus=
gebreiteten Mantel von Stein die Welt verdeckte. Himmel=
hoch stiegen die schmalen Fenster an den Seiten auf; höher
noch der Vorbau über dem unsichtbaren Portal, der von
Wenzels „Tonne" aus wie ein ungeheurer Turm erschien,
seinen spitzen Stachel in die Wolken bohrend und von Krähen
umflattert. Unten aber am Fuß dieses backsteinernen Kolosses
schlief der öde Platz. Schubkarren und Handwagen standen
umher, wie Schiffe im Winterhafen; Lebendiges bewegte sich
hier nicht. Denn es war ein Wochentag, und die Kirche
geschlossen. Und auch morgen wird ein Wochentag sein,
dachte Gottlieb Wenzel. Und übermorgen; — und wie wird
es enden . . .

Er sah einen Mann vor sich, den er beneidete. Dieser
Mann stand an einem fernen — geträumten — Fenster
in der Slüterstraße; er hatte seine Hände rechts und links
auf die Zwillingsköpfe von kleinen Mädchen gelegt, die, auf
Stühle geklettert, ihre neugierigen Gesichter an die Scheiben
drückten; und er blickte auf den Platz ihm gegenüber hinaus.
Auch ein stiller Platz, auch ein Kirchenbau, der in die
Wolken stieg. Nicht so edel gegliedert, wie die Marien=

kirche hier; nicht so vornehm in ein wechselndes Prunk=
gewand von glasierten und matten, grünlichen, gelblichen,
rötlichen Backsteinen gekleidet; — aber auf den freien Platz
davor sah ein freier Mann. Ein Mann, der seine Nichten
und sich schlecht und recht ernährte. Ein Mann, an dem
zwar die „Torte“, aber auch das Verderben stets vor=
überging. Ein Mann, der seinen Hausschlüssel in der
Tasche hatte, und der mitten in der Nacht zu sich sagen
konnte: wohin gehen wir, Gottlieb? Ein Mann, dem keine
schluchzende Stimme „Kain, Kain“ zurief; der nicht einem
Schutzmann in die Arme fiel, weil Amalie Berring ihn als
Mörder verwünschte; der nicht zu sich sagte: mitschuldig
bist du, Gottlieb — —

Denn wie kann ich es leugnen, sagte Wenzel, wieder
auf seinem Lager sitzend, dumpf vor sich hin. Wozu mich
belügen; was hilft das. Mitschuldig bin ich; — das hat
die Vorsehung wunderbar gefügt, daß nun ich hier sitze:
gethan hat's ein andrer, aber „vor Gottes Thron“ mit=
schuldig bin ich! — Warum dachte ich mir diesen Jüng=
ling aus der Fremde wie ein Ungeheuer, das man um=
bringen muß! Warum stellte ich ihm nach mit Mord=
gedanken! Warum verlockte ich ihn auf schwedische Briggs
und in Schlechtigkeiten, und stieß ihm dann mein Messer
in die Brust, oder warf ihn über Bord! — Und indem
ich das thue, in dem nämlichen Augenblick thut's ein andrer
auch. Ich in Gedanken, er in Wirklichkeit. Er entwischt,
mich ergreifen sie. Ich stehe als Mörder da ... Wenn
das nicht ein feines Stück, ein Plan der Vorsehung ist,
dann versteh' ich's nicht! — „Du Gedankensünder,“
sagt der Geist, der die Welt regiert; „du denkst, dir kann

nichts geschehen; aber ich fasse dich! Gottlieb Wenzel, die „Torte" des Glücks geht oft am Menschen vorbei; aber die Vorsehung nicht! Was hatte dir dieser Jüngling ge= than, der vielleicht unschuldiger, besser war als du? der in seiner Herzensgüte freundlicher zu dir war, als du's verdientest? Hatte ich Amalie Berring nur für dich ge= schaffen? Hatte ich sie dir übergeben, über sie zu wachen, und alle die in Gedanken umzubringen, denen sie gefiele? — Du Gedanken=Kain! Ich habe dich an den Ort ge= bracht, wohin du gehörst. Sündige nicht wieder in deinem Herzen: murre nicht gegen mich! Sei ganz still, Gottlieb Wenzel. Frage nicht, wie es enden wird. Ich weiß, wie es enden wird; du nicht. Wart's ab; murre nicht!" — —

In solchen und ähnlichen Gedanken saß Wenzel da; so verging der Tag. Essen konnte er nicht; Schlafen war unmöglich. Dachte er an seine Nichten, so schwoll ihm das Herz; dachte er an Amalie, so lief er Gefahr, wie ein Kind zu weinen . . . Doch dann richtete er sich wieder steifer auf und sagte in sich hinein: „Sei ganz still! Murre nicht!" — — Es war endlich dunkel geworden; die Sterne schienen aber vom unbewölkten, stahlfarbigen Himmel herab. Er saß, vielleicht stundenlang, unter seinem Fenster und träumte zu ihnen hinauf, sich durch philosophische Betrachtungen zu er= leichtern suchend; zuletzt erstaunte er über ein Gefühl, das sein Herz bewegte: tiefes Mitleid mit Amalie, daß sie ihren geliebten, schönen Jüngling verloren hatte. Diesen freund= lichen, lebensfrohen, gütigen Jüngling; — dem er sein Herz ausgeschüttet, ohne es zu ahnen. Ihm entfuhr ein so schwerer, lauter Seufzer, daß er vor dem unerwarteten Ton in der tiefen Stille erschrak. Es war ihm auf einmal unerträglich, ſo allein zu ſein. Indem er ſein feuchtes Geſicht an die Eiſenſtäbe ſeines Fenſters brachte, ſuchte er irgend etwas Lebendes zu entdecken … Wer ſteht dort? dachte er.

Eine große, weibliche Geſtalt, den Kopf durch ein dunkles Tuch bedeckt und das Geſicht verſchleiert, ſtand nicht weit von der Kirchenthür und ſchien herüberzuſchauen. Sie be= wegte ſich nicht.

Sie hat Amaliens Größe, dachte er. Doch warum denk' ich immer an Amalie! Die liegt zu Hauſe auf dem Sofa oder im Bett, weint um ihn und verwünſcht mich. Vielleicht ſitzt hier neben mir ein anderer, der glücklicher iſt als ich; der eine Liebſte hat, die von unten heraufſeufzt. Und was für ein elender Schuft mag er dabei ſein … Sei du ſtill. Murre nicht!

Die Geſtalt blieb noch eine Weile ſtehen; dann legte ſie die Arme ineinander (ganz wie Amalie! dachte er); end= lich ging ſie langſam an der Kirche hin. Doch von Zeit zu Zeit wandte ſie ſich und ſah noch zurück. Leiſe that es ihm wohl, daß es doch irgend einen Menſchen gebe, der ſich für die „Schreiberei“ und ihre Bewohner intereſſiere; — wenn auch nicht für mich! dachte er. Als ſie an die Ecke kam, ſtand ſie noch einmal ſtill. Sie zog ein Schnupftuch hervor und brachte es, den Schleier lüftend, aus Geſicht; und wenn es nicht der Naſe galt, ſo ſchien ſie zu weinen. O dieſer Glückliche! murmelte Gottlieb Wenzel vor ſich hin.

Das Licht einer nahen Laterne fiel auf ſie und das Schnupftuch; der Schleier lag aber wie zuvor, vom Geſicht konnte er nichts ſehen. Das Schnupftuch entfaltete ſich über ihrer Hand. Es war groß und bunt. Wie kam dieſes Frauenzimmer zu einem ſo großen Taſchentuch von denſelben

Farben, wie er — Gottlieb Wenzel — eins in der Tasche
trug; wie er deren noch vier zu Hause hatte: denn das
sechste hatte er einmal, im Scherz, Amalie Berring ge=
schenkt. Am Dreikönigstag war's; und er hatte es ihr ge=
schenkt, damit sie nicht länger über seine ungeheuerlichen
„Schnupflaken" lachen, sondern ihren praktischen Wert selber
erkennen sollte. Wie kam jetzt dieses Frauenzimmer dazu,
so ein „Laken" in der Hand zu halten — —

Sie hob es empor, wie eine Fahne; wie wenn sie es
zeigen, damit winken wolle. Dann sank es wieder, und sie
verschwand um die Ecke.

Großer Gott! sagte Wenzel laut. Er sank auf seinen
Stuhl. Das war Amalie; oder alles lügt! Ja, das war
Amalie — — und wie ist es möglich!

VIII.

Bis zum Dunkelwerden hatte Amalie Berring auf ihrem
Bett gelegen, zuweilen mit geschlossenen Augen, wie wenn
die Bewußtlosigkeit, aus der sie im Vorzimmer der „Schrei=
berei" erwacht war, wiederkäme; zuweilen trostlos gegen die
Decke starrend und in jammervoller Klarheit der Gedanken.
Sie hatte sich eingeschlossen; niemand durfte zu ihr. Erst
als die Sterne in die Fenster schienen, raffte sie sich auf.
Doch sie saß noch lange auf ihrem Bett, trat endlich aus
dem Kabinett, in° dem sie schlief, in ihr Wohnzimmer, nahm
ihre Lampe vom Spiegeltisch, zündete sie an, und trug sie
zum Nähtisch, der am Fenster stand. Es war ein Ver=
langen über sie gekommen, die eine der beiden Photogra=
phien zu sehen, die sie in der Schublade des Nähtisches
verschlossen hielt; die sie täglich in unbewachten Stunden
herausnahm, damit sie sie bei der Arbeit, beim Lesen, beim
stillen Denken vor Augen habe. Der eine war ihr teurer
„Meister" und „Bildner" Gottlieb Wenzel; wer der andere
war, brauch' ich nicht zu sagen. Diesen wollte sie sehen.
Sie schloß auf, und mit nassen Augen blickte sie auf die
beiden Photographien hinab. Neben Schere und Finger=
hut lagen sie übereinander; Gottlieb Wenzel lag oben.

Dich will ich nicht sehen! sagte sie mit einer schaudernden Bewegung. Kain, Kain — —

Sie nahm ihn in die Hand, um ihn wegzuwerfen. Indem sie ihn so zwischen den Fingern hielt, verweilte ihr Auge darauf; — o wie anders wird er mir jetzt, jetzt vorkommen! dachte sie. Er sah aus dem Bilde heraus, ihr ins Gesicht; sein großer Kopf füllte fast die ganze Photographie. Ueber der „Denkerstirn" stieg das zurückgewichene Haar buschig in die Höhe. Sie suchte es recht mit Abscheu anzublicken; in diesem ungebändigten Gelock schien sich ihr — ach, heute zum erstenmal — eine verwilderte Seele zu verraten, die sich sonst verbarg. O, was für Gedanken — sagte sie vor sich hin — was für Gedanken steckten hinter dieser furchtbaren, großen Stirn —

Ach mein Gott! seufzte sie. Ach, und doch so 'ne edle Stirn. Und so blink und blank. Gott im Himmelsstrom, wie soll man sich prelawieren, wenn die Schlechtigkeit in so einem Tempel Gottes wohnen kann! Diese große, blasse Nase, die so treuherzig zwischen den magern Backen in die Welt hineinsieht: „ist da auch Platz für mich?" Und die dunkeln Augen, die so tief, tief hinter der Stirn liegen, — wie unter 'nem hohen, hohen Giebeldach; und wie wehmütig kucken sie mich an! Ich mag gar nicht mehr hinsehen; mir wird ja wol ganz miserabel und erbärmlich zu Sinn. Sie wollen mir's ja wol rein zum Vorwurf machen, daß ich ihnen nicht mehr glauben will. Ach, sie sind so gut! Und so angegriffen von dem Schreiben und Schreiben, — und so ehrlich kucken sie mich an. Und die dünnen Lippen. Als hätten sie sich nach und nach so schmal gemacht, weil ihnen auch nur schmal zugemessen wird; —

ach, und es kam ja auch immer mehr Gutes aus ihnen heraus, als in sie hinein! — Aber sie lächeln doch ein bischen; so gutherzig. Als wenn sie sagen wollten: „Viel haben wir nicht vom Leben; aber vergrätzt und verbittert sind wir darum doch nicht! Und sehen Sie uns doch nur an, Fräulein Amalie; sehen Sie Ihren alten Lehrer und Freund doch recht ordentlich an" — —

Ach! seufzte sie plötzlich, und ihre leicht gerührten Augen füllten sich mit Thränen. Ja, sie sah ihn an. Fort und fort sah sie ihn an; denn er that es auch; und er schien zu ihr zu sprechen und zu klagen. Wie wenn er leise und traurig sagte (wenigstens dachte sie sich seine Worte so): „Wie können Sie so schlecht von mir denken, Fräu= lein Amalie! Sehen Sie doch her. Eine hübsche Extre= mität hab' ich freilich nicht; pük und fein bin ich nicht; aber Mord und Totschlag sehen Sie mir doch nicht an! Hab' ich wol ein Gesicht für Schlechtigkeiten? Und hab' ich nicht gehungert und gedarbt, ohne zu murren; und hab' ich Sie nicht immer lieb gehabt, ohne unbescheiden zu werden; und haben Sie je ein Wort von mir gehört, das nicht un= schuldig und gut gewesen wäre; und warum glauben Sie nun, ich hätte Axel Palmblad umgebracht? Hab' ich Ihnen nicht in der Schreiberei, vor meinem Richter und vor Gottes Thron gesagt, daß ich unschuldig bin? Fräulein Amalie, warum glauben Sie mir nicht? Sehen Sie mich doch an" — —

Sie konnte ihn nicht mehr sehen, sein Gesicht ver= schwamm ihr vor den nassen Augen. Ach, Herr Wenzel! Herr Wenzel! seufzte sie und stand auf. Das Bild fiel ihr aus den Fingern, auf den Tisch. Sie ließ es liegen; — —

ich will zu Herrn Lund gehen! sagte sie auf einmal. Hatte
ihr nicht Axel Palmblad zuweilen, so im Reden, gesagt:
„wie mein Freund Lund behauptet"? Hatte er ihr nicht
erzählt, daß er aus Malmö sei, „und mein Freund Lund
ist es auch"? Hatte er sie nicht eines Abends, als sie aus
dem Theater kam, nach Hause geführt; und waren sie nicht
durch die Kosfelderstraße gegangen, und hatte ihr nicht Axel
Palmblad das grüne Eckhaus gezeigt und gesagt: „da oben
wohnt mein Freund Lund"? — Ich weiß also, wo er
wohnt, dachte sie; nahm nicht ihren Hut, sondern ein Tuch,
umhüllte damit ihren Kopf und die runden Schultern, band
sich einen Schleier vors Gesicht, und löschte die Lampe
aus. Ich will ihn fragen, ob er nichts von Axel Palm=
blad weiß! dachte sie im Gehen. Ach, und Herr Wenzel
— — ach, mein guter Herr Wenzel hat es nicht gethan!
Wie war ich schlecht, wie war ich schlecht, daß ich ihm nicht
glaubte! Ach, wie wär' es möglich!

Sie stieg die Treppe hinunter, nahm ihren Bruder,
einen Knaben, mit, um zu dem fremden jungen Mann
nicht allein zu kommen, und ging in die Nacht hinaus. Es
war spät geworden; die Leute standen aber noch vor den
Thüren und sprachen über die Gasse hinüber, und alle
schienen nur von Axel Palmblad und Gottlieb Wenzel zu
sprechen. „Je, der ist ja nun auch 'n bischen totgeblieben,"
hörte sie einen Spaßmacher sagen, der im Schurzfell auf
der Schwelle stand. „Erst hat er ihn abgemurkst, und dann
'ringeschmissen," sagte drüben unter dem Thorweg eine
andre Stimme.

Amalie konnte nicht hinsehen, aus was für einem
Mund diese Stimme kam; sie hätte es gern gethan, aber

sie konnte es nicht; so sehr empörte sich ihre arme Seele. Sie drückte sich ihren Schleier gegen das Gesicht und ging rascher fort. O gemeine, gemeine Welt! dachte sie (es war ein Vers aus einem Gedicht) und seufzte. Doch da stand sie schon vor dem Haus „seines Freundes Lund". Ach, kein Licht hinter seinen Fenstern . . .

Zu wem wünschen Sie? fragte eine alte Frau, die drinnen im Haus auf der Treppe stand.

Zu Herrn Lund! sagte sie verlegen.

Der ist fort, antwortete die Frau.

Wohin?

Nun, wohin er gehört! In sein Schwedenland! Da mögen sie ja wol alle mit Pinseln Gesichter auf die Fenster=scheiben malen; — wenigstens Herr Lund hat's da oben auf meinen Fenstern gethan. Wenn's nicht der andre gethan hat, der Musche Palmblad, der nun ja wol in der Warnow liegt.

Amalie zitterte.

Ist er nach Malmö abgereist? fragte sie.

Wer?

Herr Lund.

Wenn er nicht gelogen hat, ist er wol nach Malmö! Denn da wollte er hin!

Ich danke Ihnen. Adieu.

Bitte; keine Ursache! — — Wenn Sie ihm vielleicht telegraphieren wollen (die Frau lächelte höhnisch), so melden Sie ihm nur auch gefälligst, ich hätte Ihnen gesagt, er wäre ein — —

Amalie war schon fort. Das letzte Wort hörte sie nicht mehr. Es thut auch nichts! dachte sie . . . Aber die

Frau hat recht, fuhr ihr durch den Kopf: warum sollte ich
ihm nicht telegraphieren ... Ja, ich telegraphiere! — So
viel Geld habe ich ja noch. Als ich gestern Herrn Wenzel
die sechs Stunden zu viel bezahlte — — ach, der arme
Schlucker! — — da behielt ich ja noch mein Monatsgeld.
Ich telegraphiere an Herrn Lund in Malmö: „Axel Palmblad
wird vermißt; soll ermordet in der Warnow liegen. Ein
Unschuldiger wird verdächtigt. Um Gottes Barmherzigkeit
willen, was wissen Sie von ihm? Antwort bezahlt" ...
Und meinen Namen setze ich darunter ...

Du kannst nach Hause gehen; ich komme bald! sagte
sie zu dem Knaben und schickte ihn fort. Sie stürzte weiter
durch die Straßen, dem Telegraphenamt zu.

Arme Amalie! Sie hatte heute kein Glück. Im Tele=
graphenamt war schon die Thür geschlossen; der Tagesdienst
war zu Ende. Nachtdienst gab es hier nicht. Ach, was
nun? dachte sie verzweifelnd, und über die runden Wangen
rollten wieder Thränen. Warten bis morgen früh! — Ach,
und nun wohin?

Sie lächelte auf einmal, es war ein liebliches Lächeln;
denn sie wußte, wohin. Ich gehe auf den Marienkirchhof,
sagte sie zu sich; und kuke ein bißchen hinauf nach der
Schreiberei. Vielleicht, daß ich sein liebes altes Gesicht an
seinem Kukloch sehe; oder wenn auch nicht, — ich bin ihm
doch nah — und es ist mir doch so zu Mut. „Schleier,
Schleier, der du mich verhüllest" — — Und dann seh' ich
noch einmal nach den Richten hin. Ach, die armen, kleinen,
magern Zwillinge; die armen Spirrfixe; die werden nun
jammern um den Onkel Gottlieb, ihren Beschützer und Er=
halter ... Ja, ich spring' noch hin! — Und dann morgen

früh das Telegramm an Herrn Lund. Sagte nicht Axel
einmal zu mir — ich weinte ja noch, aber er merkte es
nicht —: „wenn ich fortgehe, Amélie, geh’ ich plötzlich
fort; ohne Abschied, geräuschlos; wie eine Sternschnuppe
verschwind’ ich dann, Amélie!“ — Gott im Himmel! viel=
leicht hat er’s so gemacht. Vielleicht ist er mir so davon=
geburrt … Ach, wie wär’ das gut! Wenn es so wär’,
ich wollte ja nicht mehr weinen; nie, nie, nie sollt’ er
wiederkommen; — er soll thun, was er will! — — Ich
kenn’ mich ja wol nicht mehr. Ich bin ja wol in den
jungen Menschen gar nicht mehr verliebt! — Armer Märtyrer;
armer, lieber Herr Wenzel. Wie konnte ich nur so sein,
daß ich den jungen Menschen lieber hatte, als Sie. Ach,
wenn er doch noch lebte und in Schweden säße — und
wenn Sie mir verzeihen könnten — — Ich stelle mich an
der Marienkirche hin, und da bitte ich Ihnen ab. Ach,
Herr Wenzel! Herr Wenzel!

Und so ging sie hin.

IX.

Stehen Sie ruhig, Angeklagter. Sehen Sie mich an. Sie haben gestern nicht gestehen wollen; vielleicht sind Sie heute morgen in der Stimmung, es zu thun. Sie haben sich gestern nicht erinnern können, wo Herr Palmblad — oder sagen wir, der Unbekannte — ins Wasser gefallen ist; vielleicht hat sich über Nacht Ihr Gedächtnis gestärkt. Schutzmann, Sie können gehen. Hat es sich gestärkt?

Nein, antwortete Wenzel.

Sehen Sie auf diesen Herrn! Herr Schwan, bei dem besagter Axel Palmblad wohnte, hat gestern abend von dem noch ahnungslosen Vater, Kaufmann Palmblad in Malmö, einen Brief erhalten: der junge Herr Axel soll nach Hause kommen, er soll sich einem wissenschaftlichen Unternehmen anschließen; — hier ist der Brief. Das wird eine traurige Ueberraschung für den Vater werden . . . Wir wünschen ihm wenigstens Gewißheit zu geben. Also wo sahen Sie seinen Sohn — sagen wir, den Unbekannten — in die Warnow fallen?

Ich weiß es nicht, antwortete Wenzel.

Sie gestehen auch heute nicht?

Wenzel schwieg eine Weile. Herr Senator, sagte er

dann langsam, — ich könnte Ihnen ja die ganze Geschichte erzählen, wie sie sich zugetragen haben könnte; denn heute nacht hab' ich mir's durchdacht. Wenn dieser junge Schwede, statt den beiden andern zwischen die Hände zu kommen, damals nachts, am Strand, mir begegnet wäre; und wenn wir uns über eine gewisse Sache ausgesprochen hätten — und wenn dann der böse Geist über mich gekommen wäre, und der junge Mensch mich gereizt hätte, und er mich viel= leicht angepackt hätte, und ich ihn wieder, und so weiter — dann war ich es. Und dann wüßte ich auch wahrscheinlich, wo er läge; und dann würd' ich's sagen. Denn meinem Richter entgehen wollte ich dann nicht! Aber nun ist's ein andrer, — oder zwei; und ich stehe hier nicht vor meinem Richter, Herr Senator. Ich entziehe mich meinem Richter nicht. Aber Sie sind es nicht. Und wenn Sie als Inquirent mich fragen, wo er liegt, und wer es gethan hat, so antworte ich als ganz gehorsamster Inquisit: Herr Senator, ich weiß es nicht!

Herr Ludwig Grotius blickte auf den wunderlichen Redner mit geöffnetem Mund und sehr unklarem, fragendem Gesicht. Seine beste Waffe — sein gewohnheitsmäßiges selbstgefälliges Lächeln — ließ ihn diesmal im Stich. Dann blickte er auf Herrn Schwan, und dieser auf den Senator; und so schwiegen sie alle. Hm! Hm! sagte endlich Herr Grotius.

Kleesattel, was gibt's? fuhr er fort, da der Schutz= mann, der abgetreten war, wieder erschien. Was bringen Sie da?

Eine Depesche, Herr Senator. Dringlich.

Nun, so geben Sie her!

Der Senator nahm sein Glas, klemmte es ins Auge, und öffnete die Depesche. Seine kleinen Augen wuchsen, während er las. Er pfiff vor sich hin.

Es war ein Telegramm aus Malmö, an den Senator Ludwig Grotius gerichtet, und es lautete:

„Suchen Sie den Ermordeten in der Warnow bei der alten Ballaststätte wo das frischgeteerte Boot am Bollwerk liegt dem Busen der Leda gegenüber man begrabe ihn"

Unterzeichnet: „Lega".

Schutzmann, führen Sie den Angeklagten zurück! sagte der Senator, der sich aufrichtete und einen triumphierend durchdringenden Blick auf Wenzel warf. Bis auf weiteres führen Sie ihn zurück! — Herr Schwan, folgen Sie mir, wenn's gefällig ist. Ihre Gegenwart ist mir erwünscht. Draußen sage ich Ihnen mehr! Kleesattel, Sie kommen mir nach, wenn Sie hier fertig sind. Unten erfahren Sie, wohin. Meine Herren, wir gehen! Meine Herren, wir gehen!

Wohin gehen sie? dachte Wenzel beklommen und sah ihnen nach ... Doch er sah nichts mehr; der noch jugend= lich rüstige Herr Grotius stürmte schon hinunter. Draußen sammelte sich bald eine Schar seiner Trabanten um ihn. Die kleine Gestalt des Senators schien gewachsen zu sein; der Glanz der Selbstzufriedenheit strahlte von ihr aus. Zugleich schien sie auch dunkel ihre Schönheit zu fühlen ... Es wird Licht, Herr Schwan! sagte Herr Grotius vergnügt, während er mit Herrn Schwan voran und zum Strand hinab ging. Nach und nach; aber es wird Licht! — — Wie werden wir diesen armen Burschen finden; — es war ein leichtsinniger Strick, Herr Schwan, und ein dreister

Schlingel; aber er hatte ja auch gute Gaben, hör' ich. Ihre
schönen Töchter werden recht bewegt sein; — die weichen,
mitfühlenden Frauenherzen, Herr Schwan ... Bitte, gehen
Sie rascher. Aus Malmö? Was heißt das? Und die
Unterschrift „Lexa"! Wer ist Lexa? — Denken wir darüber
nach, wenn wir Zeit dazu haben. Dieser Fall, Herr Schwan,
wird von sich reden machen! Nur nicht aufgeregt; nur kaltes
Blut, — wie wir ihn auch finden. Halten Sie sich an
die Hauptsache: es wird Licht, es wird Licht!

Sie hatten den Flußhafen und den Platz erreicht, wo
sie suchen sollten: die ehemalige Ballaststätte vor dem
Mönchenthor, wo jetzt eine Abzweigung der Eisenbahn am
Ufer hinlief. Hölzerne Schuppen, Balken= und Bretterstapel
erhoben sich neben dem Geleise. Wenige Schritte von da,
wo die Bahn endete, lagen frisch geteerte Boote in der
Sonne. Ein kleineres lag für sich, in nächster Nähe des
Bollwerks, den Schnabel gegen den Fluß gekehrt; — und
hier löste sich dem Herrn Senator das Rätsel, warum die
Depesche vom „Busen der Leda" sprach. Eine große Brigg,
die den Namen „Leda" führte — einen auf blauen Grund
gemalten Schwan trug sie hinten am Stern — lag hier
angekettet, am Ufer entlang; da, wo ihr Bug auf dem
Wasser schwamm, wandte ihr das Boot seinen Schnabel zu.
Sie lag aber auf mehr als Manneslänge vom hölzernen
Bollwerk entfernt; eine mächtige Stange hielt sie davon
ab. Das dunkle, schmutzige Wasser floß hier also frei
zwischen Brigg und Bollwerk; tief genug, daß man seinen
Grund nicht sehen konnte; breit genug, um selbst einen
Elefanten, der hier hinuntergeworfen würde, in sich auf=
zunehmen.

Meine Herren, dies ist der Platz! sagte der Senator, als alles, was helfen sollte (und noch einige mehr), sich versammelt hatte. Herr Kapitän, ich danke Ihnen sehr, daß Sie sich bemühen! Wenn Ihre Leute die Boots= haken hier hinunterlassen, müssen sie ihn finden. Sie da, nicht drängeln, wenn ich bitten darf. Ruhe! — Hinein! Hinein!

Nun? Haben Sie ihn? fragte er einen Matrosen, der von der „Leda" her seinen langen Bootshaken in die Tiefe senkte, während andre vom Ufer aus mit Stangen und Rudern fischten. Haben Sie ihn, oder haben Sie ihn nicht?

Ich hätte ihn wol, Harr Senator, sagte der Mann bedächtig. Aber mir ist das nur markwürdig, Harr Senator, daß er von Holz oder von sonst was ist; denn weich an= fühlen thut er sich nicht, das ist mal gewiß.

Nun, so wird es ein Stück Holz sein, und kein Mensch. Suchen Sie weiter, Mann!

Aber mir wäre doch beinahe so, als wenn er es wäre, sagte der Matrose, nachdem er von neuem getastet hatte. Denn ein bloßes Stück Holz, Harr Senator, ist das nicht. Das ist so lang wie ein Mensch. Gott vardamm' mich! Wir sollten es doch wol mal 'raufziehen, daß wir sehen, Harr Senator, was für ein Tiert das ist!

Nun, so zieht es herauf, in des Teufels Namen! sagte der Senator.

Viele Hände rührten sich zu gleicher Zeit, vom Schiff und vom Bollwerk her; mit Stricken, Stangen und Haken.

Alle Hauden ahoy! Ahoy! rief ein alter Matrose mit seiner singenden Stimme.

Langsam erhob sich die Gestalt — denn es war eine menschliche Gestalt, man sah es schon — aus der trüben Flut. Nur nicht so nervös, Herr Schwan; nur ruhiges Blut! sagte der Senator. Ein schöner Anblick ist das nicht — aber was hilft's — —

Plötzlich erhob sich ein kräftiges, herzliches Gelächter, und von vielen Stimmen. Die hölzerne Gestalt des Herrn Ludwig Grotius, mit den weißen Hosen, die aber der Schlamm unwürdig befleckt und besudelt hatte, stieg aus dem Wasser ans Licht des Tages herauf. Einige Ziegelsteine, die man ihr mit einem Strick auf den Bauch gebunden, um sie schwer zu machen, lösten sich und prasselten in die Flut zurück.

Gott vardamm' mich, Harr Senator, das sünd Sie! sagte der Matrose und greinte über das ganze Gesicht.

Herr Grotius betrachtete sein Ebenbild — das er über diesem geheimnisvollen Mord ganz vergessen hatte — mit tiefem Schweigen und fast dummem Gesicht. Lachen konnte er nicht; aber es erbitterte ihn, daß auch Herr Schwan hinter ihm zu lachen anfing.

Was wollen Sie? fuhr er Fräulein Amalie Berring an, die in diesem Augenblick herankam, sich durch die heiteren Menschen hastig zu ihm drängte, mit den großen Augen ihn anstrahlte und ein Blatt Papier in die Höhe hielt.

O Herr Senator, Herr Senator! Ein Telegramm! keuchte sie atemlos. O Herr Schwan, Herr Schwan — lesen Sie! lesen Sie!

Herr Schwan nahm das Blatt in die Hand, da der verstörte Senator wieder auf den triefenden, hölzernen Ludwig Grotius starrte.

„Fräulein Amalie Berring Stadt London Strand=
straße"

„Axel Palmblad lebt und ißt nebenan Bücklinge mit
Eiern Brief folgt"

Unterschrieben: „Lund".

X.

Es war Abend geworden, und noch einmal Abend.
Gottlieb Wenzel stand wieder, wie vordem, in seinem Zimmer;
seinem eigenen. Seine Lampe brannte; der Rest eines
freundlichen kleinen Kohlenfeuers glühte noch im Ofen. Ein
aufgeschlagener Band seines geliebten Schiller — in der
billigsten Ausgabe — lag neben der Rostocker Chronik und
dem Rostocker Gesangbuch auf dem Schreibtisch. Die schöne
Stille des Abends ruhte draußen über der Straße und hier
über dem Zimmer; denn es war schon neun Uhr, und die
Zwillinge schliefen. Unter der großen, blau und weiß ge=
streiften Decke, die Nachtmützchen auf dem Kopf, lagen sie
wieder geräuschlos, in friedlicher Eintracht, wieder wie ein
einziges Naturgebilde da. Sie atmeten ebenso regelmäßig,
aber bescheidener, als die alte Wanduhr, die vorlaut, etwas
schnarrend, tickte; dieses einzige Erbstück Wenzels — außer
den Zwillingen — und das einzige Geräusch in seiner
schweigenden Zelle.

Gottlieb Wenzel lächelte wehmütig vor sich hin. Da
steht er ja, dachte er: der Mann, den ich so beneidete, als
ich in der Schreiberei saß. Da steht er ja an seinem Fenster
in der Slüterstraße und sieht auf den Petri=Kirchenplatz

hinaus. Er ist frei wie ein Vogel. Er kann mit seinem
Hausschlüssel in der Tasche spielen; niemand nennt ihn
„Kain“. Niemand verachtet ihn. Niemand schließt hinter
ihm zu. Nun, warum beneid' ich ihn denn nicht? Warum
hüpft mir nicht das Herz „wie ein Lämmerschwanz“, daß
ich selber die Ehre habe, dieser Mann zu sein? — Das ist
ja doch wohl eine große Sache. Wer beneidet denn den
Gottlieb Wenzel nicht? Er kann nun wieder abschreiben
und Stunden geben, fasten und phantasieren, alles, was er
will. Niemand stört ihn, wenn er einsam ist. Die alte
ruppige Blase kann wieder für sich allein obenauf schwimmen,
— bis sie platzt. Immer lustig! Ahoy!

Er legte sein Gesicht an die Fensterscheibe und sah in
die trübe Nacht. Schwarz war die Kirche, sternenlos der
Himmel; denn ein Wolkensack verhüllte ihn. Lautloser, feiner
Regen sprühte unaufhörlich herab. Wenzel dachte an Frau
Schwäbke, die nun in dem kalten Regen durch die Straßen
zog, um noch für ihn zu holen — er hatte vergessen, was;
und an Amalie Berring, die nun wohl in ihrem dunkelgrünen Kleid in ihrem Zimmer saß. Die er nicht wieder-
gesehen, seit sie ihn Kain genannt hatte; — „die nun auch
ganz, ganz vorübergegangen ist“, dachte er und seufzte ...
Was für Schritte kamen denn wohl jetzt die stille Straße
herunter? Was für ein lustiger Junge pfiff sich da die
Melodie vom Jungfernkranz, und erschien auf dem äußersten
Rand des Trottoirs, wo er die Arme hob, um sich auf
den schmalen Steinen im Gleichgewicht zu erhalten? Und
was für eine große weibliche Gestalt ging neben dem Jungen
hin, blieb dann vor Wenzels Hause stehen, machte ihren
Regenschirm zu und sah zum Fenster herauf? —

Ich bin ja ins Zimmer zurückgetreten; warum that ich das? dachte Gottlieb Wenzel. Er horchte, und eine seiner Hände legte sich ihm aufs Herz. Die kleine Glocke an seiner Hausthür erklang; wie allemal, wenn man öffnete. Schritte auf seiner Treppe. Seine Thür ging auf. Amalie Berring, in Hut und Mantel, erschien, den Regenschirm in der Hand; hinter ihr der Junge, ihr Bruder, einen Korb am Arm.

Sehen Sie nicht her, Herr Wenzel, sagte Amalie mit bittender, weicher Stimme, und blieb an der Thür. Sehen Sie mich nicht an. Bleiben Sie da nur stehen!

Warum soll ich hier stehen bleiben? fragte er, — ebenso verlegen wie sie.

Ich schäme mich so ... Gestern hatt' ich nicht den Mut; heute morgen auch nicht. Nun bin ich endlich hier ... Sehen Sie meinen Heinrich an, wie sein Röckschen naß ist. Denn er wollte ja um alles in der Welt keinen Regenschirm nehmen —

Es drippelt ja man bloß! sagte der Junge ver= ächtlich.

Gib deinen Korb her, Heinrich, fuhr das Mädchen fort. Stell ihn auf den Tisch! — Nämlich, ich dachte, Herr Wenzel, Sie essen so gern saures Gänsefleisch, und wir hatten welches. Und es thut Ihnen so gut, wenn Sie Bier dazu trinken; — und wenn Sie mich nicht hassen und verachten — — Ach, thun Sie's nicht, Herr Wenzel! ach, thun Sie's nicht! setzte sie mit einem flehenden, feuchten Blick hinzu.

Wie käme ich dazu? erwiderte er, dem die Kehle sich zusammenschnürte. Auch warf er einen Blick auf den Jungen:

wie konnte er denn vor dem Jungen reden. Nehmen Sie doch Platz! sagte er nach einer Weile, um etwas zu sagen.

Aber das Mädchen blieb stehen. Wie sie schlafen, die beiden kleinen, mageren Engel! sagte sie gerührt. Die werden es nun auch besser haben, Herr Wenzel; denn das muß ich Ihnen nur gleich sagen, und das wird Sie freuen: Sie werden ja wol noch wohlhabend, Herr Wenzel! Und Sie werden ja wol noch ein berühmter Mann! In der ganzen Stadt spricht man nur von Ihnen, und daß Sie als Mörder im Brummbärloch gesessen haben, aber daß es nun klipp und klar ist, daß Sie unschuldig sind. Und die schönsten jungen Damen schwärmen nun von Ihnen — lächeln Sie doch nicht so — und wissen vor Mitgefühl nicht, wie sie sich haben sollen; und zehn aus meiner Bekanntschaft, lauter junge Mädchen, wollen partout gemeinschaftlich Stunden bei Ihnen nehmen: deutsche Litteratur, und Geschichte, und allerhand! Und was der Pensionsvater von — von ihm war, der Herr Schwan, der will Sie für seine jungen Ausländer als deutschen Lehrer haben —

Sie spaßen wohl! sagte Wenzel mit Mühe; doch er richtete sich unwillkürlich etwas höher auf.

Ich wär' wol nicht recht bei Trost, wenn ich jetzt spaßen könnte! erwiderte das Mädchen. O Herr Wenzel! — — Und hier hab' ich auch einen Brief, den Sie lesen müssen; heute abend gekommen ... Sehen Sie mich nicht an. Lesen Sie ihn; ich kann ja den Korb unterdessen auspacken; — 's ist auch ein bißchen zum Naschen für die Zwillinge drin. Setzen Sie sich an die Lampe; sehen Sie mich nicht an!

Wenzel nahm den Brief. Eine jugendliche, flüchtige

Hand hatte ihn geschrieben; bald mit großen, weitläufigen Buchstaben, bald kleiner und gedrängt; keine Reihe lief wie die andre. „Gegeben Malmö, im Hause meines Vaters," stand obenan. Wenzel trat zur Lampe und las:

„Liebes Fräulein Amélie! Wie sagte ich Ihnen einmal? Wie eine Sternschnuppe werde ich verschwinden' — — und so ist es gekommen! — — Könnten Sie in die tiefste Tiefe des unermeßlichen Abgrunds meiner Seele blicken, so würden Sie mich achten, Fräulein Amélie; ja Sie würden mich bewundern, daß ich mich so aus dem Paradies meines Lebens losriß; — aber Sie sehen nicht bis in die tiefste Tiefe, und ich kann's Ihnen nicht sagen. Vielleicht werden Sie mir niemals verzeihen; und ich muß es tragen. Ruhelos, wie bisher, werde ich weiter durch das Leben stürmen; ohne eine andre Heimat, als die des Gedankens und der Wissenschaft, — denn es wird nun Ernst; ihr Bummeljahre, ihr seid nun dahin. Ich werde arbeiten, Amélie, mich zum Manne schmieden; ruhelos aber wird mein irrendes Leben sein; eine zarte, weiche Seele zu beglücken, bin ich nicht geschaffen. Fluchen Sie mir nicht, Amélie, sondern segnen Sie mich; sagen Sie mir, daß Sie mir verzeihen!

Ich habe noch den Senator Ludwig Grotius in den Strom geworfen, und dann hab' ich den Ort verlassen, wo ich so glücklich war ... Wenn dieser Brief in Ihre Hände kommt, wird man wohl den hölzernen Herrn mit den weißen Hosen schon gefunden haben; und der mir unbekannte Unschuldige, von dem Sie telegraphierten, der mich Unglücklichen ,ermordet' haben sollte, wird wieder in Freiheit seinem Schöpfer danken! — Für mein sündhaftes Vergehen an Herrn Grotius bin ich bereit, eine Geldbuße zu zahlen;

eine Freiheitsstrafe — — nein! Dazu kriegt man mich
nicht! Polizeisenator, wir sind quitt; leben Sie ewig wohl!

Ich bleibe nicht in Malmö. Mein Vater — oder wie
ihr Deutschen sagt, mein Alter — will einen großen Ge=
lehrten aus mir machen; ich soll mitgehen auf eine wissen=
schaftliche Reise, und ich gehe mit. Nehmen Sie denn
meinen Abschiedsgruß, holde Amélie; — und grüßen Sie
mir noch einen, teure Amélie; einen ‚famosen Kerl‘, wie
die Deutschen sagen; einen Mann, den ich liebe. Ich kann
Ihnen nicht sagen, wie er heißt; aber Sie kennen ihn. An
einem Ring mit einem Rubin darin werden Sie ihn er=
kennen; — diesen Ring erlaubte ich mir ihm an den Finger
zu stecken, aus Uebermut und aus Freundschaft; wenn er
eine große Seele ist, wie ich von ihm glaube, so behält er
ihn — denn darum bitte ich — und ‚verklopft‘ ihn, und
es bekomme ihm wohl! Ich möchte recht von Herzen gern,
teure Amélie, daß dieser ‚famose Kerl‘ endlich glücklich würde.
Ich möchte, daß die Torte nicht wieder an ihm vorbeiginge.
Sagen Sie ihm das — — — Sie aber, verzeihen Sie
mir, und leben Sie wohl! — —

Ich lege ein beglaubigtes Lebenszeugnis bei, damit die
Kerle (ich meine die Polizei und die hohe Justiz) nicht etwa
den aufhängen, der mich ermordet hat. Mein Freund Lund
frühstückt nebenan und empfiehlt sich Ihnen unbekannter=
weise. O Amélie! O Amélie!!! — — — Gute Nacht!" — —

Amalie Berring sah, daß Herr Wenzel ausgelesen hatte.
Heinrich! sagte sie. Mein Jüngling, willst du nicht einmal
da draußen die Treppe zum Kirchhof hinauf laufen und
über den Platz an die Ecke gehen, wo das Slüterdenkmal
steht, und mir aus dem Immortellenkranz, der da am Posta=

ment wol noch liegen wird, drei Immortellen pflücken? Ich hab' den Kranz neulich hingelegt — —

Der Knabe war schon aus der Thür. Wenzel hatte sich auf einen Stuhl gesetzt, den Brief noch in der Hand. Er hörte, daß Amalie sich ihm näherte. Plötzlich sah er, wie sie vor ihm in die Kniee sank und seine linke Hand nahm und an die Lippen drückte.

Sind Sie toll? stammelte er und stand auf.

Ach, ich möchte mich lings und langs vor Ihnen hinwerfen, sagte sie zerknirscht und gerührt. Wie konnt' ich so schlecht von Ihnen denken, Herr Wenzel. Schlagen Sie mich; tüchtig . . . Aber wenn Sie mich geschlagen haben, seien Sie wieder gut!

Er zog sie in die Höhe, da sie noch immer nicht aufstand. Was Sie auch heute alles reden! sagte er ganz verwirrt. Warum sollten Sie nicht schlecht von mir denken; alles sprach ja dafür, daß ich mitschuldig war —

Sie schüttelte den Kopf. Ich, Ihre Schülerin, Ihre — — Ihre Amalie, durfte das nicht denken! Wie konnte ich nur so sein . . . O wie schäm' ich mich! — Aber ich bin doch auch nicht so schlecht, wie Sie nun wol glauben. Sehen Sie diesen Aufsatz, Herr Wenzel: den hab' ich heute morgen geschrieben, als ich so traurig in meiner Stube saß. Nicht „über die weiblichen Tugenden", wie Sie mir's aufgegeben hatten; sondern „über den Nutzen und Segen der Photographie". Das hab' ich mir selber aufgegeben, Herr Wenzel; und da hab' ich die Geschichte erzählt, wie ein Mensch, der an einem andern Menschen irre geworden war, zufällig die Photographie dieses andern Menschen vor die Augen nahm und sich darin wieder zurechtfand; — und einem dummen

Mädchen ist es so gegangen. Ach, lesen Sie's doch, Herr Wenzel — —

Ich las schon zu viel! sagte er und deutete auf den Brief.

Es ist ja auch von Ihnen in dem Brief die Rede; mußten Sie ihn nicht lesen? — — Amalie trat von ihm hinweg und ans Fenster, als sähe sie hinaus. Sie schien zu warten, was er über diesen Brief, über Axel Palmblad und so weiter, ihr nun sagen werde. Doch Wenzel vertiefte sich nur in den wehmütig-tröstlichen Anblick ihrer starken, schönen, blonden Flechten und ihres wohlgeformten Rückens, und erwiderte nichts.

Wir kriegen ja wol beide das Stillschweigen, sagte das Mädchen endlich. Und da kommt Heinrich schon zurück! — Ich wollt' Ihnen noch sagen, Herr Wenzel (sie blieb abgewandt stehen): ich hab' viel geweint über Axel Palmblad; aber wie mir dann der Gedanke kam: vielleicht ist er dir nur so weggewutscht — als Sternschnuppe, wie er sagt — da hab' ich nicht geweint. Da hab' ich auf einmal gedacht: ach, wenn's doch so wäre, und wenn ich doch auf diesen Abweg nie geraten wäre, und wie wenn man einen dicken, schweren Mantel auszieht, so war es fort! — — Und ich danke nun Gott recht von Herzen, daß es so gekommen ist, Herr Wenzel, wie — wie es gekommen ist; denn — — ich hab' in mein Inneres geblickt, Herr Wenzel. Daß dieser Jüngling aus der Fremde, wie Sie sagen, mich verlassen hat, das thut mir nicht weh. Aber wenn ich Sie verloren hätte, weil Sie was Unrechtes gethan hätten — oder weil Sie mir nicht vergeben hätten — nie, nie, nie hätt' ich das überlebt!

Ich danke Ihnen, murmelte er gerührt.

Vielleicht hätte er noch mehr gesagt; aber der Knabe trat nun wieder ein. Er hatte drei Immortellen in der Hand. Trocken sind sie nicht! sagte er und schüttelte sie.

Nun erst wendete sich Amalie; ging dem Jungen entgegen, nahm ihm die nassen Blumen aus der Hand und kam damit zu Gottlieb Wenzel zurück: Wissen Sie das noch, sagte sie mit ihrer herzlichen, bewegten Stimme, wie Sie mir so schön von diesem alten Elüter aus der Lutherzeit erzählten; von dem Reformator unsrer alten Stadt! Darum hab' ich ihm auch neulich diesen Kranz gebracht . . . Sie sind mein Reformator; — nein, lachen müssen Sie nicht. Sie haben mich dummes Mädchen aufgeweckt, und mich besser gemacht — — und Sie sollen mich immer, immer besser machen; und das will ich Ihnen ja nur „durch die Blume" sagen. Ach nehmen Sie sie doch hin!

Gutes Fräulein — —

Und nun essen Sie! — Komm, Brüding; wir gehen!

Wollen Sie schon gehen?

Ach ich muß ja wol; schickt es sich denn, daß ich länger bleibe? — Aber Sie kommen zu mir . . . Lieber Gott, wie die kleinen Dinger schlafen und schlafen, während wir reden und reden. Geben Sie mir eine schöne Hand, wenn Sie mir wirklich verzeihen —

So schön, wie ich sie habe! sagte Wenzel lächelnd.

Sie hielt seine Hand, und so stand sie bei ihm. Leise sagte sie: Und Ihre kleinen Zwillinge will ich nie verlassen! Ich will ihnen wie eine Tante sein — — oder wie Sie wollen. Ich nenne mich nie mehr Amélie; sondern Amalie . . . O, wie sehen Sie mich an. Wenn das Heinrich sieht — —

Heinrich stand in der Thür. Kommst du denn nicht? fragte er ungeduldig.

Gute Nacht, gute Nacht, Herr Wenzel! sagte sie nun laut. Und lesen Sie meinen Aufsatz über die Photographie! Und wenn Sie ihn mir dann bringen, so sagen Sie mir, was — was noch daran fehlt; was ich noch hinzusetzen soll. Ich bin ja Ihre gehorsame Schülerin, ich thue ja, was Sie wollen. Schlafen Sie schön! Gute Nacht!

Sie ging hinaus. Die Thür fiel hinter ihr zu. Wenzel stand wieder allein in der Einsamkeit. Doch ein sonder= bares, aufgeregtes, jugendliches, schwärmerisches Lächeln ging ihm übers Gesicht . . .

Er sah den Tisch, die Bescherung, die die gute Amalie ihm ausgepackt, auf die er noch keinen Blick geworfen hatte. Zwischen Fleisch und Bier stand eine kleine Marzipan= torte, von Blumen und Epheu bekränzt. Ein beschriebenes Blatt lag darauf. Er nahm es und las:

„Verse von einer, die's nicht kann; o verzeihen Sie!"

> „Du ließest mich einst in dein Herze sehn:
> Viele Torten sahst du Armer an dir vorübergehn.
> Ich geh' nicht fort, ich bleib' hier stehn.
> Du mußt mich nur auch recht verstehn.
> Auf Wiedersehn!"